빙인
code name

스파이 교실 05

《우인》의 에르나

《우인》의 에르나
스파이 교실 05

저자 타케마치
일러스트 토마리

CONTENTS

SPY ROOM

the room is a specialized institution of mission impossible

code name gujin

프롤로그 롱청

—롱청(龍沖).

「극동」이라고 불리는 땅에 있는 소국이다.

무자이아 합중국, 라일라트 왕국을 비롯한 서중앙 나라들과 비교하여 「극동」은 발전이 늦어진 땅이었다. 중세 시대에 「극동」에서 번영했던 용화민국(龍華民國)도 근대화한 서중앙 나라들의 군대는 당해 낼 수 없었고, 「극동」은 일부 지역을 제외하고 대부분이 이미 서중앙 나라들의 지배하에 있었다.

용화민국과 인접한 롱청도 침략을 받은 나라 중 하나였다.

현재는 펜드 연방의 식민지였다.

펜드 연방은 극동 지배를 진행할 거점으로 삼기 위해 작은 섬나라에 거금과 기술을 보내 단숨에 도시를 근대화시켰다. 대학과 은행을 만들고, 서중앙식 철학을 도입한 교육 현장에서 국민에게 자본주의를 주입했다.

그 결과, 롱청은 서중앙식 문화와 용화 문화가 섞인 기괴한 땅이 되었다.

서쪽과 동쪽을 잇는 거점— 그것이 롱청이었다.

펜드 연방의 인간은 물론이고, 동방 침략을 진행하고 싶은 서중앙 나라 사람들이나 식민지 지배를 받고 있는 극동 사람들도 롱청에 모였다. 지배를 강고히 하고 싶은 자, 선진국의 제도를 배우고 싶은 자, 지배를 타파하고 싶은 자, 다양한 의도를 가진 자가 이끌리듯 찾아왔다.

정치가, 기자, 학자, 장사꾼, 망명자, 군인, 혁명가, 나열하자면 끝이 없었다.

그리고 거기에는 각국에서 보낸 스파이의 그림자도 있었다.

◇◇◇

롱청의 진수는 밤에 있다고 한다.

롱청은 크게 두 지구로 이루어져 있다. 대륙 쪽 본토와 바다를 낀 롱청섬.

번화한 곳은 롱청섬의 만안 지역이었다.

「그레이트 하버」라고 불리는 항구 부근에는 고층 빌딩이 늘어서서 고요한 바다에 빛을 드리웠다. 그 빌딩의 아래쪽에는 빨간색과 노란색 등롱이 걸린 용화 레스토랑이 줄지어 있었다. 가게에는 노동자가 모여 샤오룽바오나 완탕면과 함께 사오싱주를 마시며 하루의 피로를 풀었다.

서중앙의 사업가가 모이는 레스토랑에서 어떤 남자가 우롱차를 마시고 있었다.

아름다운 남성이었다. 여성으로 오인할 만큼 얼굴이 반듯했다. 그 미려한 얼굴을 가리듯 머리를 길러서 거리에 녹아들어 있었다.

빨간 등롱 아래에서 태연한 얼굴로 찻잔을 든 모습은 롱청에서 사업하는 청년으로만 보였다.

딘 공화국의 스파이—『화톳불』 클라우스였다.

그는 혼자서 저녁으로 동파육을 먹은 참이었다.

그 뒷자리에는 클라우스와 등을 맞대고서 러프한 셔츠를 입은 여성이 앉아 있었다.

"톨파 경제 회의로부터 석 달, 각국의 성과가 보이기 시작했어~."

그녀는 펜드 연방산 위스키를 마시고 있었다.

노란색과 분홍색으로 기발하게 머리를 물들이고, 눈에는 두껍게 아이섀도를 칠한 여성이었다.

코드 네임 『해명(海鳴)』— 딘 공화국 첩보 기관의 메신저였다. 외국에서 활동하는 스파이에게 직접 기밀 정보를 건네는 역할을 맡고 있었다.

그녀는 컷글라스로 입가를 가리고서 작은 목소리로 말하기 시작했다.

"거의 예상대로야. 화톳불 군."

목이 쉬어 있었다. 술 때문인 것 같았다.

「뭐가?」 하고 클라우스는 반문했다.

"톨파 경제 회의에 특이점은 없었어. 어떤 한 점을 제외하고 말이야."

두 사람은 서로 등진 채 말을 나눴다.

클라우스는 「그런가」 하고 중얼거렸다.

두 사람이 이야기하고 있는 것은 무자이아 합중국에서 이루어졌던 『뱀』과의 결전이었다.

세계 제일의 경제 대국·무자이아 합중국에서 열린 국제회의에 『뱀』이 잠복해 있다는 정보를 얻고 클라우스는 부하를 데리고서 합중국으로 향했다. 격전 끝에 『뱀』의 일원을 포박하는 데 성공했으나, 국제회의에서 암약하는 『뱀』을 거의 자유롭게 놔두고 말았다.

—톨파 경제 회의 후, 『뱀』에 의해 세계정세가 바뀌는 것은 아닐까.

그렇게 걱정했지만, 눈에 띄는 움직임은 없는 듯했다.

해명은 희미하게 미소 지었다.

"회의 자체는 큰 돌발 사태도 없이, 시종일관 톨파 대륙을 연합국이 어떻게 맛있게 나눠 먹을지에 대한 조정이었어. 아무튼 평범해. 이것 참, 선배는 맥이 빠졌어~."

해명은 어째선지 본인을 「선배」라고 칭했다.

클라우스가 그녀와 교류하기 시작한 것은 최근이라 신원을 제대로 파악하고 있지 못했다.

"스파이답네~."

해명은 가만히 웃었다.

"물밑에서 잘 움직이고 있어. 진짜 기분 나빠. 『뱀』이라는 녀석들."

"결국 『뱀』의 목적은 불명인가."

클라우스는 저도 모르게 짜증을 드러냈다.

그에게 『뱀』은 원수였다. 가족처럼 사랑했던 『화염』을 『뱀』이 괴멸시켰다.

"분석은 진행됐나?"

클라우스가 물었다.

"내가 JJJ로부터 얻어 낸 데이터 말이야."

"그건 조금 더 시간이 걸려~."

해명은 어깨를 으쓱였다.

"JJJ도 전부 정직하게 정보를 건네지는 않았을 거야. 물론 너를 속이는 짓은 안 하겠지만. 자세한 조사는 필요해."

"알겠어. 그리고?"

"음."

"특이점이란 건 뭐지? 하나 있었다며?"

"응. 하지만 그건 화톳불 군도 잘 아는 얘기야~."

해명의 목소리에 그늘이 졌다.

"각국의 첩보 기관이 심각한 대미지를 입었어. —『보라개미』의 학살로."

그렇지, 하고 클라우스는 긍정했다.

『보라개미』— 가르가드 제국의 스파이이자 『뱀』의 멤버였다.

"선배는 기겁했어~."

해명은 전에 없이 심각한 어조로 말했다.

"그런 건 첩보원이 하는 일이 아니야. 혼자서 100명이 넘는 스파이를 살육하다니. 막무가내 인해 전술로 도시 하나를 통째로 사냥터로 바꿨어……. 온갖 첩보 기관이 혼란 상태야. 우수한 스파이가 차례차례 도륙당했으니까."

그건 『보라개미』의 소행이었다.

일반 시민을 가학으로 지배하여 암살자로 개조한 남자. 미타리오에 숨은 첩보원을 찾아내는 대로 말살하고, 실패하면 자살하도록 명령한 악마 같은 존재. 미타리오의 왕.

『보라개미』에 의해 국적 불문하고 많은 첩보원이 살해당했다.

듣자 하니 각국을 대표하는 스파이가 잇따라 비명횡사했다고 한다.

클라우스에게 있어 어머니 같은 여성인 『홍로』도 목숨을 잃었다.

"유린, 이라고 표현하는 게 걸맞겠지. 그게 한 명의 인간이 일으킨 일이라고 생각하면 솔직히 소름이 돋아. 평범하게 너무 위험해."

"……."

"어쨌든 이로써 『뱀』은 꽤 움직이기 편해질 거야~."

해명은 계속 이야기했다.

"『보라개미』는 충분히 일을 완수했어. 세계가 혼란에 빠지기 시작했어. 곧바로 『뱀』이 본격적인 움직임을 보일지도~ 그리고 그때는 이미 한발 늦었겠지~."

"……."

"그래서 우리는 네게 기대하고 있어. 세계 최강의 스파이— 화톳불 군."

자신을 지칭하는 소리에 클라우스는 부정의 말도 겸손의 말도 하지 않았다.

교만은 아니었다. 자부심과 사명감. 최고의 동료에게 키워진 스파이로서의 긍지였다.

—『화염』이 없는 지금, 조국을 지켜 내는 것은 자신이다.

해명은 자리에서 일어나 돌아갈 준비를 하기 시작했다.

"위쪽에서 전한 말."

떠날 때, 독한 향수 냄새를 풍기며 그녀는 고했다.

"『뱀』이 잠복한 곳은 곧 알아낼 거야. 조금만 더 기다려. 그때까지 다른 임무를 잘 부탁해."

"그래. 되도록 빨리 정리하지."

"선배 쪽에서도 부탁할게. 지금 딘 공화국이 믿을 건 너뿐이야. 또 다른 역할도 잊지 말고."

"역할?"

"이쪽도 급한 일이지. 많은 스파이가 『보라개미』에게 도륙당해서 전 세계의 첩보 기관이 인재난을 겪고 있어. 그 결과 신인을 전선에 보내고 있지. 그야말로 세력도를 일변시킬 만큼."

"……."

"—앞으로 젊은 시대가 올 거야."

해명은 몇 가지 정보를 덧붙이고서 떠났다.

혼자 남은 클라우스는 다시 찻잔을 입에 대고 밤바다를 바라보았다. 본토와 롱청섬 사이의 바다에 몇몇 페리가 지나가고 있었다.

어쩌면 그 선내에 자신의 부하가 있을지도 모른다.

「젊은 시대인가」 하고 클라우스는 중얼거렸다.

"거기에 녀석들이 포함되면 좋겠는데."

1장 조우

도청기에서 수상쩍은 대화가 들려왔다.

《……그렇습니다. 아무튼 무기를 사고 싶습니다. 기관 단총을 최소 1000정.》

《네, 좋습니다. 아주 품질 좋은 것으로 준비해 뒀습니다.》

《다행이다……. 고맙습니다! 이로써 본국에서 쿠데타를 일으킬 수 있습니다.》

《지원하겠습니다. 저희는 여러분의 혁명을 전적으로 백업할 겁니다.》

《아아, 감사합니다! 이걸로 연약한 정권과는 안녕. 조국을 위한 성전을 시작할 수 있습니다! 아아, 롱청에 오길 잘했어! 이렇게 행복할 수가!》

롱청의 룸 레스토랑에서 이루어지는 밀담이었다.

라일라트 왕국의 식민지인 소국의 혁명가가 롱청에서 무기를 사 모으려 하고 있었다. 정권을 강탈하여 선진국의 지배에서 벗어나기 위해. 그리고 그 뜻을 가르가드 제국의 무기 상인이 지원하는 구도였다.

즐거워하는 두 사람의 목소리가 도청기에서 새어 나왔다.

이대로 가면 문제없이 거래가 끝날 것 같았지만—.

"훗, 안타깝게 됐네요! 이루어질 리 없는 쿠데타를 지원하여 타국을 혼란에 빠뜨리는 비열한 스파이— 하느님이 허락하셔도 제가 놓치지 않아요!"

도청기 앞에서 소녀가 자랑스레 웃었다.

풍성한 은발, 아이처럼 사랑스러운 얼굴, 크게 부푼 가슴. 허리에 손을 얹고 당당히 서 있었다. 입고 있는 옷은 새빨간 용화 드레스. 몸에 딱 붙고 허벅지에 슬릿이 들어간 룽청의 전통 의상이었다.

그녀는 소리 높여 말했다.

"웨이트리스로 의태 중인 화려한 천재 미소녀 스파이, 릴리예요!"

딘 공화국의 스파이, 『화원』 릴리였다.

그녀는 레스토랑의 창고에서 손을 들어 천장을 척 가리켰다.

"미타리오에서 격전을 벌인 지 석 달. 어엿한 스파이가 된 우리는 전 세계에서 활약하며 비약적으로 성장했어요. 이제는 양성 학교의 낙오자가 아니에요. 그리고 조국이 의지하는 우리는 이 룽청에서 한바탕 더 크게 날뛸 거예요."

그렇게 물어보지도 않은 것을 나불나불 말하고 손을 내밀었다.

"헤이! 아네트!"

"……."

그녀의 옆에서 회분홍 머리 소녀가 영혼 없는 미소를 지으며 굳어 있었다.

난잡하게 묶은 머리와 커다란 안대, 천사처럼 사랑스러운 아담한 외모. 『망아』 아네트였다.

"나님, 누님의 연설에 무슨 의미가 있는지 궁금해요!"

"기합을 넣기 위해서예요."

"나님, 의미 없다고 생각해요!"

"하지만 이게 없으면 스파이는 밋밋한걸요."

릴리가 계속 말했지만 아네트는 대화를 일방적으로 끊었다. 대신 치마 속에 손을 넣고 뒤적거려 작은 막대를 꺼냈다.

"누님 전용 스파이 도구, 시작품 68번이에요!"

지팡이처럼 생긴 막대였다.

릴리는 그것을 들고 몇 번 휘둘러 감촉을 확인했다. 곡예하듯 공중에 던져 빙글빙글 회전시킨 후에 잡아서 다시 포즈를 취했다.

"……마침내 완성했나요. 미타리오 임무 이후로 줄곧 아네트가 만들어 준 특제 무기. 이게 롱청 미션의 첫 성공을 이끄는 거군요."

"나님, 그렇게 말하는 데 무슨 의미가 있는지 궁금해요!"

"기합을 넣는 거예요, 기합을."

릴리는 무기를 잡고 크게 숨을 들이마셨다.

"자, 아네트! 적의 계략을 쳐부수러 가요!"

과도할 만큼 기합을 넣고서 그녀들은 창고를 뛰쳐나갔다.

목적지는 무기 거래가 이뤄지는 룸이었다. 이미 정보를 모았기에 적을 일부러 풀어 두고 감시할 필요도 없었다. 단숨에 제압하여 제국의 스파이를 붙잡는 것이 목표였다.

릴리는 「적 스파이, 각오하세요!」 하고 임무 개시를 선언했고—.

"누님, 그 시작품은 강한 진동이 가해지면 폭발해요!"

"으아아아아아아아아아아악!"

—3초 후에 실패했다.

◇◇◇

—세계는 아픔으로 가득하다.

세계 대전이라고 불리는 역사상 가장 큰 전쟁이 종결된 지 10년. 세계 대전의 참상을 목도한 정치가는 군사력이 아니라 스파이로 타국을 제압하는 쪽으로 정책의 방향을 돌렸다.

국가들은 첩보 기관에 힘을 들여 스파이에 의한 그림자 전쟁을 펼쳤다.

『등불』은 딘 공화국을 대표하는 스파이팀이다.

예전에는 양성 학교의 낙오자였던 소녀들이 수많은 훈련과 국내 임무를 거쳐 큰 성장을 이루었다. 미타리오에서 임무를 달성한 후에 보스 클라우스로부터 「양성 학교 졸업에 상당하다」라고 인정받았을 정도였다.

당시 실력을 인정받은 소녀들은 환희했다.

「이대로 무적의 스파이 집단이 되는 거예요!」라고 릴리가 선언했고.

""""""""오오~!""""""""

소녀들은 큰 목소리로 화답했다.

그 후 그녀들은 들뜬 마음으로 임무에 도전했다. 미타리오에서 가혹한 미션을 달성한 지금이라면 어떤 어려운 일이든 두렵지 않았다.

「어떤 임무든 낙승이죠!」 하고 릴리는 의기양양한 얼굴로 말했다.

하지만 석 달이 지나며 점차 이미지와의 갭을 알게 되었다.

요컨대— 현실은 언제나 냉엄했다.

◇◇◇

롱청섬의 언덕 위에 『등불』의 거점이 있었다.

딘 공화국 보석 회사의 사장이 소유한 별장이었다. 온난한 롱청의 기후에 맞춘 개방적인 건물이었다. 각 방에 잎이 큰 관엽 식물이 있어서 리조트 기분이 났다. 2층 테라스에서는 그레이트 하버의 빌딩숲을 바라볼 수 있었다.

『등불』의 보스인 클라우스는 그 사장의 친척이라는 신분으로 체재하며 다양한 구실을 붙여 부하 소녀들을 별장에 들였다. 사람들은 여자 좋아하는 난봉꾼으로 보고 있지만 어쩔 수 없는 일이라며 체념했다.

그 서재에서 클라우스는 이마를 짚고 있었다.

"이로써 여덟 번 연속 실패군. 또 타깃을 놓쳤나."

"네, 죄송해여……."

"나님, 요란하게 실수했어요!"

클라우스 앞에서 풀이 죽어 있는 것은 릴리와 아네트. 아까 레스토랑에서 자폭한 두 사람이었다. 요란한 폭발을 일으킨 두 사람은 자신의 신분을 숨기는 데 급급하여 룸에서 밀담을 나누던 타깃을 놓치고 말았다.

릴리는 울상을 지었고 아네트는 재미있다는 듯 웃고 있었다.

이제는 일상적인 광경이었다.

클라우스는 눈썹을 찌푸리고서 근처에 있는 무전기를 두드렸다.

"그러고 보니 『어엿한 스파이가 된 우리는 전 세계에서 활약하며~』라는 헛소리가 무전기에서 들렸는데, 그건 뭐지?"

"기분을 업시키기 위한 창작이여……."

"실제로는 정반대인 것 같은데?"

"창피하니 지적하지 말아 주세여……."

"……뭐, 어쨌든 다치지 않아서 다행이야. 오늘은 푹 쉬어."

화낼 마음도 들지 않아서 클라우스는 최대한 상냥한 말을 골랐다. 릴리가 「감사합니다아아」 하는 소리를 내고 아네트와 함께 서재에서 나갔다.

두 사람이 떠난 방에서 클라우스는 한숨을 쉬었다.

그리고 옆에 선 소녀에게 시선을 보냈다.

"티아, 실패는 어떻게 수습하고 있지?"

"괜찮아, 이미 처리해 뒀어."

대답한 것은 흑발 소녀, 『몽어』 티아였다. 굴곡이 확실한 매력적인 몸매에 윤기 흐르는 흑발을 기른 소녀였다.

그녀는 클라우스와 마찬가지로 별장에 체재하며 작전 지휘를 보좌하고 있었다. 서재의 벽에 붙은 롱청의 지도를 가리키며 상황을 보고했다.

"모니카 콤비와 그레테를 보냈어. 걱정하지 않아도 돼."

"하지만 그 애들이 보조하는 것도 이로써 다섯 번째야."

"그렇지. 스트레스가 쌓였을지도. 쉴 수 있게 조정해 둘게."

"……뭐, 릴리와 아네트가 수행하던 건 이번 임무의 본제가 아니야. 최악의 경우엔 다른 팀에게 맡기면 돼. 무리시키지는 마."

"응. 너무 깊이 쫓지 말라고 전해 둘게."

티아는 지도에 꽂힌 핀을 바꿔 꽂으며 척척 대답했다.

'최근 티아의 성장이 눈부셔.'

클라우스는 그 뒤에서 고개를 끄덕였다.

미타리오의 임무가 시작되기 직전에는 완전히 자신감을 잃은 모습이었지만, 지금은 당당히 행동하며 멤버의 배치를 세세하게 조정하고 있었다.

최근 석 달 사이에 그녀는 비약적인 성장을 이루었다.

클라우스가 없을 때는 적극적으로 동료에게 지시를 내리기 시작했다. 특징은 커뮤니케이션의 양이었다. 동료와 밀접하게 교류하며 본인의 희망과 멘탈에 맞춰 일을 배정했다. 다루기 힘든 인재들뿐인 『등불』을 잘 조정하는 것이 티아의 진가였다.

"열심히 하는 건 당연해."

클라우스의 시선을 눈치챘다는 듯 티아가 웃었다.

"지금까지 폐만 끼쳤는걸. 만회해야지. 그리고—."

"그리고?"

클라우스가 묻자 티아는 미소 지었다.

"더 성장해야 당신의 파트너로 있을 수 있잖아?"

파트너— 티아가 클라우스에게 고한, 본인이 목표하는 역할이었다. 아직 미덥지 못한 면도 있지만 그녀는 그에 가까워지고 있었다.

클라우스는 자연스럽게 말을 꺼냈다.

"—극상이야."

성장하는 부하의 모습은 언제 봐도 훌륭했다.

하지만 한편으로 큰 고민도 있었다.

'티아는 문제없지만 그 외에는…….'

미타리오에서 결전을 치른 후, 『등불』은 세계 각국에서 임무를 수행하게 되었다. 솔직히 말하자면 슬슬 문제없을 거라고 클라우스도 낙관하고 있었다. 성장한 그녀들이라면 서포트는 필요 없을 거라고.

그것이 과대평가임을 바로 깨달았다.

한마디로 말하자면 **엉망진창이었다.**

릴리는 실수만 저질렀고, 지비아도 작전을 완벽하게 기억하지 못했다. 아네트는 기묘한 발명품만 만들었고, 에르나는 중요한 순간에 넘어졌고, 사라는 동료의 위기에 허둥대며 겁내기만 했다. 믿음직한 모니카와 그레테는 보조하느라 바빠서 진가를 발휘하지 못했다.

그리고 클라우스도 적절하게 지도하지 못하고 있었다.

원래부터 지도를 못했다. 『잘하면 된다』 『장단을 맞춰라』라고 추상적인 말로만 전할 수 있어서, 실패한 소녀에게 제대로 조언하지 도 못했다.

그 결과, 소녀들은 실수를 되풀이했고, 클라우스가 강제로 수습했다. 매번 그랬다.

현재 상황을 되돌아보고 냉정하게 판단했다.

'녀석들의 성장이 멈췄다고 봐야겠지.'

종래의 훈련을 계속해도 비약적인 향상은 바랄 수 없다. 어쩔 수 없는 이야기다. 한 가지 훈련만 계속해서 높은 경지에 오를 수 있을 리는 없었다.

'……어쩌면 좋을까. 예전처럼 나 혼자 임무를 수행해야 하나……. 아니면 어떻게든 돌아가고 있는 현재 상황을 감안해서 더 지켜보거나―.'

보스로서 판단해야 했다.

임무에는 늘 위험이 따른다. 부상자가 나오기 전에 임무에서 빼야 할까. 하지만 치명적인 실수가 아닌 것도 사실이다. 임무를 수행하면서 기술이 숙달되기를 기다릴까.

그렇게 고민하고 있을 때, 머릿속을 스치는 말이 있었다.

―『어떻게든 돌아가고 있는 상황이 가장 위험해.』

―『클라는 남을 의지하는 법을 모르는구나. 물러나라. 내 수발이나 드는 게 타당해.』

음성은 온화하지만 엄격한 말.

클라우스가 예전에 소속되어 있었던 조직 『화염』의 일원이 한 말이었다.

보스인 『홍로』만큼 자상하지도 않았고, 스승인 기드만큼 이끌어주지도 않았다. 누구보다 엄격하게 클라우스를 질타했던 존재— 격렬한 노파 『포락』 게르데.

'정체되어 있을 때는 겔 할멈의 말이 와닿는군.'

클라우스는 죽은 멤버를 떠올리고 고개를 저었다.

'불길한 예감도 들어……. 역시 일단 임무 체재를 재검토해야겠어.'

자연스럽게 답이 정해졌다.

일단 소녀들을 쉬게 하는 편이 좋을 듯했다.

"티아, 일단 다른 멤버를—"

클라우스가 결론을 내렸을 때, 티아가 먼저 「선생님, 잠깐 괜찮을까?」 하고 물었다.

그 목소리에는 초조함이 배어 있었다.

"뭐지?"

"잠깐 상태를 보고 와 줬으면 해."

티아가 불안한 얼굴로 시계를 바라보았다.

"약속 시간이 됐는데도 지비아와 에르나가 돌아오질 않아서……."

분명 문제가 생겼을 것이다.

클라우스는 알겠다며 짧게 대답하고 일어났다.

희미한 한기를 느꼈다. 스파이로서의 직감이 위험을 고하고 있었다.

◇◇◇

롱청의 대륙 쪽에는 방적 공장이 번성해 있었다.

펜드 연방제 증기 터빈이 거대한 부지 내에 늘어서서 둔중한 소리를 내며 가동되었다. 용화 문화권 나라에서 싸게 매입한 면은 이곳에서 천이 되어 서중앙 나라들로 수송되었다. 땅값과 인건비가 싼 방적 공장은 선진국에 있어 「돈 열리는 나무」였다.

공장의 중심에는 관리동 빌딩이 지어져 있었다. 공장 전체의 시스템을 제어하는 8층 건물이었다. 공장을 전부 내려다보듯 우뚝 서 있었다.

그리고 현재, 사원의 모습은 보이지 않았다.

오늘은 휴일이었고, 저녁부터 왁스 작업이 이루어질 예정이었다.

휴일 출근 중인 사원도 관리동 밖에 있었다.

당연히 8층에 있는 사장실에도 사원은 없었다. 실크 카펫 위에 호랑이와 용을 본뜬 예술품이 늘어섰고, 책상에 놓인 어항에서는 금붕어가 우아하게 헤엄치고 있었다. 이 방은 최신식 보안 설비가 갖춰져 있어서 전용 키가 없으면 문이 열리지 않았다. 그 견고한 문 외에는 입구가 없었고, 환기용 통기구조차 3층 사무실에서 조작하지 않는 한 열리지 않았다.

하지만 지금, 그 사장실에 두 소녀가 있었다.

그녀들은 뒤적거리며 물건을 찾고 있었다.

"으음, 이 어항 바닥에는 없어."

소매를 적시며 어항 바닥을 더듬는 것은 『우인』 에르나.

정교하게 만들어진 인형처럼 아름다운 피부를 가진 금발 소녀였다.

"호랑이 목상에도 없어. 기밀문서는 어디 있는 거야."

그에 답한 것은 『백귀』 지비아.

야수처럼 탄탄한 체구를 지닌 날카로운 눈매의 소녀였다.

굳이 말할 것도 없이 임무 중이었다.

딘 공화국의 대사관에서 롱청의 식민지 지배 조사 보고서가 유출되었고, 그 유출처를 찾던 외교관이 암살되는 사건이 있었다. 후임으로 파견된 『등불』은 그 기밀문서가 어디 있는지 알아내 이 공장 관리동에 잠입했다.

그녀들은 착실한 사전 준비 끝에 사장실의 보안을 훌륭하게 돌파했다.

하지만 사장실을 아무리 뒤져 봐도 가장 중요한 문서가 보이지 않았다.

지비아가 호랑이 목상을 걷어차고 머리를 싸맸다.

"아아아아아! 전혀 안 보이잖아!"

"앗! 어항을 넘어뜨려 버렸어!"

"아, 놀라게 해서 미안…… 으억?! 카펫이 다 젖었잖아!"

"그, 금붕어는 어쩌지?"

"다, 다른 수조로 옮겨! 옮겨!"

엉망진창이었다.

어쨌든 금붕어를 구출하고 두 사람은 깊은 한숨을 쉬었다.

젖은 카펫과 물이 줄어든 어항. 침입의 흔적이 확실하게 남아 버렸다.

「일단 카펫만이라도 말려 둘까」 하고 중얼거리고서 지비아는 사장실의 커튼을 열었다. 창문도 열고 싶었지만 붙박이창이었다. 역시 보안이 대단했다.

방에 들어오는 석양을 보고 자연스럽게 시간의 흐름을 헤아렸다.

곧 있으면 저녁이 된다. 왁스 작업을 위해 청소원이 찾아올 시간이다.

지비아가 허리에 손을 얹었다.

'최근에 정말로 잘 안 풀리네…….'

그녀도 『등불』의 상태가 안 좋다는 것을 느끼고 있었다.

톱니바퀴가 맞물리지 않는 것처럼 임무가 매끄럽게 흘러가지 않았다.

미타리오의 임무를 달성했던 것이 거짓말 같았다. 실패가 계속됐다.

'……뭐가 문제지? 꽤 노력했다고 생각하는데…….'

적어도 훈련은 대충 하지 않았다. 계속되는 임무로 바쁘긴 해도 자율 훈련에 더해 클라우스를 습격하는 종래의 훈련도 소화하고 있었다.

그런데 실제 임무만 되면 꼭 실수가 두드러졌다.

지비아는 양손으로 뺨을 때렸다.

'아니, 지금은 고민해 봤자 소용없어. 어쨌든 행동하자.'

타고난 긍정적 사고로 곧장 기분을 전환했다.

"좋아, 에르나. 일단 아래층으로 도망치자. 7층에 내려갔다가, 청소원이 8층 왁스 작업을 끝내면 다시 돌아오는 거야. 괜찮아. 어떻게든 될 거야."

"……."

금붕어를 이동시킨 어항을 안고서 에르나는 고개를 숙이고 있었다.

「에르나?」 하고 지비아가 불렀다.

"응?"

에르나는 멈칫했다.

"마, 맞아. 우선 탈출하자."

에르나가 어항을 놓고 지비아 곁으로 왔다.

"피곤해서 그래?"

지비아가 에르나의 머리를 쓰다듬었다.

"그럼 옆방에서 쉬고 움직일까? 왁스 작업은 좀 이따 시작되잖아."

「……응. 꼭 그러고 싶어」 하고 에르나도 고개를 끄덕였다.

모습을 살피며 사장실에서 나온 지비아는 소리 나지 않게 조심히 문을 닫았다.

에르나가 꼴깍 숨을 삼켰다.

경계한 대로 청소원은 이미 도착한 듯했다. 위층부터 왁스 작업을 하는지 작업복을 입은 남녀 두 명이 짐을 안고서 계단을 오가고 있었다.

지비아와 에르나는 사장실을 떠나 옆에 있는 창고로 도망쳤다. 일단 휴식을 취했다. 에르나는 바닥에 앉아서 심호흡을 반복했다.

최근 임무 실패가 계속되어 피로가 쌓인 듯했다. 충분히 시간을 들여 쉬면서 타이밍을 쟀다.

이윽고 두 사람은 창고를 빠져나와 몰래 건물 끄트머리로 이동했다.

복도 끝에 비상용 출구가 있었다. 빌딩 외부의 비상용 계단으로 가는 출구였다. 밖에서는 훤히 보이지만, 한 층 내려가는 것 정도는 문제없을 거라고 판단했다.

두 사람은 말없이 고개를 끄덕이고 비상용 계단을 향해 한 걸음 내디뎠다.

—벨이 울려 퍼졌다.

"응?!"

"헉?!"

두 사람은 눈을 홉떴다.

관리동 전체에 울려 퍼지듯 따르르르 하고 날카로운 경보가 울리기 시작했다. 누군가가 신고한 것인지, 비상용 계단에 함정이 있었던 것인지는 불명이었다.

'어째서……?! 왜 지금 작동하는 거야?!'

예측하지 못한 사태가 일어난 것은 틀림없었다.

지비아가 혀를 찼고, 두 사람은 비상용 계단에서 벗어났다.

이래서는 공장 전체에서 시선이 모인다. 외부로 노출된 계단은 이용할 수 없다.

이어서 사람이 모여드는 소리가 아래층에서 들렸다.

"이, 일단 사장실로 돌아가자!"

에르나가 외쳤다.

"사장실?!"

지비아가 반문했다.

"거기라면 사원도 간단히 들어올 수 없어!"

냉철한 판단이었다.

견고한 보안 설비가 갖춰진 사장실은 사장과 비서 외에는 들어갈 수 없다. 어차피 도망칠 곳이 없으니 사장실에 잠시 몸을 숨기는 것은 최선의 선택이었다.

뛰기 시작한 에르나를 뒤쫓아 지비아도 「그래」 하고 고개를 끄덕이고서 달렸다.

사원들이 8층까지 올라오는 발소리를 들으며 에르나는 사장실 문 앞에 도착했고, 다시 보안을 해제하여 문을 열어젖혔다.

두 사람은 그 방에 들어가려고 한 걸음 내디뎠지만—.

"—멈춰!"

갑자기 에르나가 비명을 질렀다.

어? 지비아는 신음했다.

방에 들어가려고 한 지비아의 옷을 에르나가 당겼고, 즉각 반응한 지비아가 후방으로 뛰었다. 에르나가 지비아를 감싸듯 몸을 부딪쳤다.

폭발이 일어났다.

사장실에서 불이 뿜어져 나와 복도까지 튀었다.

파괴를 동반하는 종류는 아니었으나 맹화라고 표현해도 될 기세였다. 복도가 붉게 물들었다.

아슬아슬하게 피했지만, 정통으로 맞았다면 목숨을 잃었을 것이다.

'불……? 함정은 해제했을 텐데 왜……?!'

엉덩방아를 찧으며 지비아는 의문을 품었다.

예상치 못한 함정이 계속되고 있었다.

불행 중 다행으로 빌딩은 철근 콘크리트제라서 불이 건물 전체로 번질 것 같지는 않았다. 사장실의 카펫을 태우는 데 그치고 있었다.

그때 퍼뜩 정신을 차리고 지비아가 숨을 삼켰다.

"에르나! 괜찮아?!"

에르나가 고통스러워하며 옆에 쓰러져 있었다.

화상을 입었는지 괴로운 듯 위팔을 잡고 있었다. 넘어지면서 머리도 부딪친 것 같았다. 이마에서 피가 흐르고 있었다.

에르나는 갈라진 목소리로 뭐라고 낮게 말했다. 이윽고 몸에서 힘이 빠졌다.

지비아가 몇 번 불렀지만 대답은 없었다. 몸을 흔들어도 입술은 움직이지 않았다.

—의식을 잃었다.

허둥지둥 호흡을 확인했다. 에르나의 작은 가슴은 오르락내리락 움직이고 있었다. 살아는 있었다. 하지만 한시라도 빨리 안전한 곳으로 옮겨야 했다.

그러는 동안에도 계단에서는 사원들이 달려오는 발소리가 들렸다. 조금 전의 폭발로 이상 사태를 알아차린 듯했다. 남자들의 고함이 난무했다.

—위기가 다가오고 있었다.

도망칠 곳 없는 8층 복도로 모이는 사원들. 그리고 옆에는 의식불명의 파트너.

"미안, 에르나."

지비아는 잠든 소녀에게 말했다.

"거칠게 갈게. 용서해 줘."

말함과 동시에 지비아는 에르나의 몸을 들어서 등에 올렸다. 업는 자세가 되어 허리를 굽혔다.

위험한 수단을 고를 수밖에 없었다.

지비아는 **복도 창문을 걷어찼다.**

깨부수는 기세를 몰아 8층 창문에서 뛰쳐나갔다. 에르나를 업은 상태로!

누군가에게 목격당하는 위험보다 동료의 구조를 우선했다.

그리고 시험해 본 적이 없는 기술을 실전에서 바로 사용했다.

'—고층 다이빙!'

이런 비상시가 아니라면 시도하고 싶지 않은 위험한 행위였다. 동료의 목숨이 걸린 상황이라면 더더욱 그랬다.

신체 능력을 극한까지 사용한다. 낙하 직전에 지비아는 몸을 돌리고 손목에서 와이어를 발사했다. 와이어가 빌딩 외부에 드러난 배수관에 감기며 낙하 속도를 줄였다.

이미지하는 것은 진자.

낙하 운동을 진자 운동으로 변환하여 추락사를 면한다.

와이어를 사출하는 타이밍이나 길이를 조금이라도 틀리면 몸은 땅에 처박힌다. 지비아의 몸이 호를 그리며 공중에서 흔들렸다. 몸이 찢어질 것 같은 충격에 폐에서 공기가 빠져나갔다.

땅이 눈앞으로 다가오는 것은 살 떨리는 광경이었다.

하지만 직전에 지비아의 몸은 떠올랐다.

에르나의 머리카락이 땅을 스쳤다.

진자 운동의 기세가 떨어질 때까지 지비아는 공중에 매달려 흔들렸다.

안전하게 착지한 지비아는 크게 숨을 내쉬었다.

'어떻게 잘 됐나 보네…….'

지비아는 다른 사원에게 들키지 않게 부지 내를 달려갔다.

부지 끝자락에 도달하여 펜스를 넘어갔다. 그리고 공장 맞은편에 있는 빌딩 사이로 들어갔다.

키 큰 빌딩 사이에 난 폭 3m 정도의 샛길에서 지비아가 「여기까지 도망치면 괜찮겠지」 하고 등에 업힌 에르나를 향해 웃으며 말했다. 아쉽게도 대답은 없었지만.

지비아가 어두운 곳에서 숨을 고르고 있으니 생각지 못한 두 사람이 나타났다.

"나님, 도와주러 왔어요!"

"안녕하세요, 디저트로 멘탈을 회복한 릴리예요!"

아네트와 릴리였다. 샛길 반대편에서 달려왔다.

정시가 됐는데도 돌아오지 않는 지비아와 에르나가 걱정되어 찾아왔을 것이다.

「……방금 8층 빌딩에서 뛰쳐나와 곡예 같은 기술로 착지한 오랑우탄을 본 것 같아요」 하고 릴리가 중얼거렸다.

"시끄러워."

지비아가 태클을 걸었다.

"농담은 됐으니까 당장 에르나를 치료해 줘."

"어? 다쳤어요?!"

"기절했어. 치료하고 당장 안전한 곳으로 데려가자."

아네트가 「나님, 구급상자를 가져왔어요!」 하고 어필하고서 치마를 흔들었다. 붕대와 소독약 등이 와르르 쏟아졌다.

릴리와 지비아는 곧장 응급 처치를 베풀었다.

다소 난폭하게 머리에 붕대가 둘둘 감겨서 에르나의 이마가 흉하게 불룩해졌다.

이대로 즉각 에르나를 거점에 데려가고 싶었지만—.

"거기 여자들, 움직이지 마."

—위기는 계속되었다.

골목에서 새로운 사람이 나타났다.

◇◇◇

지비아는 곧바로 돌아보았다.

공장 방향에 청소원 차림의 남자가 서 있었다. 기척이 전혀 없어서 하늘에서 뚝 떨어진 것 같다는 착각조차 들었다. 방심했다고는 하지만, 보통은 일어날 수 없는 현상이었다.

'음. 아까 관리동에 있었던 청소원……? 왜 쫓아왔지?'

그의 생김새는 낯이 익었다.

어깨에 걸친 대걸레에서 맡은 적 있는 왁스 냄새가 났다.

"……너희는 뭐 하는 녀석들이지?"

짧은 갈색 머리의 청년은 위협적인 목소리로 말했다. 나이는 스무 살 전후일까. 어둡고 음울한 눈으로 지비아 일행을 응시하고 있었다.

제일 먼저 지비아가 반응.

지면을 도려낼 듯 세게 땅을 박차 청년에게 육박했다.

상대의 목적은 알 수 없으나 냉큼 제압하는 것이 가장 좋았다.

지비아는 청년이 대응할 수 없는 속도로 접근하여 목에 단검을 댔다.

"미안. 우리도 일이라서."

지비아가 낮게 말했다.

청년은 말없이 눈을 살짝 크게 뜨고 있었다.

「빨라요, 누님!」 하고 아네트가 흥분한 목소리로 외쳤다.

조금 전의 탈출극도 그렇고, 지비아의 신체 능력은 석 달 전보다 더욱 향상되어 있었다. 일대일이라면 일반인은 이제 상대도 되지 않았다.

"소리 내지 마."

단검을 바짝 댄 채 지비아가 고했다.

"일반인한테 위해를 가하고 싶진 않아. 명령에 따라. 아무한테도 보고하지 말고, 아무한테도 밝히지 마. 극단적으로 말해서 잊어버려. 그걸 약속할 수 있다면 풀어 주겠어. 알겠지?"

"……."

청년은 건조한 눈으로 마주 보았다. 반응이 희미했다.

겁을 먹거나 울상을 지으리라고 예상했던 지비아는 고개를 갸웃했다.

"……뭐야, 대답 정도는 해."

상대는 그저 시큰둥한 눈으로 마주 보았다. 몸 어디에도 힘이 들어가 있지 않고 긴장이 풀려 있었다. 마치 시시한 연극을 보는 것처럼.

상황을 이해하지 못한 걸까.

릴리가 「지비아의 얼굴이 무서워서 대답하기 힘든 것 아닐까요?」 하고 작은 목소리로 타일렀다.

짜증 나는 표현이었지만 일리 있었다.

"뭐, 잘못한 건 전면적으로 우리인가. 말려들게 해서 미안해. 하지만 부탁할게."

그렇게 지비아가 웃으며 청년의 품에 위자료 대신 동전을 넣었을 때였다.

"—하찮아."

섬뜩한 목소리가 들리고 청년이 몸을 뒤로 젖혔다.

크게 후방으로 쓰러져 지비아의 단검에서 벗어나고 몸을 젖힌 채 공중으로 뛰었다. 축구의 바이시클 킥처럼 지비아의 측두부를 차 올렸다.

갑작스러운 저항이었다.

심지어 상당히 아크로바틱했다.

지비아는 「이 자식!」 하고 신음하고서 청년을 제압하려고 했다. 같은 타이밍에 릴리가 독침을 찌르려 했고, 아네트가 전기 충격기를 들고 달려들었다.

세 방향에서 오는 공격. 공중에 있는 청년은 피할 수 없을 터다.
—원래 같았으면.

"코드 네임 『비금(飛禽)』— 물어뜯는 시간이 되어라."

그렇게 말하는 소리가 들렸다.

청년은 들고 있던 대걸레로 땅을 찍어 공중에서 몸을 돌려서 세 방향에서 오는 공격을 피했다. 단련된 코어 근육이 없다면 불가능한 일이었다.

그리고 그대로 회전하는 그의 몸에서 무수한 단검이 나왔다.

위험을 감지한 소녀들은 일단 거리를 벌리려고 했지만— 전원이 미끄러졌다.

'……왁스?!'

지비아가 눈을 부릅떴다.

청년이 들고 있던 대걸레에서 떨어진 것이다.

그 후로는 순식간이었다.

착지한 청년은 튀어 오르듯 다시 점프했다. 흡사 용수철 같았다. 양손을 길게 써서 균형을 잃은 소녀들의 옷을 단검으로 찍어 땅에 박았다. 너무 빨라서 피하지도 못하고 지면에 고정되었다.

지비아는 넘어지면서 눈앞의 현실에 당황할 수밖에 없었다.

옆에서는 릴리가 「어?」 하고 눈이 휘둥그레져 있었다.

신체 능력에 압도되었다.

3 대 1인데도 불구하고 유린당했다. 살짝 방심한 허를 찔렸다.

"……너희는 시끄러워. 수를 줄여 두기로 하지."

청년은 땅에 엎어진 소녀들에게 날카로운 시선을 보냈다.

오른손에는 단검 한 자루.

그 칼끝이 겨누고 있는 것은 지비아였다.

"먼저 너부터."

청년은 망설이지 않고 지비아를 향해 단검을 휘둘렀다.

"기다려, 빈드!!"

단검은 지비아의 이마에 닿기 직전에 멈췄다.

온몸에서 식은땀이 흘렀다. 지비아는 틀림없이 죽음의 이미지를 보았다.

쿵쿵 뛰는 심장의 고동을 느꼈다.

'이 녀석이 그럴 작정이었다면—.'

지비아는 그 운명을 상기하고 있었다.

'—죽었어. 지금 여기서.'

지비아의 다리가 후들거렸다. 그래도 얼굴을 들고 상황을 확인했다.

좁은 골목에 또 새로운 인물이 나타났다.

커다란 안경을 쓴 소녀였다. 비취색 머리로 포니테일을 만들었고 드센 표정을 짓고 있었다. 그녀도 아까 관리동에 있던 청소원 중 한 명이었다.

그녀는 언성을 높여 「이 아이들은 적이 아니야. 동포야」 하고 청년에게 말했다.

"……흐응. 그런가."

빈드라고 불린 청년은 눈썹을 찌푸렸다.

그리고 「더더욱 하찮아」라고 중얼거리고서 단검을 거두어들였다.

비취색 머리 소녀는 깊이 한숨을 쉬었다. 몸 깊숙한 곳에서 흘러나온 듯한 한숨이었다.

"멈춰 줘서 다행이야……. 빈드, 하마터면 같은 편을 찌를 뻔했어."

빈드는 냉담한 눈으로 소녀를 보았다.

"시끄러워, 큐르. 네가 말하지 않았어도 나는 멈췄어."

"어?"

"위쪽. 빨리 눈치채."

빈드의 재촉에 지비아도 빌딩 옥상을 보았다.

―클라우스가 서 있었다.

오른손에는 권총, 왼손에는 단검. 긴 머리를 묶고 완전한 임전 태세로 내려다보고 있었다.

지비아는 숨을 삼켰다. 빈드를 포함해 다른 사람도 마찬가지였다.

공기가 무거웠다. 살기일까.

큐르라고 불린 소녀가 힉, 비명을 지르며 한 걸음 물러났다.

만약 그가 마음만 먹는다면 여기 있는 인간 따위 몇 초도 되지 않아 몰살시킬 수 있을 것이다.

"저 생김새……. 그렇군, 저 녀석이 『화톳불』인가……."

빈드만큼은 클라우스의 살기에도 동요하지 않고 당당했다.

클라우스는 옥상에서 지비아 앞으로 소리 없이 내려왔다. 5층이 넘는 높이에서 떨어졌을 텐데도 아파하지 않았다.

잠시 정적이 흐른 후, 클라우스가 빈드를 바라보았다.

"내 소개는 필요 없을 것 같군."

"필요 없습니다. 화톳불이라는 이름 정도는 압니다."

빈드는 무뚝뚝하게 대답했다.

"처음 뵙겠습니다. 저는 코드 네임 『비금』. 가명은 빈드."

"그래. 옆 사람은?"

"앗, 넵! 어, 어어, 저, 저는 『고익(鼓翼)』. 가명은 큐르입니다."

큐르라고 이름을 밝힌 소녀는 긴장한 모습으로 머리를 숙였다.

클라우스는 「일단 흩어지지」 하고 냉정하게 고했다.

“여기 모이는 건 좋지 않아.”

빈드는 「알겠습니다」 하고 대답하고서 대걸레를 움켜쥐고 큐르와 함께 빌딩으로 돌아갔다.

““““…………….””””

남겨진 소녀들은 멍하니 있을 수밖에 없었다.

살아난 것 같지만, 그들은 대체 뭐 하는 자들이었을까. 클라우스를 아는 듯했는데—.

대표로 지비아가 「그 녀석들은 대체 뭐야?」 하고 물었다.

“동료야. 딘 공화국의 동포지.”

클라우스는 바로 대답해 줬다.

그리고 그것은 소녀들에게 있어 예상외의 정보였다.

“『봉황』— 전체 양성 학교의 톱6로 편성된 새로운 팀이야.”

◇◇◇

『봉황』에 관해 클라우스는 『해명』으로부터 이미 들은 상태였다.

한때 딘 공화국의 스파이망은 괴멸적이었다.

클라우스의 스승인 『거광』 기드의 배신 때문이었다. 일개 스파이를 넘어 공화국의 많은 정보를 가지고 있던 남자가 적대국인 가르가드 제국 편에 붙었다.

정보가 누출된 스파이는 늘 궁지에 몰린다.

기드의 배반은 그야말로 악몽 같은 일이었다.

공화국의 유망한 스파이에 관한 정보가 적에게 넘어가서 많은 희생자가 나왔다. 괴멸된 것은 『화염』뿐만이 아니었다. 귀중한 인재가 많이 죽었다. 이 궁한 상황을 뒤집으려고 해도 맞설 수 있는 스파이의 정보가 유출되어 있었다. 답이 없었다.

그것을 어떻게든 극복한 요인은—.

"크게 두 가지. 첫째로 『화톳불』 군의 활약. 네가 『등불』을 결성하고 훌륭히 『화염』의 대역을 완수해 준 것은 절망 속에 생겨난 커다란 빛이었어."

해명이 해설했다.

"그리고 또 하나는 양성 학교 톱층의 대두야."

미증유의 위기에 스파이 양성 학교 학생이 급히 전선에 투입되었다.

클라우스는 양성 학교의 성적 우수자 정보가 누설되었을 것을 염려해 낙오자를 모아서 『등불』을 결성해 성과를 올렸다.

한편에서는 성적 우수자들도 졸업 시험을 받고 최전선에서 활약한 듯했다. 아무리 기드가 대단해도 양성 학교의 성적 우수자까지 전부 파악하고 있지는 않았던 모양이다.

"물론 모든 신인이 성과를 올린 건 아니야. 기드는 일부 성적 우수자의 정보도 유출했어. 적잖은 희생이 있었지. 하지만 그런 동료의 죽음에 보답하듯 독보적인 성과를 올린 게— 『봉황』이야."

클라우스도 처음 듣는 이름이었다.

최근 생겨난 조직일 것이다.
“꽤 대단해. 『화염』 괴멸 직후, 3천 명이 넘는 양성 학교의 전체 학생 중에서 성적 상위자를 선발하여 이루어진 졸업 시험— 그 시험의 성적 상위자 여섯 명으로 결성된 드림팀이야.”
“3천 명 중 톱6인가.”
“이미 상당한 임무를 달성했어. 난이도가 높은 건 아직 배정되지 않지만.”
해명은 즐겁게 말했다.
“—성공한 임무 수만 따지면 『봉황』은 『등불』보다 위야.”

◇◇◇

에르나는 클라우스의 거점으로 옮겨졌다.
곧장 부른 의사는 한동안 안정을 취하면 깨어날 거라고 진단했다.
에르나는 여전히 의식을 되찾지 못하고 침대에 누워 있었다. 때때로 고통스럽게 신음했다. 화상, 그리고 넘어지면서 뇌진탕이 일어난 것이라고 했다. 목숨에 지장은 없는 듯해서 『등불』 멤버들은 진심으로 안도했다.
지비아는 동료가 떠난 뒤에도 계속 에르나 옆에 있었다.
“미안해, 에르나. 내가 한심해서…….”
에르나의 이마에 맺힌 땀을 닦고 사죄했다.
그리고 한마디 말을 건네고서 침대에서 떨어졌다. 때마침 배에서 꼬르륵 소리가 났다. 기분은 개운치 않지만 이런 때도 배는 고팠다.

이미 해가 져서 저녁을 먹을 시간이었다.

"으음, 즉, 두 팀의 임무가 겹쳐 버린 건가요?"

다이닝키친에서는 릴리를 중심으로 보고가 이루어지고 있었다.

8인용 식탁에 포장해 온 용화 요리가 차려져 있었다. 통닭구이, 물만두, 삶은 새우, 오색 샤오룽바오, 복숭아 찐빵, 형형색색의 진수성찬이었다.

전부 릴리가 잠복 중인 레스토랑의 잔반이었다. 이 여자, 식사 확보만큼은 여념이 없었다.

티아, 릴리, 아네트가 식탁에 둘러앉아 있었고, 거기에 지비아도 끼었다.

"그런 것 같아."

해설하는 사람은 티아였다. 새우 껍질을 정성스레 벗기고 있었다.

"각기 다른 타깃을 쫓던 『봉황』과 『등불』이 한곳에서 만나 버린 거야. 간혹 드물게 있는 일이라고 해."

"으음. 정보를 숨기는 스파이라서 일어난 일이군요."

샤오룽바오를 우물거리는 릴리.

"나님, 확실하게 서로 보고해야 한다고 생각해요!"

복숭아 찐빵을 베어 무는 아네트.

"맞아. 지금 선생님의 서재에서 조정이 이루어지고 있어."

티아가 고개를 끄덕였다.

소녀들은 서재로 시선을 옮겼다.

아까 빈드와 큐르가 별장에 찾아왔고 서재에 들어갔다. 청소 작업복이 아니라 학생복이었다. 롱청에 유학하러 온 학생이라는 것이 그들의 가짜 경력(커버)인 것 같았다.

지금쯤 『등불』과 『봉황』 사이에서 정보 공유가 이루어지고 있을 것이다.

"그나저나."

지비아가 우울하게 한숨을 쉬었다.

"양성 학교의 톱6인가……."

"그렇지……."

티아도 어두운 얼굴로 맞장구를 쳤다.

『봉황』이 어떤 팀인지는 이미 클라우스에게 대략 들은 상태였다. 이른바 양성 학교의 엘리트들이라고 했다.

"우오오오오오오오오오오오오오오오오오오!!"

릴리가 갑자기 번민하기 시작했다.

"머릿속에에에에, 여러 가지 기억이이이이이이이!"

괴로운 표정을 짓는 사람은 릴리뿐만이 아니었다. 지비아와 티아도 똑같았다. 어느새 밥도 잘 넘기지 못하고 있었다. 아네트만이 장난치듯 복숭아 찐빵을 쌓으며 여유를 보였다.

『등불』은 『봉황』과 정반대— 양성 학교의 낙오자 팀이었다.

성적 불량, 인간관계, 안 좋은 소행, 실패. 다양한 요인으로 양성 학교에서 성장하지 못한 학생들뿐이었다. 퇴학 직전까지 몰렸던 소녀들로 구성되어 있었다.

"뭐, 안 좋은 기억만 떠올리게 되지."

지비아가 중얼거리자 티아도 공감한다며 긍정했다.

"솔직히 트라우마야. 다시는 엮일 일 없을 줄 알았는데."

"심지어 우리 상태가 안 좋을 때 만나다니."

소녀들은 호흡을 맞춘 것처럼 「「「불행……」」」 하고 말했다.

무거운 침묵이 식탁을 채웠다.

실링팬의 모터 소리가 공허하게 울렸다.

"하, 하지만!"

릴리가 일어났다.

"저, 저희도 양성 학교에 있을 때와는 달라요! 선생님과 훈련하여 불가능 임무를 수행한 슈퍼 에이전트 릴리예요!"

"어, 응…… 뭐, 그것도 그러네."

릴리의 말에 촉발되어 지비아도 뒤늦게 일어났다.

"맞아! 릴리가 말한 대로야. 낙오자는 과거 얘기지! 우리의 보스도 양성 학교 같은 건 좁은 틀이라고 했고!"

다른 소녀들도 속속 일어났다.

「나, 나도 그래. 애초에 나는 성적을 정당하게 평가받지 못했어!」 하고 티아.

「나님의 멋진 발명품도 교관들은 쓰레기 취급했어요!」 하고 아네트.

애써 괜찮은 척하는 분위기이긴 했지만 저마다 목소리를 높이기 시작했다.

그렇게 기분이 최고치까지 고조됐을 때, 릴리가 외쳤다.

"우리의 일은 양보하지 않아요! 엘리트고 자시고 좋다 이거예요. 덤벼라, 『봉황』!"

""""오오오오오오오!""""

그녀들은 기운차게 주먹을 치켜들었다.

"……위세가 좋은 여자들이야."

후방에서 낮은 목소리가 들렸다.

불길한 예감을 느끼며 획 돌아보았다.

냉담한 눈으로 보는 빈드와 「아하하……」 하고 어색하게 웃는 큐르가 서 있었다.

대화를 끝내고 서재에서 나온 듯했다.

양손을 주머니에 찔러 넣은 자세로 빈드가 압박을 가했다.

"그래서, 『봉황』이 뭐 어쨌다고? 하고 싶은 말이 뭐야? 한 번 더 떠들어 봐."

""""""…………."""""

본인들이 앞에 나타나자마자 소녀들은 입을 다물었다.

표정은 하나같이 얼어붙어 있었다.

이윽고 릴리가 「지비아가 하고 싶은 말이 있대요」 하고 제일 먼저 배신했고, 티아가 「마, 맞아」 하고 동조했고, 아네트가 「지비아 누님, 아까처럼 매도해 주세요!」 하고 독려했고, 지비아가 「너희들, 용서하지 않을 거야」 하고 노려보았다.

“팀의 치부를 드러내지 마.”

그때 클라우스도 다이닝키친에 나타났다.

“방금 『봉황』과 조정을 끝냈어. 일단 룽청에서는 두 팀이 협력하여 임무를 수행한다. 영역 다툼처럼 생각하지 마.”

큐르가 「잘 부탁해」 하며 손을 흔들었다. 빈드는 말이 없었다.

『등불』의 소녀들도 얼굴을 붉히며 머리를 숙였다.

“응? 그러고 보니.”

지비아가 말했다.

“왜 너희가 직접 왔어? 이런 조정은 보스끼리 하는 거 아니야?”

“그래, 맞아. 그에 관해서는—.”

“내가 직접 이 눈으로 봐 두고 싶었어.”

클라우스의 말을 막고 빈드가 발언했다.

“단편적이지만 소문은 들었어. 양성 학교의 낙오자들이 불가능 임무를 달성했다고 말이야. 처음에는 우리를 분발시키기 위해 교관이 퍼뜨린 헛소문이라고 생각했지만.”

빈드의 발성에는 예사롭지 않은 위압감이 있었다.

그는 한 걸음씩 거리를 좁혀 소녀들 앞에 도달했다. 값을 매기는 듯한 날카로운 시선을 받고 소녀들은 윽 하고 작게 신음했다.

“너희가 불가능 임무를 달성했다는 건 정말인가?”

“……네. 맞아요.”

대답한 사람은 릴리였다.

땀을 흘리면서도 당당히 가슴을 폈다.

"저희가 달성했어요. 이야~ 격렬한 싸움이었죠. 특히 가르가드 제국에서의 잠입 임무는 우리의 완벽한 팀워크가 없었다면 성공시키지 못했을—."

"그 꼬락서니로?"

빈드는 차갑게 말했다.

릴리는 으 하고 입을 다물었다.

그 질문 후로 흥미를 잃었는지 빈드는 소녀들에게서 시선을 뗐다. 양손을 주머니에 넣은 자세 그대로 클라우스를 돌아보았다.

"화톳불 씨, 오늘 밤 임무는 제가 참가하겠습니다. 그래도 되겠죠?"

"그래, 상관없어."

"감사합니다. 그럼 아까 말씀드린 시간대로 가겠습니다."

용건은 그걸로 끝이라는 것처럼 빈드는 냉큼 떠났다.

소녀들은 상대도 하지 않겠다는 태도였다.

큐르가 겸연쩍어하며 양손을 맞대고 「어, 으음, 우리 빈드가 좀, 미안」 하고 사과하고서 그를 뒤쫓아 떠났다.

소녀들은 복잡한 기분으로 출입문을 바라보았다.

"무, 무서운 분이었어요……."

릴리가 그렇게 중얼거리자 지비아도 「그, 그러게」 하고 동의했다.

지금까지 만났던 어떤 스파이와도 다른 박력이 있었다.

물론 그녀들이 다녔던 학교에도 성적 우수자는 있었지만, 그들과 비교해도 빈드는 격이 다른 존재 같았다. 저렇게까지 무뚝뚝한 인간도 없었다.

"프로 의식이 높은 거겠지."

클라우스가 말했다.

"조금 위험할 정도지만, 정신을 바짝 차리는 건 결코 나쁜 일이 아니야. 너희도 본받는 게 어때? 오늘 밤에는 『봉황』과의 합동 임무가 있을 거다. 지비아는 바로 준비에 착수하도록. 에르나 대신 릴리가 보조하고."

"어?"

"예?"

갑작스러운 지명을 받고 지비아와 릴리는 눈을 동그랗게 떴다.

"무슨 일이 벌어졌든 임무는 계속돼."

클라우스는 강한 어조로 고했다.

"나는 오늘 밤 다른 일이 있어. 너희에게 맡기마. 혹시 몰라서 조언도 적어 뒀어."

"그, 그래."

"아, 알겠습니다……."

클라우스가 침착한 목소리로 타일러서 소녀들도 정신을 차렸다.

그의 말이 맞았다. 임무는 아직 계속되고 있다. 양성 학교의 트라우마를 떠올리고서 떨고 있을 때가 아니었다.

「선생님도 항상 긴장을 늦추지 않네요」 하고 릴리가 코멘트했다.

「당연한 프로 의식이야」 하고 클라우스가 대답했다.

그리고 클라우스는 접힌 종이를 하나씩 내밀었다.

실패한 소녀들에게 주는 조언인 듯했다.

『달에 걸리는 무지개처럼 훔쳐라.』

『보름달처럼 전부인 자신으로.』

종이를 펼치니 악필로 각각 짧게 적혀 있었다.

어째서인지 클라우스는 의기양양했다.

"프로페셔널한 내 조언을 따르면 너희도—."

"당신의 지도에서는 프로 의식이 하나도 느껴지지 않아!"

지비아가 외쳤다.

◇◇◇

몇 시간 후, 지비아와 릴리는 다시 방적 공장 앞에 있었다.

시각은 이미 22시를 지났지만 공장은 가동 중이었다. 둔중한 소리가 울렸다. 관리동 빌딩은 절반 이상 불이 꺼져 있었으나 창문에서 빛이 새어 나오는 곳도 있었다. 밤새우는 노동자가 있는 것이다. 이곳 사장의 경영 방침은 사원을 혹사하는 것인 듯했다.

릴리는 옆에 있는 인물에게 물었다.

"『봉황』은 이 공장의 정체를 어디까지 알고 있나요?"

"전부."

청소원 차림을 한 빈드가 짧게 대답했다.

그는 관리동의 아르바이트 청소원으로서 보름 전부터 잠입 중이라고 했다. 그의 인도로 지비아와 릴리는 수월하게 부지에 들어올 수 있었다.

그대로 빈드를 따라 공장 안을 걷고 있었다. 어둠 속을 나아가고 있을 뿐이지만, 자연스럽게 다른 사람과 만나지 않았다.

참고로 큐르는 따로 행동했다. 지비아, 릴리, 빈드, 셋이서 잠입이었다.

"이 방적 공장의 배후에 숨어 있는 건 지역 마피아야. 롱청에서는 정보가 돈이 된다는 걸 충분히 이해하고 있어. 세계 각국의 외교관을 매수하여 얻은 정보를 파는 거지. 기밀 정보 전문인 소매업자라고 해도 좋아. 그리고 그들의 위장막이 이 방적 공장이야."

의외로 빈드는 친절하게 해설해 줬다.

태도는 차갑지만 필요한 정보는 전부 순서대로 나열해 줬다.

"지역에 뿌리내린 녀석들이니까 도시 곳곳에 눈이 있어. 미행의 일거수일투족에 목숨이 왔다 갔다 해. 너희가 노린 기밀문서는 이미 다른 장소로 옮긴 것 같아."

이어서 지비아가 질문을 던졌다.

"그건 알겠어. 그래서 어쩔 거야? 문서를 어디로 옮겼는지 어떻게 알아낼 거지? 누굴 족쳐야 하는지도 솔직히 모르겠는데."

"……그렇지. 너희가 일으킨 소동 때문에 보안도 엄중해졌어. 우리가 공들여 준비한 계획이 무용지물이 됐어."

"윽. 그건, 미안……."

"다소 강제적인 수단을 쓸 거야. 원래부터 그 계획도 준비해 뒀었어."

이야기하다 보니 관리동에 도착했다.

빈드는 땅에 굴러다니는 주먹만 한 돌을 주웠다.

"……그런데 금발 여자는 어쨌지?"

그가 뭐라고 중얼거렸다.

"응?"

"그 작은 꼬맹이 말이야. 네가 업고 있었잖아?"

빈드가 여전한 무표정으로 지비아를 보았다.

에르나가 궁금한 듯했다.

"임무 중에 정신을 잃고 지금도 자고 있어. 사장실에서 폭탄 같은 것에 당했는데…… 그러고 보니 그건 뭐지? 네가 설치한 함정인가?"

"……아니, 나는 몰라. 다른 요인이겠지."

대답에 미묘한 간격이 있었다. 그것이 의미하는 바는 알 수 없었다.

빈드는 주워 든 돌의 형태를 확인하듯 손안에서 굴렸다.

"하지만, 알겠어. 빠진 금발의 대역 정도는 완수해 주지."

말이 끝나기가 무섭게 빈드는 돌을 관리동의 창문에 던졌다.

지비아와 릴리는 동시에 경악했다.

'이 녀석, 뭐 하는 거야?!'

창문이 깨졌고, 아니나 다를까 비상사태를 알리는 벨이 시끄럽게 울렸다.

사이렌이 왱왱거리며 경비원이 이쪽으로 달려오는 발소리가 들렸다.

"놀라지 마. 정보를 알아낼 때까지 적도 수상한 인물을 죽이진 않아."

아연해하는 소녀들의 시선을 받고서도 빈드는 태연했다.

"조용히 보고나 있어. —우리 『봉황』의 방식을."

그 목소리에는 섬뜩할 정도로 여유가 있었다.

빈드가 의도한 대로 지비아 일행은 달려온 경비원에게 붙잡혔다.

최악의 흐름은 이대로 경찰에 넘겨지는 것이었지만, 그들은 그것을 선택하지 않고 지비아 일행을 관리동 빌딩으로 끌고 갔다.

가까이서 보고 눈치챘는데, 방적 공장 내에 있는 경비원은 딱 봐도 건실한 일반인이 아니었다. 마피아의 말단 조직원일 것이다. 품에 권총도 숨기고 있는 듯했다.

지비아 일행은 양손을 뒤로 묶여 어떤 방으로 끌려갔다.

"여기……."

릴리가 중얼거렸다.

"사장실인가요?"

세 사람이 떠밀려 들어간 곳은 낮에 왔던 사장실이었다.

카펫과 미술품 대부분이 불탔고 탄내가 진동했다. 그래도 얼추 청소했는지 중앙에 큰 공간이 생겨나 있었다.

빈드는 태연자약한 얼굴이었다. 이곳에 끌려오는 것은 예상했던 모양이다.

아아, 그런가, 하고 지비아는 납득했다.

보안 설비가 확실하게 갖춰진 사장실은 밀실에 가까운 공간이다.

외부 공장 노동자가 접근할 수 없고, 아무리 비명을 질러도 소리가 새어 나가지 않는다. 고문하기 적절한 공간이었다. 이곳 녀석들은 경찰의 개입을 원치 않아 자기들이 직접 심문할 속셈이리라.

지비아 일행은 사장실 바닥에 난폭하게 밀쳐졌다.

방에는 남자 열 명이 모여 있었다. 개중에는 가학적으로 웃고 있는 자도 있었다. 원한 대로 붙잡아서 기쁠 것이다.

이윽고 남자들 사이에서 또각또각 하이힐 소리를 내며 한 여성이 나타났다.

"설마 너희 같은 젊은 애들이 잡힐 줄은 몰랐어."

나타난 여성이 누군지는 지비아도 알고 있었다.

방적 공장의 사장 비서였다. 몸에 딱 붙는 정장을 입은 묘령의 여성은 폭력의 세계에 사는 자 특유의 분위기를 풍겼다. 역시 이 공장과 지역 마피아는 밀접하게 연관되어 있을 것이다.

"……."

빈드는 지루하다는 듯 눈을 감고 있었다.

"네가 리더려나?"

비서는 재미있어하며 웃었다.

"낮에 사장실에서 화재를 일으킨 것도 너희야? 그래? 청소원으로 위장할 줄이야. 누가 고용했어?"

"가르쳐 줄 리가 없잖아."

빈드가 눈을 감은 채 대답했다.

"아쉽네. 그 태도는 틀렸어. 그런 스파이가 여기서 몇 명이나 죽어."

비서가 그렇게 말하자 그녀의 부하 한 명이 앞으로 나왔다. 손에는 철편을 들고 있었다. 그는 먼저 빈드의 머리를 후려치고 나서 마구잡이로 때렸다. 몇 번이고 몇 번이고 빈드의 몸에 쇳덩어리를 휘둘렀다. 쇠와 뼈가 부딪치는 둔탁한 소리가 계속해서 울렸다.

이윽고 철편을 휘두르던 남자가 지쳤는지 손을 멈췄다.

지비아와 릴리는 말문이 막히고 말았다.

역시 스스로 붙잡히는 수법은 악수로만 여겨졌다.

"너무 심했나?"

비서는 만족스럽게 말했다.

"너무 때렸나? 그런가? 뭐, 최악에 남자가 죽어도 다른 소녀에게 자백을—."

"—역시 하찮아."

빈드는 몸을 일으켰다.

주위 남자들이 어? 하고 신음했다.

양손을 묶인 채 빈드는 일어서 있었다. 몸의 축이 똑바로 잡혀 있었다. 전혀 다치지 않은 태연한 모습이었다.

"……그렇게나 맞았는데 왜 멀쩡한 거야?"

비서의 목소리에서 경악이 배어났다.

지비아는 그 기술을 알고 있었다. 클라우스가 몇 번 선보인 적이 있었다. 충격을 전부 흘리는 것이다. 남들 눈에는 얻어맞는 것처럼 보여도 본인은 일절 대미지를 받지 않는다. 하지만 빈드만큼 뛰어난 기량은 본 적도 없었다.

"……잠시 기다려 봤지만 결국 나타나는 건 너 정도의 인물인가."
빈드는 작게 한숨을 쉬었다.
"김새는군. 마음껏 나를 때릴 기회를 얻은 걸 영광으로 여겨."
"아까부터 뭐라고 나불나불—."
"이봐."
빈드는 고했다.
"—아까부터 더운 것 같지 않아?"
직후, 여성의 목소리가 들렸다.
"불이야! 이쪽까지 불이 번졌어!"
말단 남자가 허둥지둥 방을 뛰쳐나갔고 「정말입니다! 불이 났어요!」라고 보고했다.
사장실에 있는 마피아들이 일순 행동을 멈췄다.
다들 혼란에 빠진 듯했다.
생각해야 할 일이 너무 많았다. 당장 탈출해야 할까. 붙잡은 스파이들을 당장 죽여야 할까. 갑작스러운 이상 사태에 다들 머리를 굴렸다.
그 공백을 비웃듯 「더더욱 하찮아」라는 소리가 났다.
"코드 네임 『비금』— 물어뜯는 시간이 되어라."
빈드였다.
양손을 묶인 그의 몸이 마치 중력에서 벗어난 것처럼 떠올랐다.
—선혈이 튀었다.
제일 먼저 베인 것은 철편을 들고 있던 남자였다. 어? 하고 얼빠진 소리를 냈다. 빈드의 신발에 장치된 단검이 목을 갈랐다.

그 기술을 지비아가 목격하는 것은 두 번째였다.

흡사 온몸이 용수철 같았다. 어떤 자세여도 팔이나 다리의 근력만으로 도약하여 춤추듯 단검을 찔렀다. 예상치 못한 움직임에 아무도 대응하지 못하는 압권의 단검술!

—양성 학교 전교생의 정점에 군림했던 남자의 신기.

눈 깜짝할 사이에 빈드 옆에 있던 두 명이 베였다.

어느새 빈드의 구속은 풀려 있었다.

이어서 빈드가 도약했을 때는 또 한 명의 심장에 단검이 꽂혀 있었다. 공중에 뜬 빈드의 허를 찌르려고 다른 남자가 권총을 꺼냈을 때, 빈드는 시체를 발판 삼듯 걷어차서 다른 곳으로 이동해 있었다.

빈드는 사장실을 종횡무진 뛰며 단검을 휘둘렀다.

"도, 도망쳐!"

누군가가 외쳤다.

"여기 있어도 어차피 불타 죽어!"

둑이 터진 것처럼 사장실에 있던 사람들이 출입구로 쇄도했다.

한 박자 늦게 구속을 푼 릴리가 「놓치지 않아요!」 하고 반응하며 권총을 꺼냈다.

"쫓지 마, 은발."

하지만 릴리의 추격을 빈드가 막았다.

"저 녀석들은 얼간이야. 낯에 왁스를 칠한 사람이 누구인지 잊었어."

직후, 공기가 터지는 듯한 소리가 울리고 남자들의 비명이 들렸다.

이글거리는 불에 타 죽는 소리였다.

지비아는 이해했다.

처음부터 빈드의 목적은 이 화재였다. 가연성 왁스에 약품을 섞어 도화선처럼 불의 경로를 만들었다. 불을 지른 사람은 큐르일까. 생각해 보면 맨 처음 『불이야!』라고 보고한 것은 그녀의 목소리였던 것 같다.

어느새 사장실에는 지비아 일행과 비서만 남아 있었다.

"남은 건 너뿐이야."

빈드가 손안에서 단검을 돌렸다.

"우, 웃기지 마……."

비서는 다리가 풀려서 바닥에 주저앉아 있었다.

"불타 버려……. 너희도, 여기서 같이 죽는 거야……."

"이 사장실은 내화성을 겸비하고 있어. 불의 흐름도 제어를 해 뒀고. 우리가 일산화 탄소 중독으로 죽으려면 좀 더 시간이 걸려."

"윽……."

"기밀문서가 어디 있는지 정도는 알 테지. 실토하면 목숨은 살려 주겠어."

비서는 분한 듯 입술을 깨물었지만 이내 체념하여 「……알겠어」 하고 중얼거리고서 기밀문서의 장소를 말했다. 공포에 사로잡혔는지 상당히 말이 빨랐다. 마지막에는 마피아 보스가 잠복한 곳까지 말하고서 「……이걸로 전부야」 하고 신음했다.

"그런가. 그럼 이제 쓸모없군."

빈드가 단검을 들었다.
"어?"
"정말로 살려 줄 거라고 생각했나?"
빈드는 담담히 고하고서 단검을 치켜들었다.
"두 달 전, 너의 부하 때문에 존귀한 여성이 죽었어. 민간인 꼬마를 지키기 위해 총을 맞고 목숨을 잃었지. 내 평생의 후회야."
"잠깐만!"
비서가 외쳤다.
"나한테도 아들과 두 딸이 있—."
"악쓰지 말고 죽어."
빈드가 내리찍듯 던진 단검은 똑바로 비서의 목에 꽂혔다.
비서는 눈을 부릅떴다. 한동안 경련하던 몸이 힘이 다한 것처럼 무너졌다.
지비아와 릴리는 그 광경을 옆에서 그저 바라볼 수밖에 없었다.
잠복 기술, 신체 능력, 계산 능력, 냉혹한 멘탈— 모든 것이 완벽하게 완성되어 있었다.
기밀문서의 정보를 얻었고, 빈드의 모습을 본 자는 전원 사망.
우리의 방식을 보라고 빈드는 말했었다.
군더더기라고는 전혀 없는 압권의 솜씨였다.

◇◇◇

에르나가 눈을 뜬 것은 새벽이었다.

지비아와 릴리가 공장에서 귀환한 직후였다. 거점에 돌아오자 아직 깨어 있던 아네트가 「에르나가 일어났어요!」라며 기쁜 얼굴로 보고했다.

지비아와 릴리가 앞다투어 침실로 뛰어드니 침대에서 티아에게 간호받는 에르나의 모습이 있었다. 두 사람은 「우오오오오!」 하고 무의미한 소리를 내며 에르나를 끌어안고서 뺨을 찔렀고, 에르나가 「괴, 괴로워……!」 하고 신음하기 시작했을 때 헹가래로 전환해서 티아에게 「절대 안정!」 하고 혼났다.

몹시 들떠 있던 지비아와 릴리는 천천히 심호흡했다.

「괜찮아요? 기억 상실증에 걸리진 않았죠?」 하고 릴리가 물었다.

「그런 해프닝을 기대해도 곤란해」 하고 에르나가 대답했다.

"지비아의 특징은?"

"아주 살짝 바보."

지비아가 말없이 에르나의 뺨을 상냥하게 꼬집자 에르나는 기분 좋은 듯 「응~」 하고 신음했다.

뇌에도 이상은 없는 것 같아서 멤버들은 가슴을 쓸어내렸다.

한때는 어떻게 되려나 싶었지만 마침내 한숨 돌렸다.

"그, 그건 그렇고!"

에르나가 외쳤다.

"임무는 어떻게 됐어?"

꽤 걱정되는지 목소리에 귀기가 감돌았다.

에르나를 둘러싼 소녀들의 거동이 일순 정지했다.

"어, 응. 그에 관해서는……."

지비아는 난처한 듯 시선을 이리저리 옮겼다.

"설명할 게 좀 많죠."

릴리가 쓴웃음을 지었다.

직접 보는 게 빠르다며 소녀들은 에르나를 식당으로 데려갔다. 에르나는 고개를 갸웃하면서도 따라갔다.

어슴푸레한 새벽빛이 드는 식당에 두 인물이 앉아 있었다.

"……금발 여자인가."

"아, 네가 에르나? 반가워, 잘 부탁해."

빈드와 큐르였다.

그들은 임무 달성 후에 클라우스에게 보고할 겸 거점에 와 있었다. 현재 티아가 준비한 샌드위치를 아침으로 먹고 있었다. 빈드는 입안 가득 넣었고, 큐르는 어색한 모습으로 조금씩 베어 물고 있었다.

응? 하고 당황하는 에르나에게 지비아와 릴리가 설명했다. 『봉황』의 존재, 그리고 그들이 공장의 관리동에서 달성한 임무에 관해.

"이야, 진짜 대단해! 마법처럼 끝나 있었어!"

"정말로 굉장했어요! 깜짝 놀랐어요!"

지비아와 릴리는 이것저것 몸짓을 섞으며 그들의 솜씨를 이야기했다.

흥분한 나머지 말이 빨랐다. 그 열량에 에르나가 당혹스러워할 정도였다.

"역시 양성 학교의 톱은 굉장하네! 생각을 고치게 됐어."

"네, 선생님 외에 그런 스파이는 처음 봤어요!"

그것은 순수한 칭찬이었다.

빈드의 살인에는 경악했지만, 객관적으로 보면 어쩔 수 없는 처사라고 이해할 수 있었다. 죽인 것은 다들 마피아로서 악행을 저지른 죄인이다.

그리고 무엇보다도 모조리 계산된 기량이 대단했다.

'뭐, 분하지만 인정할 수밖에 없어. 그런 솜씨를 봤으니.'

복잡한 심경이지만 지비아도 인정할 수밖에 없었다.

'솔직히 이 녀석들의 실력은 우리보다 단연코 뛰어나.'

라이벌 의식은 버릴 수밖에 없다. 이들은 엘리트로서 나무랄 데 없는 기능을 지니고 있었다.

"저, 저기…… 빈드 씨, 큐르 씨……야?"

에르나도 상황을 이해한 듯했다.

낯가림을 발휘하면서도 쭈뼛쭈뼛 머리를 숙였다.

"에르나 대신 임무를 달성해 줘서 고마워요."

"대단한 일은 안 했어."

빈드는 무뚝뚝하게 대답했다.

그는 소녀들이 모인 식탁을 보고서 귀찮다는 듯 「시끄러운 건 질색이야」라고 말하더니 샌드위치를 한 조각 들고 일어났다. 다른 곳에서 먹으려는 것 같았다.

곤혹스러워하는 소녀들에게 큐르가 「신경 쓰지 마. 빈드는 늘 저런 느낌이니까」 하고 말했다.

그대로 릴리 일행도 아침을 먹는 흐름이 되었다.

점차 해가 뜨며 보라색으로 변해 가는 하늘이 식당에서 잘 보였다. 임무 달성 후의 기분 좋은 성취감에 휩싸여 샌드위치를 먹었다.

화제의 중심은 역시 『봉황』이었다.

소녀들은 큐르를 에워싸고 다양한 찬사를 보냈다.

"하지만 그렇게 『봉황』을 추켜세워도 곤란해."

도중에 큐르가 쑥스러워하며 볼을 긁적였다.

"『등불』도 뒤떨어지진 않잖아? 과하게 칭찬해도 마음이 불편해."

"어? 그래?"

지비아가 고개를 갸웃했다.

"응. 얘기를 들어 보니 파라미터가 돌출되어 있을 뿐, 양성 학교 졸업 수준의 실력은 있다고 생각해. 원래 낙오자였다니 믿을 수 없어. 아주 훌륭해."

「고, 고마워」 하고 지비아가 머리를 숙였다.

익숙하지 않은 칭찬에 소녀들의 얼굴이 뜨거워졌다.

클라우스 외의 인간에게 칭찬받는 것은 오랜만이었다.

티아가 「하지만 실제로는 실패만 하고 있어」 하고 대화에 끼었다.

"말하기도 부끄럽지만, 지금 우리는 잘 안 풀리고 있어. 뭐가 문제일까?"

"문제랄 것도 없이 그게 보통 아닐까?"

"보통?"

"응. 『등불』은 양성 학교 졸업 수준에 도달했어. 훌륭한 일이라고 생각하지만, 그건 이 세계의 출발 지점인걸. 당장 활약할 순 없어."

"아, 확실히 그러네."

"아마 지금까지가 너무 잘 풀렸던 게 아닐까."

타당한 분석에 소녀들은 입을 다물었다.

클라우스로부터 「양성 학교 졸업」이란 말을 들었을 때 소녀들은 환희에 떨었지만, 그건 스파이의 최저 수준에 도달한 것에 불과했다.

자신들은 이제 첫걸음을 뗐을 뿐이다.

"우리도 전부 성공하고 있진 않아. 뼈아픈 실패도 있었어."

큐르가 과거를 돌아보듯 찻잔의 가장자리를 덧그렸다.

「꼭 듣고 싶은걸?」 하고 티아가 말했다.

"응, 좋아. 천천히 얘기할까."

큐르가 흔쾌히 허락했다.

"나도 이렇게 팀원이 아닌 또래 애들과 얘기하는 건 오랜만이라서 기뻐. 그럼 서로 이야기하자. 지금까지 어떤 임무에 도전했는지."

소녀들은 주위로 의자를 이동시켜 큐르의 이야기를 경청했다. 엘리트들이 수행했던 임무가 궁금하지 않을 리도 없었다.

아주 온화한 분위기가 흘렀다.

그렇기에 좀처럼 돌아오지 않는 빈드의 존재를 신경 쓰지 못했다.

◇◇◇

클라우스도 임무에서 귀환하여 서재에서 한숨 돌리고 있었다.

닭고기죽이라는 롱청식 아침을 먹고 자료를 넘겨 나갔다. 심야 임무 직후에 해명을 통해 입수한 『봉황』의 데이터였다.

기본적으로 스파이는 다른 팀의 동향을 잘 모른다. 정보 유출을 염려한 대책이었다. 『거광』 기드나 『홍로』 페로니카 같은 엄청난 고참을 제외하면 이 나라의 스파이망 전체를 장악하고 있는 인간은 스파이 마스터인 C뿐이다.

클라우스라고 해도 단기간에 입수할 수 있는 정보는 매우 적었다.

하지만 그래도 『봉황』의 높은 잠재력은 전해졌다.

'확실히 뛰어난 팀이야. 일단 약점이 없어.'

『등불』과는 큰 차이가 있었다.

장단점이 분명한 『등불』에 비해 『봉황』의 멤버에게는 결점이 없었다. 어떤 임무든 그때그때 적절히 대응할 수 있도록 훈련을 쌓은 듯했다.

그중에서도 돌출된 능력을 가진 것은—.

'졸업 시험 1등. 『비금』 빈드……. 이런 대단한 실력자가 양성 학교에 있었을 줄이야. 기드가 놓치진 않았을 테니…… 최근 2년 새에 입학했나?'

온몸의 탄성과 단검술, 그리고 뛰어난 연기력. 색다르진 않아도 높은 기초 능력이 느껴졌다. 단 하나의 특기로 싸우는 『등불』의 멤버와는 대조적이었다.

그가 『봉황』의 리더를 맡고 있는 듯했다.

'그리고 졸업 시험 4등. 『고익』 큐르…… 후위로서 뛰어난 재능이 느껴지는데 이 정도로도 4등인가.'

그들의 데이터를 통해 직접 보지 않은 다른 네 명의 실력도 예상했다.

2등, 3등, 5등, 6등도 『등불』의 평균치를 크게 웃도는 기량을 가지고 있을 것 같았다.

'좋게 봐도 맞붙을 수 있는 건 모니카와 그레테뿐…… 아네트도 의욕을 낸다면 가능성이 있지만 변덕스러우니 말이지……. 다른 멤버는 불리해…….'

그것이 객관적으로 본 두 팀의 평가였다.

적어도 멤버의 종합치는 『등불』이 『봉황』보다 크게 떨어졌다.

분한 마음이 드는 것은 교관으로서의 자존심 때문일까.

'……『등불』과 『봉황』은 대체 뭐가 다른 거지?'

클라우스는 자료를 뚫어져라 보았다.

'그 녀석들의 향상을 위해 필요한 건―.'

클라우스가 그 정보에 시선을 줬을 때, 누군가가 서재 문을 노크했다.

잠시 후 빈드가 얼굴을 내밀었다.

"뭐지?"

먼저 클라우스 쪽에서 말을 꺼냈다.

"……사소한 용건입니다."

빈드가 말했다.

"지금 잠깐 시간 괜찮으십니까?"

"그래, 상관없어."

"감사합니다. 그럼 짧게 끝내겠습니다."

그는 가볍게 머리를 숙이고 클라우스의 정면에 섰다. 그리고서 머리를 한 번 쓸어 올린 뒤, 달라진 태도로 클라우스를 응시했다.

"솔직히 당신의 팀은 끝났어. —쓰레기 이하야."

그것이 가장 먼저 나온 말이었다.

◇◇◇

큐르는 이야기를 아주 잘했다.

지금까지 『봉황』이 수행했던 임무를 알기 쉽게 말해 줬다. 때로는 손에 땀을 쥐게 했고, 때로는 통쾌했고, 무엇보다 공부가 되었다. 『봉황』의 밑바탕에 있는 것은 동료 간의 라이벌 의식. 멤버끼리 경쟁하는 멋있는 삶에 동경하는 눈길을 보내고 말았다.

이야기를 끝낸 큐르는 쑥스러운 듯 「이게 다려나」 하고 수줍어했다.

"굉장해요. 매우 공부가 됐어요!"

줄곧 옆에서 진지하게 들으며 메모하던 릴리가 일어나 외치더니 큐르의 손을 꽉 잡고 붕붕 흔들었다.

다른 소녀들도 완전히 푹 빠져서 들었다.

에르나가 작게 박수를 보냈다. 아네트도 재미있는 것을 발견한 듯이 눈을 반짝이며 큐르에게 수제 딱총을 건넸다. 답례인 것 같았다.

"뭔가 신기하네."

큐르는 어린아이를 어르듯 아네트의 머리를 쓰다듬었다.

"양성 학교에서 이토록 멀리 떨어진 땅에서 동포와 만나다니. 운명 같아……."

"그러고 보니."

릴리가 물었다.

"큐르 씨는 혹시 『등불』의 누군가와 같은 양성 학교 출신인가요?"

『등불』은 전부 다른 양성 학교 출신이었다.

큐르는 「으음, 글쎄……」 하며 고개를 기울였다.

"참고로 이 자리에 없는 사람은 『애랑』, 『빙인』, 『초원』이에요."

"그렇게 간단히 정보를 알려 주면 안 돼……."

가볍게 못을 박고 나서 큐르는 기억을 더듬듯 우측 상단을 보다가 말했다.

"응, 『애랑』이라는 아이와 같은 학교였을지도. 별로 접점은 없었지만."

그렇구나, 하고 소녀들은 받아들였다. 어쩌면 다른 『봉황』의 멤버 중에도 『등불』과 같은 양성 학교 출신인 사람이 있을지도 모른다.

큐르가 쓸쓸한 얼굴로 앞머리를 만졌다.

"있지, 너희."

"음?"

"좀 더 안전한 곳으로 돌아가고 싶진 않아?"

뜬금없는 질문에 소녀들은 동시에 고개를 갸웃했다.

"오늘 다시금 느꼈어."

큐르가 말했다.

"너희는 멋진 사람들이야. 그러니까 죽지 않았으면 해. 살았으면 좋겠어."

"하아……. 그야 안전한 게 가장 좋긴 하지만……."

질문의 의도를 파악하지 못하고 릴리는 애매하게 대답했다.

큐르는 안도한 듯 「그렇지」 하고 고개를 끄덕였다.

"그럼 다행이야."

응? 지비아는 뭔가 이상함을 눈치챘다.

온몸에 휘감기는 불길한 예감이 들었다.

합동 임무에 협력적인 『봉황』, 적에게 예사롭지 않은 원념을 가지고 있었던 빈드. 실패에 관한 이야기가 나왔을 때 슬픈 표정을 지었던 큐르. 그리고 임무 조정에 나타나지 않은 『봉황』의 보스— 이 부자연스러운 것들의 답은 뭐지?

지비아보다 먼저 반응한 사람은 티아였다.

"……하나 물어봐도 될까?"

대화를 끊듯 질문을 던졌다.

"『봉황』의 보스는 어떤 사람이야? 지금은 어디 있어?"

"『원공(圓空)』 아디."

큐르가 대답했다.

"내 우상이야. 위트 넘치는 명랑한 여성. 멋진 사람이었어."

"지금은 아니야?"

"죽어 버렸거든. 두 달 전에."

소녀들은 말을 잇지 못했다.

빈드가 비서 앞에서 말했던 『존귀한 여성』은 『봉황』의 보스였던 것이다.

먼저 품은 감정은 연민이었다.

"『봉황』은 보스 없이 활동하고 있는 건가요……?"

릴리가 걱정스러워하며 물었다.

"응. 일손이 부족해서 다음 보스도 좀처럼 정해지질 않으니 다 같이 협력 중이야. 특히 빈드가 리더십을 발휘해서 노력해 주고 있어."

"……그 사람이 엄격한 건 본인이 잘해야 한다고 신경이 곤두서 있기 때문이군요."

"그럴 거야. 하지만 괜찮아. 이제 걱정하지 않아도 돼."

안경을 벗는 큐르의 동작은 어딘가 수상쩍었다.

마치 시간 벌기는 끝났다고 비웃는 것 같았다.

"드디어 나타났어. ―우리에게 걸맞은 새로운 보스 후보가."

그 말을 듣고 마침내 소녀들은 어떤 사실에 생각이 미쳤다.

아까부터 빈드가 돌아오지 않는다.

◇◇◇

지비아를 선두로 소녀들은 클라우스의 서재로 달려갔다.

문을 부술 기세로 뛰어든 다섯 명이 뒤얽혀서 바닥에 넘어졌다.
실내에는 소녀들을 조용히 내려다보는 빈드의 모습이 있었다.
"……정말로 시끄러운 녀석들이야."
양손을 주머니에 찔러 넣고 깔보는 포즈를 취했다.
그의 정면에는 클라우스가 떨떠름한 얼굴로 있었다. 불쾌한 말을 들은 듯했다.
소녀들은 일어나서 빈드에게 강렬한 시선을 던졌다.
"역시 알아차렸나 보군."
빈드는 내뱉듯이 고했다.

"방금 교섭이 끝난 참이야. 화톳불에게— 우리의 보스가 되어 달라고 말이지."

예상이 들어맞아서 소녀들은 숨을 삼켰다. 그와 동시에『화톳불』이라는 허물없는 호칭에 화가 났다.
릴리가 한 걸음 앞으로 나왔다.
"어, 어째서죠……?"
"이상한 일은 아닐 텐데."
빈드의 목소리는 차가웠다.
"오히려 타당한 판단이야. 화톳불은 더 우수한 스파이와 팀을 짜야 해. 계속 발목 잡는 너희가 아니라."
빈드의 눈은 웃고 있지 않았다. 날카롭고 엄격한 시선을 소녀들에게 보내고 있었다.

그의 발언은 『등불』의 급소를 찔렀다.

자각이 있는 만큼 가슴이 아팠다.

자국의 이익을 생각하면 클라우스는 임무에 집중해야 한다. 하지만 지금 그는 소녀들의 훈련과 보조에 시간을 낭비하고 있었다. 대외정보실이 자랑하는 최강의 스파이가 말이다.

그런 상황을 못 본 척하며 기대고 있었다.

"하, 하지만……."

릴리가 반론했다.

"그렇다고 해서 왜 우리 보스에게?"

"현재 『등불』보다 『봉황』의 수준이 훨씬 높아. 이미 보여 줬을 텐데."

어젯밤 임무를 말하는 것이리라.

지비아와 에르나가 실패한 임무를 그들은 쉽게 달성했다.

"너희는 그 정도 임무에 실패했을 뿐만 아니라 한 명이 의식을 잃고 궁지에 빠졌어. 그 결과 굳이 화톳불이 달려오게 됐지. 이게 발목 잡는 게 아니면 뭐겠어?"

에르나가 괴로운 듯 「으」 하고 신음했다.

"반면 우리는 자력으로 달성했어. 이보다 알기 쉬운 증명도 없지."

지비아가 즉각 「처음부터 그게 목적이었나」 하고 언성을 높였다.

"에르나의 대역을 완수하기는 개뿔. 허점을 이용한 거잖아."

"이용당할 허점을 만든 너희 잘못이야."

빈드가 고개를 돌려 바라보았다.

스파이 교실 05 《우인》의 에르나
발매 기념 초판 한정 특전

BOOKS

"가르가드 제국에 정보가 유출되지 않은 스파이 중에서 지금 가장 우수한 건 우리야. 화톳불은 『봉황』과 팀을 이루는 게 국익에 더 보탬이 돼. —그게 다인 단순한 얘기야."

"저, 저기."

소녀들의 뒤에 있던 큐르도 목소리를 냈다.

"이건 결코 나쁜 얘기가 아니라고 생각해. 『등불』은 일단 전선에서 물러나는 게 어떨까? 지금의 너희는 성장했다고는 해도 너무 불안정해. 위태로워."

그러니까, 하고 그녀는 말을 이었다.

"—양성 학교에 돌아가는 게 어때?"

마치 위로하는 듯한 목소리였다.

적대감은 없었다. 어디까지나 사사로운 감정을 배제한 판단이라고 주장하는 것 같았다.

그 태도에 소녀들의 몸이 확 뜨거워졌다. 성장은 무슨 성장. 큐르는 결코 자신들을 대등하게 보고 있지 않았다. 우월감에 잠겨서 찬사의 말을 보냈을 것이다.

말 안 듣는 아이를 타이르는 듯한 눈빛이 소녀들의 신경을 건드렸다.

"서, 선생님은 어떻게 생각하시나요?"

릴리가 이야기를 전개시켰다.

"이런 터무니없는 얘기를 받아들이셨나요?"

빈드와 큐르가 이야기하는 동안 클라우스는 줄곧 묵묵히 듣고 있었다.

소녀들은 기대했다. 그라면 빈드의 제안을 부정하고 자신들의 보스가 되겠다고 선언해 줄 거라고.

"적어도."

하지만 클라우스의 표정은 딱딱했다.

"나는 승낙했어."

"——!"

"실제로 맞는 말이야. 현재로서는 내가 『봉황』의 보스가 되는 게 최선의 선택이겠지. 가장 우수한 보스와 부하가 손을 잡고 임무를 수행하는 것. 그게 조국을 위한 일이야."

클라우스의 눈은 전에 없이 어둡고 탁했다.

"그리고 보스를 잃은 너희는 일단 양성 학교에 돌아가는 게 좋겠지."

얼음장처럼 차가운 말이었다.

냉기가 등골을 타고 올라오는 감각이 들었다.

그의 태도는— 스파이로서의 냉철한 판단을 존중하고 있었다.

"이미 대가도 받았어. 『등불』에 부족한 기술을 빈드가 가르쳐 줬어. 아주 흥미로운 이야기였어. 떠나는 내가 너희에게 주는 마지막 전별이다."

"그렇게 된 거다."

빈드는 작게 고개를 끄덕였다.

"이미 교섭은 끝났어. 불만이 있으면 논리적이면서 합리적으로, 우리가 납득할 수 있는 말로 설명해. 스파이로서 말해."

빈드는 날카롭게 응시했다.

"말할 수 없다면 내놔— 너희의 보스를."

"……윽."

소녀들은 숨을 삼켰다. 바로 말이 나오지 않았다.

빈드를 말로 꺾고 싶다는 감정만 헛돌며 머리가 뜨거워질 뿐이었다.

—무엇을 전하면 좋지?

자신들과 클라우스는 상성이 좋다? 아니, 그런 건 객관적으로 보여 줄 수 없고, 『봉황』과의 상성이 좋을 가능성을 부정할 수 없다. 과거에 불가능 임무를 달성한 실적? 하지만 최근 석 달간은 계속 실패하며 클라우스의 발목을 잡았다. 모니카와 그레테라는 우수한 멤버의 존재? 그것도 악수다. 모니카와 그레테까지 『봉황』으로 이적할 뿐이다.

스파이로서의 말이 나오지 않았다.

하지만 이대로 있으면 『등불』은 붕괴한다.

—클라우스가 『등불』을 떠나고, 자신들은 양성 학교로 돌아가 뿔뿔이 흩어진다.

그런 미래를 상상하니 가슴에 구멍이 뻥 뚫린 듯한 슬픔에 사로잡혔다.

하지만 반론할 아이디어는 떠오르지 않아서 소녀들은 입술을 달싹거릴 뿐이었다.

빈드는 시시하다는 듯 말했다.

"반론은 없나 보군. 그럼 이대로 위쪽에 의견을 올려서—."

"있어."

또렷하게 울리는 목소리가 끼어들었다.

"아주 멋대로 얘기를 진행하네? 성격 급한 남자는 취향이 아니야."

티아가 씩 웃고 있었다.

그녀는 자신의 머리카락을 뒤로 넘기고서 릴리를 제치고 한 걸음 앞으로 나왔다.

"흐응."

빈드는 턱을 들었다.

"하고 싶은 말이 뭐지?"

"당신이 좋아하는 아주 합리적인 스파이의 얘기지."

"그게 뭔데?"

"변명하진 않겠어. 선생님은 줄게. ―『봉황』의 보스로 삼아도 돼."

서재에 있는 소녀들이 눈을 홉떴다.

빈드가 미심쩍다는 듯 눈썹을 찌푸렸다.

"굉장히 순순히 내주는군. 뭔가 꿍꿍이가 있는 것 같은데."

"꿍꿍이 같은 건 없어."

티아는 온화하게 미소 지었다.

"다만, 인수인계는 어쩔 거야?"

"인수인계?"

"그래. 지비아, 릴리, 어젯밤에 받은 종이를 꺼내."

처음에 지비아는 무슨 말인지 이해하지 못했지만 주머니에 손을 넣고 겨우 떠올렸다. 릴리도 따라서 종이를 꺼냈다.

티아는 그것들을 받아 빈드에게 건넸다.

"어젯밤, 선생님이 두 사람에게 보낸 지시서야."

"……지시서?"

"이걸 보면 당신도 인수인계가 필요하다는 걸 이해할 테지."

거기 적혀 있는 것은 기괴한 조언이었다.

—『달에 걸리는 무지개처럼 훔쳐라.』『보름달처럼 전부인 자신으로.』

"……허?"

빈드가 눈썹을 찡그렸다.

종이를 들여다본 큐르도 눈을 크게 뜨고서「우와아」하고 신음했다.

「선생님은 아주아주 설명을 못해」하고 티아가 의기양양하게 고했다.

그랬다. 클라우스는 스파이 기술을 전달하는 데 서툴렀다. 물론 구체적으로 임무를 지휘하지도 못했다.

「그래서 인수인계가 필요하다고 생각하는데, 어때?」하고 티아는 웃으며 물었다.

빈드가 지시서를 쥐고 말없이 돌아보았다.

"……화톳불, 이건 정말로 네가 쓴 건가?"

"맞아."

"시인가?"

"내가 그 아이들에게 보낸 조언이야."

"왜 일부러 암호를 쓴 거지?"

"암호가 아닌데."

"……."

이것만큼은 빈드를 동정하지 않을 수 없었다. 예상치 못한 일이었을 것이다.

티아는 상냥하게 타이르듯 말했다.

"세계 최강의 스파이 밑에서 움직이려면 요령이 필요해. 그 인수인계로서 이 임무가 끝날 때까지는 함께 행동하는 게 어때?"

어디까지나 상대를 배려한다는 말투였다.

빈드는 고민하듯 입을 다물었다. 딱딱한 표정으로 클라우스와 지시서를 번갈아 보다가 조용히 한숨을 쉬고서 혀를 찼다.

"……알겠어. 네 제안을 인정해 주지."

"응. 정성껏 가르쳐 줄게."

"우리를 위해 힘써라."

빈드가 말했다.

"어차피 임무를 달성할 때까지의 짧은 기간이야."

도발적인 말투에 티아의 눈가가 살짝 움직였다.

하지만 그뿐이었다. 우호적인 자세는 무너뜨리지 않았다.

빈드는「얘기는 끝이군」하고 내뱉고서 서재 밖으로 걷기 시작했다. 도중에 지비아와 릴리와도 시선을 격렬하게 맞부딪쳤다.

한발 늦게 큐르가「저기, 정말로 나쁘게 여기지 말아 줘」하고 말하고서 방을 나갔다.

"하나 확인해도 될까?"

티아가 말을 걸었다.

「음?」 하고 빈드가 멈춰 섰다.

"뭐지?"

"별거 아니야. **만약 인수인계 기간 중에 『등불』이 『봉황』보다 뛰어남을 나타내는 일이 생기면** 이 얘기는 없던 게 되는 거지? 이야기의 전제가 무너지니까."

"기우군. **있을 수 없어. 만에 하나라도.**"

마지막으로 말을 부딪치고서 빈드와 큐르는 별장에서 나갔다.

현관문이 닫히는 소리가 유독 크게 울렸다.

""""""………""""""

소녀들은 한동안 입을 열지 않았다.

티아와 빈드 사이에서 오간 말의 의미를 천천히 소화했다.

이윽고 티아는 크게 한숨을 쉬고 미소 지었다.

"—이 정도면 되려나? 상관없지? 선생님."

"그래, 티아. —극상이야."

소녀들은 열광하듯 「티아아아아아아아아!」 하고 달려가 안겼다. 릴리가 목을 끌어안았고, 지비아가 어깨를 두드렸다. 에르나와 아네트는 티아의 배에 머리를 비비적거렸다.

파인 플레이였다.

간당간당하게 목숨을 건진 감각이었다. 이 자리에서 클라우스를 잃는다는 최악의 결말을 피하고 시간을 벌 수 있었다.

교섭의 기본— 상대를 설복하는 것이 아니라 타협점을 제시하는 것.

그것을 티아는 훌륭히 해냈다. 클라우스는 아직 『등불』의 보스다.

클라우스가 손뼉을 쳤다.

"잘 움직여 줬어. 인수인계 얘기를 내 쪽에서 꺼내는 건 부자연스러우니 말이지."

"나는 당신의 파트너가 되겠다고 했잖아?"

티아가 낯간지럽다는 모습으로 말했다.

"이 정도 호흡은 맞아야 당신 옆에 있을 수 있지."

그 후 소녀들은 한동안 티아의 몸을 만지작거렸다. 신이 난 릴리와 아네트가 어째선지 옆구리를 간질여서 티아를 난처하게 만들었다.

한바탕 축배 분위기를 맛본 후, 지비아가 얼굴을 들었다.

"하, 하지만."

지비아는 클라우스에게 시선을 보냈다.

"당신은 어떻게 생각하고 있어? 정말로 『봉황』에 갈 거야?"

다른 소녀들도 「아」 하고 말하고서 난리 피우던 것을 멈췄다.

그랬다. 코앞에 닥쳤던 미래를 뒤로 미뤘을 뿐, 아무것도 해결되지 않았다.

"……그렇지, 나는 스파이니까."

클라우스는 고개를 끄덕였다.

"『화염』이 사랑했던 나라를 지킬 책무가 내게는 있어. 만약 그게 최선이라고 판단된다면 나는 사사로운 정을 버리고 『봉황』의 보스가 될 거다. 그리고 그렇게 되면 보스를 잃은 너희는 양성 학교에 돌아가는 게 좋겠지."

"아……."

지비아 옆에서 에르나가 고개를 숙였다.

그녀의 마음은 아프도록 이해가 갔다.

물러 터진 생각이라는 걸 알아도 받아들일 수 없었다.

생각하고 싶지도 않았다. 클라우스가 자신들 곁을 떠나고 팀이 해체될 가능성이라니.

붙잡는 말을 내뱉고 싶어졌지만—.

"하지만 잊지 마. 내가 맨 처음 고른 건 『봉황』 녀석들이 아니야. 너희다."

클라우스는 강한 어조로 잘라 말했다.

"너희를 단련시킨 건 나야. 어디서 굴러먹었는지 모를 녀석들보다 못하다고? 그럴 리가 없잖아. 그렇다면 그 진실을 보이면 돼. 『봉황』 따위 성장의 발판으로 삼아 버려."

퍼뜩 정신을 차린 지비아는 자신의 생각을 고쳤다.

그렇다. 최악의 미래를 회피할 수단은 남아 있었다.

인수인계 기간 중에 증명하면 된다. —클라우스 옆에 있을 사람은 자신들이라는 것을!

"당연하죠!"

즐겁게 발언한 사람은 릴리였다.

"불타오르기 시작했어요. 최강 무적 낙오자 릴리가 각성할 때예요!"

지비아도 곧장 주먹을 움켜쥐었다.

"그래! 나도 계속 지고만 있을 순 없지!"

지비아와 릴리가 주먹을 맞부딪치자 다른 소녀들도 뒤를 이었다.

"나님, 형님에게 시도하고 싶은 장난이 아직 산더미만큼 있어요!"

"해, 해치우는 거야! 에르나한테서 선생님을 뺏으려고 하다니, 그렇게는 못 해!"

티아가 「선생님은 걱정하지 마」라고 말하며 가슴에 손을 얹고 미소 지었다.

"『봉황』을 뛰어넘어 보이겠어. 후후, 선생님도 나랑 떨어지는 건 싫지? 이 매력적인 몸에 반해서 나랑 그레테를 침대로 끌어들일 계획을—."

"그런 성희롱 발언이 없다면 너는 더 나을 텐데 말이지."

"어째서?!"

"하지만 그 기개야. 흔들리지 않는 반골 정신이 너희의 첫 번째 무기야."

클라우스의 말대로라고 소녀들은 생각했다.

질 수 없다. 자신들에게는 오기가 있다. 클라우스를 잃을 수는 없다. 양성 학교 따위에 돌아갈까 보냐.

이겨 보이겠다.

설령 상대가 양성 학교의 엘리트들이더라도.

"그리고 너희가 『봉황』을 이기기 위해 필요한 정보는 방금 알아냈어."

클라우스가 강한 어조로 고했다.

"사기술— 스파이의 싸움법(스타일). 너희가 도달하지 못한 양성 학교의 최종 강의야."

2장 사기술

딘 공화국의 첩보 기관·대외정보실 산하의 스파이 양성 학교는 스물일곱 개 존재한다.

학생 수는 한 학교당 약 100명. 나이는 폭넓게 8세부터 22세까지 재적했다.

입학 조건은 전국 각지에 흩어진 스카우트나 스파이의 추천이었다. 유망하다고 여겨진 아이는 호적을 버리고 세속에서 격리된 환경에서 기숙사 생활을 보내기 시작한다.

졸업 조건은 1년에 두 번 이루어지는 졸업 시험에 합격하는 것.

대부분은 졸업까지 6년이 걸리지만, 거기에 다다르는 학생은 극소수다. 학생의 80%는 정기 시험의 성적 미달로 퇴학을 언도받는다.

많은 퇴학자가 나오는 요인은 넓은 수업 범위였다.

스파이로서 배워야 할 기초를 단숨에 익혀야 했다.

몇 개 국어를 습득하는 것은 당연했고, 어디에나 잠입할 수 있는 신체 능력, 누구와도 교류할 수 있는 화술과 연기력, 암살용 사격 기술과 격투술 등 끝이 없었다.

월요일 아침부터 수요일 낮까지는 야외 훈련. 학생은 산속에 방치되어 밤새 몇십 킬로미터를 걸어야 했다. 목요일과 금요일은 어학과 교양 강좌가 이어졌고, 토요일은 요리나 춤 등의 특수 강의. 일요일에는 죽은 듯이 자는 학생이 대다수였다.

지옥 같은 커리큘럼에 학생들의 심신은 피폐해져서 10분의 1은 반년 만에 탈주했다. 남은 학생도 정기 시험의 합격선을 넘지 못하고 차례차례 퇴학당했다.

그런 가혹한 양성 학교 안에서 대조적인 루트로 스파이가 된 자들이 있었다.

『봉황』의 멤버는 처음부터 우수했다. ―대표적인 사람은 『비금』 빈드.

그는 열여덟 살에 양성 학교에 들어왔다. 해군 정보부에 소속되어 있었던 그는 뛰어난 성과를 거두어 대외정보실의 중진의 눈에 들었다. 그렇게 해군을 나와 대외정보실의 양성 학교에 들어갔다. 정기 시험은 수월하게 돌파하여 입학한 지 고작 1년 만에 졸업 시험을 받기로 결심한다. 그리고 각 학교의 상위층이 모인 졸업 시험에서 훌륭하게 수석 합격을 이뤄 냈다.

갈고닦은 재능과 노력으로 순조롭게 스파이 세계에.

『봉황』의 멤버 대부분은 그와 비슷한 코스를 밟았다.

한편 『등불』은 특수했다. ―대표적인 사람은 『화원』 릴리.

그녀는 아홉 살이라는 상당히 어린 나이에 양성 학교에 들어갔다. 독물에 내성이 있는 그녀는 처음엔 기대를 받았지만 덤벙거린다는 치명적인 단점이 있었다. 필기시험의 성적은 뛰어난 반면 실기시험에서는 계속해서 형편없는 성적을 받았다. 근면한 훈련 태도와 특이 체질이라는 가능성을 인정받지 못했다면 바로 퇴학당했으리라.

그런 릴리와 비슷한 생활을 보낸 소녀는 더 있었다.

『애랑』 그레테는 뛰어난 변장 기술이 있으면서도 남성에 대한 공포심 때문에 그 특기를 잘 살리지 못했다. 정신적으로 약해질 때가 많아 컨디션이 쉽게 무너졌다.

『초원』 사라는 조교 기술은 있지만 스파이 자질은 거의 없었다. 겁이 많고 판단도 느려서, 입학 첫해는 온정으로 퇴학당하지 않았으나 2년째에는 퇴학이 반쯤 확정되어 있었다.

『백귀』 지비아는 신체 능력은 뛰어났으나 필기시험을 곧잘 망쳤다. 또한 상해 사건을 일으켜서 주위 사람들과 연계하지 못해 점차 낙오되었다.

『망아』 아네트는 규율을 전혀 지키지 않았고, 『몽어』 티아는 독자적으로 힘쓰던 방중술 훈련 때문에 교관의 반감을 샀고, 『빙인』 모니카는 어떤 좌절로 훈련을 건성건성 하기 시작했고, 『우인』 에르나는 커뮤니케이션에 실패하여 고립됐다.

퇴학 직전이었던 그녀들은 이윽고 클라우스의 눈에 들어 『등불』에 모였다.

『봉황』과 『등불』— 대조적인 두 팀이 지금 롱청에서 맞부딪치려고 했다.

◇◇◇

『봉황』의 거점은 롱청 본토의 번화가에 있었다.

계속 발전 중인 롱청에서는 인구 증가에 따라 대형 아파트가 잇따라 건설되고 있었다.

1층에는 음식점이 있고, 그 위에 방을 쌓고, 벽 곳곳에 치과나 한의사 광고가 튀어나온 뒤틀린 건물이었다.

그 방 하나를 『봉황』이 빌리고 있었다. 남녀 여섯 명이 원룸에서 지내는 갑갑한 생활이지만, 빈번히 외출하기에 여섯 명이 한 방에 모두 모이는 일은 없어서 그다지 불편하지도 않았다.

빈드와 큐르가 아파트에 돌아왔을 때도 방에는 사람이 없었다.

빈드는 도착하자마자 벽을 후려쳤다. 바닥에 있던 맥주병이 진동으로 넘어졌다.

「……화톳불 자식」 하고 작게 혀를 찼다.

어? 큐르가 깜짝 놀랐다.

빈드가 이렇게나 화내는 모습을 큐르는 처음 봤다.

"무슨 짓 당했어? 클라우스 선생님한테."

"그 남자, 우리를 이용해 부하를 단련할 셈이야."

빈드는 2층 침대의 아래층에 앉았다.

"처음부터 이용할 작정이었겠지. 그 남자는 내 요구를 받아들이는 조건으로 『「등불」이 습득하지 못한 기술이 있을 테니 가르쳐 달라』라는 말을 꺼냈어. 거짓말이 통할 상대가 아니야. 솔직히 밝혔더니 그다음엔 인수인계 얘기가 나왔어."

"……!"

"아주 우습게 보는군. 이렇게까지 무시당한 건 오랜만이야."

"역시 만만치 않구나."

잘 풀린 것처럼 보였던 교섭의 이면에는 그런 일이 있었던 모양이다.

자상하게 생겼었는데 클라우스는 상당히 억센 성격인 듯했다.

"괜찮을까? 약속을 파기하지 않을까?"

"그러지는 않겠지. 『봉황』이 『등불』보다 뛰어나다고 증명한 상황에서 그 남자가 사적인 정을 우선해 『등불』에 남는 추태를 보이진 않을 거야."

"그럼 우리 『봉황』이 할 일은—."

"달라진 건 아무것도 없어. 『봉황』이 『등불』보다 뛰어나다고 증명하는 것. 그게 다야."

정보 정리가 끝나자 빈드는 「……일단 잘까」 하고 중얼거리고 냉장고에서 병맥주를 꺼냈다. 누군가가 먹다 남긴 샤오룽바오를 베어 물고 맥주로 넘겼다.

간단한 식사를 마치고서 빈드는 그대로 옷을 벗기 시작했다.

큐르가 유리잔으로 포도 주스를 마시며 「나 여기 있는데」 하고 흘겨보았지만, 빈드는 「슬슬 익숙해져」라며 전혀 상관하지 않고 상의를 빨래 바구니에 던졌다.

큐르는 「남자는 어째서 이렇게 대충 사는 걸까」 하고 신음하며 홀짝홀짝 포도 주스를 마셨다.

"자고 일어나면 움직이기 시작할 거야."

상체를 드러낸 채 빈드가 고했다.

"임무와 병행하며 『등불』의 정보를 모은다. 다른 녀석들한테도 철저히 하라고 전해."

"……좀 더 평온하게 갈 수 없어? 그렇게까지 진심으로 싸울 필요가 있을까."

"방심하지 마. 꼬락서니는 그 모양이지만 불가능 임무를 달성한 녀석들이야. 이유가 있을 거야."

빈드가 손가락 관절을 뚜둑거렸다.

"봐주지 않아. ―『등불』은 확실하게 없앤다."

"……."

강한 집착이 있구나, 큐르는 꿰뚫어 보았다.

물론 『봉황』의 보스가 없는 문제는 큐르도 어떻게든 하고 싶었다.

엘리트라고는 해도 자신들은 신인이다. 풍부한 경험을 가진 인물이 위에 있었으면 했다.

하지만 빈드는 그 이상의 감정을 보이고 있었다.

―무슨 일이 있어도 『화톳불』을 손에 넣고 싶은 듯한.

아직 큐르에게도 밝히지 않은 이유가 있는 것 같았다.

물어볼까 했지만 이미 빈드는 이불에 들어가 있었다.

◇◇◇

롱청에서 아파트를 빌린 것은 『봉황』뿐만이 아니었다.

역시나 작은 원룸. 그래도 『봉황』의 방보다 넓게 느껴지는 것은 주민인 청은발 소녀가 꼬박꼬박 정리하고 있기 때문이었다.

아침 햇살이 드는 방에서 세 소녀가 식사 중이었다.

롱청의 문화와는 거리가 있는 파스타였다.

청은발 소녀는 어떤 근무지에서나 식사를 바꾸지 않았다. 고집이 세서, 동거인인 갈색 머리 소녀가 유연한 사고를 가지고 있지 않았다면 생활은 금방 파탄이 났을 것이다.

소녀들은 원형 테이블 앞에 앉아 있었다.

"『봉황』? 왜 내가 없는 곳에서 멋대로 얘기가 진행되고 있는 걸까."

불만스럽게 주장하는 것은 청은발 소녀—『빙인』 모니카.

모든 외모상의 특징을 지운 듯한 평범한 체격의 소녀였다. 유일하게 특징적인 것은 오른쪽 눈을 가린 비대칭 헤어스타일뿐이었다.

"양성 학교의 성적 우수자들…… 으으. 저도 불편하게 여기는 감정이 있습니다."

그리고 불안해하며 머리를 싸매는 것은 『초원』 사라.

깊이 눌러쓴 뉴스보이캡 밑으로 웨이브진 갈색 머리와 작은 동물 같은 눈이 보이는 소녀였다.

"네, 생각지 못한 전개가 됐네요……."

우울하게 중얼거린 것은 빨간 머리 소녀, 『애랑』 그레테였다.

함부로 건드리면 부러질 것 같은 느낌이 들 만큼 사지가 가늘고 유리 세공처럼 아련한 분위기를 풍기는 단발머리 소녀였다.

이 세 명은 다른 임무를 수행하고 있었기에 『봉황』의 존재를 듣지 못했었다. 방금 무전으로 클라우스를 건 배틀을 알게 되어 당혹스러워하고 있는 상황이었다.

누구보다도 고민에 잠긴 표정을 짓는 것은 그레테였다.

"설마 보스를 노리는 사람이 나타날 줄은 몰랐습니다……. 보스의 매력을 생각하면 필연이지만……."

그녀가 클라우스에게 연심을 품고 있는 것은 주지의 사실이었다.

모니카가 비웃듯 손을 흔들었다.

"뭐, 상대의 주장은 정론이지. 실제로 『등불』이 클라우스 씨의 발목을 잡고 있는 건 틀림없고."

모니카가 이르자 그레테는 「그건 그렇지만」 하고 말했다.

"곤란합니다……. 보스와 교우를 돈독히 하는 계획은 아직 첫 단계도 달성하지 못했는데……."

"일단 묻겠는데, 첫 단계란?"

"베드인입니다."

"그 계획은 누가 생각했지?"

"티아 스승님이죠."

"이번에야말로 후려갈길 거야, 그 녀석."

모니카가 손에서 뚜둑뚜둑 소리를 내기 시작했고, 사라가 「우, 우선 그레테 선배의 세뇌를 푸는 게 먼저임다!」 하고 허둥지둥 타일렸다. 후려갈기는 것에 관해서는 특별히 언급하지 않았다.
평소와 같은 대화를 나눈 뒤, 그레테가 이야기를 정리했다.
"……어쨌든 일단 보스의 거점에 가서 상황을 확인할까요."
"그게 좋겠어."
"알겠습다."
방침이 정해져서 소녀들은 식사를 마치고 외출했다.
세 사람은 롱청에서는 클라우스가 있는 거점에 거의 가지 못했다. 잠입 중인 스파이가 너무 한곳에 모여선 안 되고, 다른 조를 보조하느라 바빴다.
그레테는 오랜만에 클라우스와 만나게 되어 싱글벙글했다.
셋이서 거리를 걷는 중에 모니카가 「이왕 가는 거 내기라도 할까?」 하고 제안했다.
"예상해 보자. 지금 그 녀석들이 어쩌고 있을지. 야식으로 빙과를 걸고."
"내기를 참 좋아하십다."
사라가 재미있어하며 입가에 손을 댔다.
"제 생각에는 훈련하고 있을 것 같습다. 『봉황』에 지지 않게 노력할 때임다."
"그래? 나는 트라우마가 떠올라서 널브러져 있을 것 같은데."
"……그렇다면 저는 바로 방해 공작에 들어갔을 거라고 예상하겠습니다. 보스를 노리는 족속이 나타났습니다. 어떻게 해서든 방해하고 싶겠죠."

3인 3색의 예상을 하다 보니 클라우스가 체재하는 별장에 도착했다.

이 시간대라면 다른 소녀들도 있을 것이다. 『등불』의 멤버가 전원 집합하는 것은 2주 만이었다.

모니카는 현관문에 달린 노커를 잡고 두드렸다.

하지만 안에서 아무도 나오지 않았다.

다시 두드려도 결과는 같았다. 깡깡, 높은 소리가 허무하게 울릴 뿐이었다.

"으으으으으으으으으으으으으으으으으으으으."

동물이 으르렁거리는 것 같은 소리가 안에서 들려왔다.

「응?」 하고 고개를 갸웃한 모니카가 문손잡이를 돌렸다. 문은 잠겨 있지 않았다.

현관 정면에 있는 거실의 바닥에서 다섯 소녀가 뒹굴고 있었다.

「으으으으으으으으으으」 하고 바닥에서 신음하는 릴리.

「으아아아! 아아아아아!」 하고 외치며 바닥을 계속 때리는 지비아.

「남자의 손가락이 소녀의 미숙한 과실에 닿았을 때, 음란한 목소리를 참지 못하고 그녀는—」 하고 관능 소설을 음독하는 티아.

「나님…… 졸려졌어요……」 하고 숙면을 취하는 아네트.

「에르나는 귀여워♪ 후후, 반짝반짝해」 하고 알 수 없는 미소를 뿌려 대는 에르나.

상당히 카오스한 광경이었다.

“““이게 뭐야?”””

대사는 일치했다. 모두의 예상이 빗나갔다.

멍하니 보고 있으니 「응, 응, 에르나는 프리티해……」 하고 중얼거리며 에르나가 걸어왔다. 얼굴이 새하얬고 눈의 초점도 맞지 않았다. 그 자리에서 빙그르르 회전하고 옆으로 픽 쓰러졌다.

사라가 「위험합다!」 하고 외치고서 황급히 에르나를 받았다.

에르나는 사라의 품속에서 「노오오오」 하고 신음했다. 이상 사태였다.

모니카가 눈썹을 찌푸렸다.

“뭐 하는 거야?”

그러자 에르나가 새파란 입술을 떨면서 대답했다.

“사, 사기술을 익히려고…….”

「「「사기술?」」」 하고 세 사람은 그대로 말을 되풀이했다.

역시 그것은 『등불』의 모두에게 미지의 개념이었다.

◇◇◇

모니카는 거실에 굴러다니는 멤버에게 찬물을 뿌리고 상황을 보고시켰다.

사기술— 그것은 클라우스가 빈드에게서 알아낸 개념이라고 했다.

『솔직히 나는 지금까지 이런 사고방식이 있는 줄 몰랐어. 양성 학교에서 생겨난 사고방식이겠지. 그래서 내가 지금부터 얘기하는 건 빈드의 설명을 거의 그대로 옮긴 거야.』

클라우스는 다섯 소녀 앞에서 강의한 듯했다.

『먼저 사기술이란 양성 학교 졸업 직전인 학생만이 배우는 개념이야. 어느 정도 기술이 받쳐 줘야 배우는 의미가 있으니까.』

『졸업 직전…… 아아. 그래서 저희는 모르는 거군요.』

릴리가 끼어들었다.

아무래도 『등불』의 멤버는 모두 이 강의에 도달하지 못한 것 같았다. 졸업 시험과는 한참 먼 곳에서 좌절한 인간들뿐이었다. 사기술을 배우기 전에 『등불』에 왔을 것이다.

『뭔가 굉장해 보여요. 비기! 같은 느낌인가요?』

『그렇게 어려운 얘기는 아니야. 사기술은 요컨대 속이는 법이야.』

클라우스는 소녀들에게 시선을 던졌다.

『지금까지 너희는 어떻게 적을 속였지?』

생각지 못한 질문에 소녀들은 당황했다.

『……적당히요』 하고 릴리.

『될 대로 되라는 느낌이었어』 하고 지비아.

『나님, 능숙하게 거짓말했을 뿐이에요!』 하고 아네트.

『너희도 설명에 소질이 없군.』

클라우스가 어이없어하며 한숨을 쉬었다.

티아가 『누군가의 영향이려나』 하고 코멘트했다.

『하지만 그게 보통이겠지. 나도 속이는 방법 같은 건 생각한 적이 없어. 그냥 속였어.』

그 말에 소녀들도 동의했다.

어떻게 속였냐고 물어봐도 할 수 있는 얘기는 아무것도 없었다.

『하지만 속이는 것에도 종류가 있어. 연기로 속이기, 훔쳐서 속이기, 도구로 속이기, 숨어서 속이기, 사실만을 이야기하여 속이기, 물건에 공작하여 속이기, 모르는 척해서 속이기, 색향으로 현혹하여 속이기— 예를 들자면 끝이 없지.』

듣고 보니 그렇다고 티아가 중얼거렸다.

지금까지 소녀들은 수없이 클라우스를 속이려 들었지만 그 패턴은 다양했다. 세세하게 분류하면 백 가지가 넘을 것이다.

『그럼 다음 질문.』

클라우스는 검지를 들고 말했다.

『너희가 좀 더 실력을 발휘할 수 있는 속이는 방식은 뭐지?』

『『『『『…………』』』』』

소녀들은 바로 대답하지 못했다.

『말할 수 없나?』

클라우스가 계속 이야기했다.

『하지만 있을 거야. 위험한 상황에서 믿을 수 있는 자신 있는 방식. 혹은 자신의 장점과 결부되는 방식이.』

클라우스의 목소리에 열이 담기기 시작했다.

이야기의 핵심에 다가간 듯했다.

『혹시 사기술이라는 건—.』

지비아가 말했다.

『맞아.』

클라우스는 고개를 끄덕였다.

『사기술이란— **자신의 특기와 가장 상성이 좋은 속임수야.**』

아주 단순한 발상이었다.

소녀들에게는 누구에게도 지지 않을 특기가 있다. 한 가지 기술에 특화된 집단이라고 할 수 있을 정도였다. 독, 절도, 변장, 교섭, 조교, 공작, 사고. 하지만 그것을 잘 다루고 있다고 하기는 어려웠다. 예를 들어 릴리는 클라우스에게 몇 번이나 독가스를 뿌렸지만 계속해서 맞히지 못했다.

특기와 속임수를 합친다.

물론 무의식적으로 합쳐서 쓸 때도 있지만 강하게 의식한 적은 없었다.

『구체적인 예시를 들기로 하지.』

클라우스가 중얼거렸다.

『이를테면 빈드의 사기술.』

소녀들은「오」하는 소리를 내면서 몸을 앞으로 내밀었다.

빈드가 스파이로서 얼마나 강한지는 두 번이나 통감했다. 그 자리에 없었던 소녀조차 실력을 인정할 수밖에 없을 정도였다.

클라우스는 근처에 있던 종이에 방정식 같은 것을 적었다.

『「단검술」×「패배한 척」— 반격 순삭.』

『…….』

『이게 빈드를 강하게 하는 속임수야.』

소녀들은 그 식을 응시했다.

릴리가 작게 손을 들었다.

『패배한 척이라는 게 빈드 씨의 사기술인가요?』

『그런 것 같아. 본인이 말했어.』

클라우스는 고했다.

『심플하긴 해도 강력해. 단검술이라는 특기를 살리려면 우선 적에게 접근해야 해. 그걸 받쳐 주는 건 교묘한 연기야. 패배를 연기해서 접근하고, 용수철 같은 도약력으로 순식간에 적을 쓰러뜨려. 이걸로 그 녀석은 많은 임무를 달성했어.』

지비아와 릴리는 그 현장을 목격했기에 이해할 수 있었다.

세련된 솜씨였다.

실제로 빈드의 함정에 빠진 적은 아무것도 못 했다. 부상당했을 터인 빈드의 기습을 받고 패닉 상태가 되어 속수무책으로 단검의 먹이가 되었다.

『너희는 이제 막 스파이의 출발선에 섰어.』

클라우스는 말했다.

『여전히 실력은 부족해. 갈고닦은 특기를 100%의 힘으로 부딪쳐도 적을 이기지 못할 때가 많겠지. 하지만 그래도 이기고자 한다면, 거짓말을 구사하여 300%의 힘을 발휘할 수 있는 상황을 만들 수밖에 없어.』

그 말이 맞았다. 실력 향상을 꾀하려면 그저 기다리고 있을 수만은 없었다.

특기는 무기다. 소녀들이 살면서 터득하고 클라우스와 훈련하며 갈고닦은 힘.

그리고 지금 필요한 것은 그 무기를 발휘할— **싸움법!**

숨죽이고 경청하는 소녀들에게 클라우스는 마지막으로 힘 있게 말했다.

『자신이 최고로 빛나는 속임수를 찾아내. —그러면 너희는 비약할 수 있어.』

그걸로 강의는 끝난 듯했다.

한동안 클라우스와 소녀들이 마주 보는 기묘한 시간이 흘렀다.

『…………』

『『『『『…………』』』』』

『…………』

『『『『『…………』』』』』

『…………』

『『『『『…………』』』』』

『…………』

『『『『『…………』』』』』

『…………』

『『『『『…………』』』』』

『……이렇게 얘기해 봤는데.』

클라우스가 감개무량한 모습으로 중얼거렸다.

『나는 지금 감동했어. 처음으로 교사다운 강의를 했어. 왠지 기뻐군.』

『저희도 그렇게 생각하던 참이에요!』

릴리가 외쳤다.

그 앞에는 빈드의 말을 그대로 전했을 뿐인데 자랑스러워하는 클라우스가 있었다.

◇◇◇

"자신이 빛나는 속임수……."

긴 설명을 들은 후, 사라가 말했다.

"확실히 제대로 생각한 적은 없었습다……."

거실의 가죽 소파에 여덟 소녀가 앉아 있었다. 오랜만에 집합했지만 즐거운 분위기라고 할 수는 없었다. 그녀들의 얼굴에서 짙은 피로가 배어났다.

『등불』을 다음 단계로 끌어올릴 개념— 사기술.

'저희는 배우기 전에 졸업해 버린 거군요…….'

그렇게 사라는 납득했다.

클라우스가 몰랐던 것을 보면 양성 학교에서 생겨난 사고방식이리라. 그리고 그는 거의 무의식적으로 습득한 듯했다.

"그렇구나. 나쁘지 않은 발상이야."

모니카도 코멘트했다.

"속이는 패턴이 하나로 고정될 우려는 있지만, 틀이 전혀 없는 것도 문제인가. 지금까지 특기를 막 쓰기만 하는 사람들이 많았던 것도 사실이고. 슬슬 재검토해야 하나."

냉정하게 분석한 후 시선을 보냈다.

"그래서? 왜 거실에서 신음하고 있었던 거야?"

"사기술을 알 수 없어서요!"

릴리가 소파를 때렸다.

"자신에게 맞는 속임수라고 해도! 지금까지 생각한 적도 없었기에 점점 산으로 가서……. 떠오른 아이디어는 있지만요."

"예를 들면?"

"『독』×『은밀』! 그늘에 숨어 있다가 상대의 의표를 찔러 독을 살포한다든가."

"안 돼. 너는 가만있질 못하잖아?"

"『독』×『우는 척』! 어린아이처럼 울어서 상대가 방심했을 때 독침을 찌른다든가."

"센스가 너무 없어."

"언어폭력을 멈춰 주세요!"

릴리가 비명을 지르며 바닥에 쓰러졌다. 그리고 작은 목소리로 「저도 안 된다는 건 안다고요」 하고 우는소리를 했다.

소녀들이 고뇌한 것은 「어떤 사기술이 자신에게 알맞은가」였다. 사기술의 개념을 이해했어도 어떻게 연마할지는 스스로 정해야 했다.

이제껏 생각한 적이 없었던 소녀들에게는 상당한 난제였다.
“『봉황』과의 싸움까지 남은 시간은 별로 없어.”
티아가 해설했다.
“나중에 자세히 설명하겠지만 『봉황』과는 기밀문서 쟁탈전을 벌이게 될 거야. 먼저 입수하는 쪽이 우수한 팀인 거지. 앞으로 일주일 뒤면 그 싸움이 시작돼.”
“그때까지 사기술을 습득하라고?”
“안 그러면 『등불』은 패배해. 선생님을 잃고 우리는 양성 학교에 돌아가게 돼.”
티아가 위기감을 품은 목소리로 전했다.
현재 『등불』은 빈드 한 명에게 세 사람이 덤비고 졌다.
게다가 『봉황』에는 큐르를 포함한 다섯 명의 엘리트가 더 있었다.
무거운 분위기가 거실을 가득 채웠다. 굳이 말하지 않아도 멤버들은 초조함을 공유했다. 다가오는 『패배』라는 두 글자에 침을 삼켰다.
“에르나도 곤란해…….”
옆에 앉은 에르나가 사라에게 하소연했다.
“말로 속이는 건 잘 못 하고, 나한테 맞는 속임수를 못 찾겠어.”
사라는 「그러네요……」 하고 중얼거리며 머리를 쓰다듬어 줬다.
참고로 에르나가 연습하던 것은 『사고』×『귀여운 척』이었다고 한다. 귀엽게 굴며 타깃에게 접근해 사고에 빠뜨린다는 발상이었다. 발안자는 티아였다. 에르나에게 맞지 않는 속임수를 연습하고 있던 것을 보면 동료들이 얼마나 갈피를 못 잡고 있는지 알 수 있었다.

"……에르나는 특히 노력해야 하는데."

"응?"

사라는 그 중얼거림을 확실히 알아듣지 못하고 고개를 갸웃했다.

무슨 의미일까.

물어보려고 했을 때, 아네트가 「나님도 쓰다듬어 주세요!」 하고 머리를 내밀어서 타이밍을 놓치고 말았다. 「그럼요, 그럼요」 하고 아네트의 머리도 쓰다듬어 주니 에르나는 눈을 감아 버렸다.

그때, 모니카가 일어나서 「사라, 슬슬 갈까」 하고 불렀다.

사라는 에르나와 아네트를 동시에 쓰다듬는 손을 멈추지 않은 채 물었다.

"네? 어디 가시려고요? 조금 더 머리를 쓰다듬고 싶은데……."

"……너는 진짜 그 두 꼬맹이의 보호자구나."

"힐링됩다. 모니카 선배도 해 보실래요?"

"그것보다 우선할 일과가 있잖아. 특히나 『봉황』과의 싸움도 있으니까."

모니카는 어이없다는 목소리를 냈다.

"네 특훈 말이야."

◇◇◇

미타리오에서 임무를 마친 이후로 모니카는 사라를 훈련시키기 시작했다.

계기는 『보라개미』의 수하인 미란다와의 다트 대결이었다. 사라 자신은 괜찮게 보조했다는 생각이 안 들었지만 모니카는 사라를 인정한 것 같았다.

딘 공화국에 귀국하고 나서부터 모니카는 사라를 가르치게 되었다.

『이 팀의 멤버는 꼬맹이 아니면 바보뿐이잖아? 네가 좀 더 노력해 주지 않으면 곤란해. 클라우스 씨는 제대로 못 가르치고.』

모니카는 그렇게 곧잘 푸념했다.

그 설명에 이런저런 생각이 들긴 했지만 사라도 거절하지 않았다. 자신에게 부족한 것을 가르쳐 주는 존재는 필요했다. 상대가 실력자인 모니카인 것도 기뻤다.

하지만 시작된 것은 엄청난 스파르타 훈련이었다.

달리기 연습은 매일 있었고, 일주일에 책 다섯 권을 암기하라는 명령을 받았다. 무리라고 몇 번이나 외쳤지만, 모니카도 똑같은 양의 훈련을 했기에 불평할 수 없었다.

가장 가혹한 것은 모니카가 직접 전수하는 전투 훈련이었다.

잠복처인 아파트의 옥상에서 이루어진 훈련은 모니카가 사라를 호쾌하게 내던지며 종료됐다.

"수고했어. 그럼 슬슬 임무를 수행하러 나갈까."

"무리…… 무리임다……. 이, 이제 못 일어나요……."

사라는 드러누운 채 우는소리를 했다.

임무 직전이어도 모니카는 전혀 봐주지 않았다.

「아, 그래?」 하고 담담히 코멘트한 모니카는 그럼 5분만 쉬자고

했다.

호랑이 교관이었다.

하지만 모니카의 지도는 전부 정확하고 합당했다. 자유방임주의로 칭찬해서 성장시키는 타입인 클라우스와 달리 모니카의 지도는 엄격하지만 구체적이어서 도움이 됐다.

"훈련을 시작한 지 슬슬 석 달째인가."

모니카가 레몬수가 든 물통을 꺼내 사라에게 건넸다. 사라는 감사히 받아서 꿀꺽꿀꺽 마셨다.

"그, 그렇죠."

사라가 물통에서 입을 떼고 고개를 끄덕였다.

"조, 조금은 강해졌을까요? 선배들의 발목을 잡지 않을 정도로는."

"전혀 아니야."

"으으, 가차 없습다……."

"아무리 네 역할이 서포트라지만 아직 미덥지 못해. 솔직히 너랑 릴리는 양성 학교 졸업 수준에 이르렀는지도 의문이야."

"네……."

매서운 평가를 받고 사라는 어깨를 떨궜다.

모니카는 아무도 말하지 않는 것도 확실하게 전했다.

―『등불』에서 사라의 실력이 가장 부족했다.

물론 멤버들에게는 장단점이 있기에 일률적으로 비교할 수는 없지만, 몇 달이나 같이 지내다 보면 차츰 서열 같은 것이 부상한다. 『등불』에서 가장 약한 소녀는 사라였다.

실제로 사라는 지금까지 대단한 활약을 하지 못했다.

다른 소녀들의 그늘에 숨어 동물들을 이용해서 도울 뿐이었다. 다른 소녀들과 비교하여 활약하는 장면은 극히 적었다.

"뭐, 적어도 성장은 했어."

모니카는 담담히 코멘트했다.

"다만 내가 만족할 만한 수준은 아니야."

"네……."

"저번에 내가 낸 과제는 어때? 동물을 잘 조교할 수 있을 것 같아?"

"여, 열심히 하고 있습다. 하지만 이게 좀처럼 잘……."

"잘 부탁해. 조니가 그걸 익히면 네 전략의 폭이 단숨에 넓어지니까. 잘 가르쳐 봐. 그러면 상당히 괜찮아져. 누군가로 시험해 보면 어떨까?"

조니는 사라가 기르는 강아지의 이름이었다. 모니카는 그에게 어떤 재주를 가르치라고 명령했다. 모니카는 훈련 외에도 사라에게 세세히 지시를 내렸다.

얼핏 보면 퉁명스러운 것 같지만 모니카는 꽤 남을 잘 챙겼다.

"뭐, 지금은 그것보다 사기술인가. 으음~ 너는 거짓말을 잘하는 타입이 아니란 말이지. 너의 특기는 『조교』……. 뭐가 있을까? 뭐가 좋을까?"

모니카는 팔짱을 끼고 자기 일처럼 고민하기 시작했다. 본인 것보다도 먼저 사라의 사기술 습득을 우선해 주려는 것 같았다.

하지만 사라는 제대로 반응할 수 없었다.

"저, 정말로 괜찮을까요……?"

떨리는 목소리로 말했다.

"응?"

"불안합다……. 저 같은 게 『봉황』에 맞설 수 있을지……."

"혹시."

모니카가 목소리 톤을 낮췄다.

"쫄았어?"

사라는 고개를 끄덕였다.

손끝을 꼼지락거리며 말했다.

"여, 역시 열등감이 있어서……. 양성 학교에 있을 적에 위쪽 사람들은 매우 빛나 보였습다……. 오라가 다르달까, 저와는 모조리 달라서, 그게 제 안에서 낫지 않는 상처처럼 따끔거려서……."

양성 학교에서의 괴로운 기억은 뇌리에 짙게 남아 있었다.

사라가 다니던 학교에는 뛰어난 기능을 지닌 학생이 많았다.

그녀가 책 한 권을 암기할 때 우등생은 열 권을 암기했다. 사라가 필사적으로 씨름한 암호 번역을 우등생은 3분의 1의 시간에 끝냈다. 여전히 사라는 20시간 이상 깨어 있으면 의식이 몽롱해지지만, 우등생은 50시간 이상 자지 않고 훈련을 해냈다.

그들을 보고 사라는 자신이 열등생임을 깨달았다.

그런 우등생의 정점에 있는 여섯 명이라니, 차원이 다르다는 생각이 들었다.

사라는 손가락을 맞대고 계속 문질렀다.

"제가 빛나는 속임수라고 해도…… 상상이 안 감다……."

양성 학교 졸업 직전의 학생만이 배우는 최후의 기능.

졸업과는 한참 떨어진 곳에서 좌절한 자신이 습득할 수 있을 것 같지도 않았다.

"……너는 아직도 자신이 평범한 사람이라고 생각하는구나."

모니카가 뭐라고 중얼거렸다.

네? 하고 얼굴을 들고 모니카를 바라보았다.

그리고 그녀가 내뱉은 말이 찬사가 아님을 깨달았다.

그 눈동자에는 멸시의 색이 떠올라 있었다. 피곤한 듯 눈썹을 찡그리고, 머리를 쓸어 올리고, 깊은 한숨을 쉬었다. 그리고 허벅지를 손가락으로 톡톡 두드렸다.

"짜증 나네. 아직도 그 인식인가. 이만큼이나 내가 지도하고 있는데."

"어?"

"뭐, 나도 『등불』에 왔을 때는 고민했었지만. 이제 그게 허락되는 단계는 아니잖아? 세계 최강을 자부하는 클라우스 씨가 모으고 인정했어. 우리가 평범한 사람일 리가 없어. 아니, 그런 건 허락되지 않아."

"……!"

"그런 수준이라면 『봉황』의 요구는 정당해. 클라우스 씨의 부하로 평범한 사람은 필요 없어."

모니카는 사라의 어깨를 손으로 튕겼다.

"—슬슬 자신이 천재라는 자각을 가져."

사라는 침을 삼켰다. 대답이 나오지 않았다.

물러 터진 마음을 직접 얻어맞은 듯한 기분이었다.

"오늘 임무는 참가하지 않아도 돼."

모니카가 고했다.

"나 혼자 충분해. 찌그러져 있어."

"……윽."

모니카는 일방적으로 고하고서 옥상 출입구로 걸어갔다.

남겨진 사라는 절망적인 심정으로 그 뒷모습을 바라볼 수밖에 없었다.

◇◇◇

사라는 상당히 크게 어깨를 떨구고 있었다.

'으으, 모니카 선배를 화나게 만들었습다…….'

기본적으로 모니카와는 잘 지냈을 텐데, 마침내 정나미가 떨어져 버린 걸까. 떠날 때 보여 줬던 경멸하는 눈빛이 가슴을 후벼 팠다.

모니카의 지적은 옳았다.

자신에게는 각오가 부족했다. 티아나 릴리처럼 스파이라는 직업에 강한 긍정적 감정을 품고 있지도 않았다. 자신이 「천재」라고 믿을 수도 없었다.

'아니, 애초에 내게는 스파이가 되고 싶은 동기조차…….'

실력도 부족한데 멘탈조차 나약했다.

냉정하게 돌아보니 버려지는 것도 당연했다.

무거운 발걸음으로 일단 집에 돌아갔다.

집에서는 그레테가 자료를 정리하고 있었다.

벽에 붙인 타깃의 사진을 보고 정보를 기록했다. 얼굴을 든 그레테가 「모니카 씨에게 얘기 들었습니다」 하고 상냥하게 말했다.

"낮에 있는 임무는 모니카 씨 혼자서도 수행할 수 있게 조정해 뒀습니다. 사라 씨는 쉬세요. 최근에는 쉴 시간도 없었을 테니까요."

"네. 면목 없슴다."

"……너무 심각하게 생각하지 마세요. 모니카 씨도 그저 피곤해서 신경이 곤두서 있는 거겠죠."

위로의 말을 건네니 머리를 숙일 수밖에 없었다.

그리고 신경 쓰였던 것을 물어보았다.

"저, 저기, 그레테 선배는 본인을 천재라고 생각함까?"

"……?"

"아, 그게, 『봉황』 사람들과 싸우는 것에 주눅이 들진 않았을까 해서."

그레테도 양성 학교의 낙오자였을 터다.

그 콤플렉스와 어떻게 마주하고 있는지 확인하고 싶었다.

"음……."

그레테는 자신의 입가를 손으로 매만졌다.

"당연히 두려움이 없진 않아요……. 양성 학교에는 괴로운 추억이 많고……."

"그, 그렇죠."

"다만 저는 『등불』에 와서 보스와 만났어요. 번민하던 나날도, 막막해서 울었던 밤도, 그분은 자상하게 꿰뚫어 보고 멋진 말을 건네주셨어요……."

"……."

"그러니 온 마음과 힘을 다해 도전할 겁니다. ……보스와 지내며 함양한 기술을 보여 줄 뿐이에요."

당당히 대답하는 그레테는 무척 눈부시게 보였다.

역시 그레테 선배에게는 당해 낼 수 없다고 생각하고 말았다.

그녀는 확실하게 긍지를 가지고 있었다.

물론 사라도 『—극상이야』라는 클라우스의 말에 기운을 얻고 팀 내에서 다소 적극성을 발휘하게 되었다. 하지만 임무에서는 좀처럼 당당히 움직일 수 없었다.

사라는 그레테에게 고맙다고 말하고서 집을 나섰다.

쉬라는 말을 들었으니 쉴 수밖에 없었다.

동료를 방해하지 않도록 밖에 나가서 애완동물들과 느긋하게 보내자고 생각했다. 에그타르트트라는 디저트가 최근 등장했다고 들었다. 먹고 싶었다.

휴일을 어떻게 보낼지 곰곰이 생각하며 아파트 1층까지 내려갔다.

그러자 그곳에 생각지 못한 인물이 서 있었다.

"어라? 무슨 일임까? 에르나 선배."

1층의 공동 우편함 앞에 서 있던 것은 에르나였다. 사라 일행이 지내는 방 번호를 잊어버렸는지 난처한 듯 눈썹을 찌푸리고 있었다.

"응, 사라 언니, 마침 잘 왔어!"

에르나의 표정이 확 밝아졌다.

"네. 저한테 볼일임까?"

그러고 보니 아까도 사라에게 용건이 있는 것처럼 보였었다.

에르나는 사라 곁으로 후다닥 다가와 「있지」 하고 말했다.

"도와줬으면 해. 사기술을 습득하기 위해 꼭 하고 싶은 일이 있어."

"엇, 사기술임까……. 그건 좋지만, 어떻게?"

"뻔한 거야. 우리의 훈련법은 늘 하나야."

그리고 에르나는 외쳤다.

"선생님한테 도전하고 싶어! 사라 언니랑 같이!"

◇◇◇

클라우스에게 도전한다— 그건 이제 설명할 필요도 없는 그녀들의 훈련이었다. 『등불』의 보스인 그가 부하인 소녀들에게 전수한 훈련법이었다. —나를 쓰러뜨려라.

최근에는 임무 때문에 바빠서 덤빌 기회가 줄어들었지만 그래도 계속하고 있었다. 오히려 임무 중에 제대로 쓰지 못한 기술을 습득하는 의미에서도 좋은 훈련이 되고 있었다.

사라는 에르나를 따라가기로 했다.

딱히 거절할 이유도 없었다. 할 일이 정해져 있지는 않았다.

「하지만 괜찮아? 임무 쪽은……」 하고 에르나가 물어서 「앗, 네. 괜찮습다」 하고 웃으며 둘러댔다.

모니카가 임무에서 빴다는 것은 역시 설명하기 어려웠다.

소녀들이 걷고 있는 곳은 롱청의 중심에서 벗어난 대륙 쪽 지역이었다.

버스로 한 시간쯤 가야 하는, 용화민국의 국경과 가까운 도시. 롱청의 중심지와는 달리 구획이 정비되지 않아서 높이도 폭도 들쭉날쭉한 건물이 줄지어 있었다. 한자로 적힌 간판이 늘어서서 난잡하기는 하지만 주민의 에너지가 느껴지는 거리였다.

향신료 냄새가 진동하여 사라의 강아지가 싫다는 듯 코를 실룩거렸다.

에르나가 말하길, 클라우스는 이곳에서 임무를 수행 중이라고 했다.

"선생님의 임무를 몰래 보면서 해치울 계획을 짜는 거야."

그것이 에르나의 설명이었다.

사라는 클라우스를 추적하기 위해 동원된 듯했다.

통상적인 방법으로 클라우스를 미행하면 반드시 들킨다. 하지만 사라가 키우는 강아지의 후각을 이용하면 클라우스에게 들키지 않는 원거리에서도 추적할 수 있었다.

향신료 냄새 때문에 곤란한 것 같지만, 강아지는 열심히 클라우스의 발자취를 쫓았다.

"그런데 기합이 들어가 있네요."

강아지를 따라가며 사라가 말했다.

"에르나 선배도 임무 때문에 바쁠 텐데 짬을 내서 훈련에 힘쓰다니."

"그건……."

에르나는 깊이 고개를 끄덕였다.

"……당연해."

"당연?"

"이번 트러블은 원인을 따지자면 에르나가 방적 공장 임무를 실패한 탓이야."

아아, 하고 마침내 납득했다.

빈드는 지비아와 에르나가 실패한 임무를 성공시키는 형태로『봉황』이『등불』보다 뛰어나다고 주장했다. 그때 에르나가 기절한 사실도 규탄했다고 한다.

에르나는 자책하고 있을 것이다.

그렇게까지 신경 쓰지 않아도 된다고 생각했지만, 에르나의 목소리에는 열이 담겨 있었다.

"만회해야 해……. 멋있는 사기술을 완성시켜서『봉황』을 타도하는 거야……!"

그녀의 보폭은 컸고, 그 걸음걸음에서 예사롭지 않은 결의가 느껴졌다.

에르나도『봉황』을 두려워하는 감정은 없는 듯했다.

「그렇죠……」하고 사라는 복잡한 기분을 감추고서 긍정했다.

"후보는 잔뜩 생각해 왔어."

에르나의 어조는 여전히 진지했다.

"상황에 맞는 걸 골라서 선생님한테 써 볼 거야."

"오, 예를 들면 어떤 게 있습까?"

"『사고』×『유혹』. 티아 언니처럼 색정적으로 현혹해서 적을 함정에 빠뜨려!"

"낯을 가리는 에르나 선배에게는 어려울 것 같습다."

"『사고』×『유언비어』. 북쪽에 행복이 떨어져 있다고 거짓말해서 교묘하게 유도해."

"아까부터 발상이 릴리 선배와 똑같은 수준입다."

역시 갈피를 못 잡고 있는 듯했다. 실패하는 미래밖에 안 보였다.

하지만 적극적으로 후보를 드는 에르나의 모습은 용맹스러웠다.

'열심히 노력하고 있군요, 에르나 선배…….'

그에 비해 자신은 어떤가 생각하고 말았다.

자신의 사기술에 관해서는 아직 아무 생각도 떠오르지 않았다.

'저는 뭐가 좋을까요? 『조교』와 조합할 수 있는 속임수……. 『허풍』? 「제가 조교한 괴물이 순식간에 물어뜯어 죽일 겁다」 하고 허세 부리기? 『위장』? 다른 생물처럼 보이게 동물을 꾸미기……?'

생각해 봤지만 성공하는 미래가 보이지 않았다.

—낙오자인 자신이 엘리트들과 싸우는 건 상상이 가지 않았다.

애초에 자신은 적의 정면에 서서 싸울 수 있는 인간이 아니었다. 싸움은 못했다.

'하지만…… 이래서는 또 모니카 선배에게 혼날 검다…….'

겁쟁이인 자신이 싫어졌다.

하지만 깊이 밴 열등감은 간단히 사라지지 않았다.

사라는 얼굴을 숙였다.

앞서 걷던 강아지 조니가 멈춰 서 있는 것이 보였다. 세세하게 고개를 돌리며 그 자리에서 빙글빙글 돌았다. 이윽고 길을 꺾어 골목으로 들어갔다.

돌바닥이 깔린 비탈길이었다.

비탈길은 왼쪽으로 크게 꺾여 있어서 앞이 보이지 않았다.

비탈길 옆에는 을씨년스러운 상점이 늘어서 있었다.

튀어나와 있는 간판에는 『禁瑰酒店』『臟物藥房』 등등 새빨간 글자가 적혀 있었다. 호텔이나 약방 같았는데 어딘가 비합법적인 분위기를 풍겼다. 마약 같은 묘하게 달콤한 향이 감돌았다.

에르나가 살짝 숨을 삼켰다.

"음, 사라 언니…… 정신 차리고 보니 조금 으슥한 곳에 있어."

"새삼스럽지만 보스는 여기서 뭘 하고 있슴까?"

"음, 분명…… 누구랑 만날 예정이었는데……. 아, 맞아……."

에르나가 툭 말했다.

"—롱청 마피아와 교섭이야."

두 사람이 그 골목에 발을 들였을 때였다.

작은 책상이 길옆 간판에 파묻히다시피 놓여 있었다.

—結晶算命.

즉, 수정점이었다. 롱청에서는 골목에서 점쟁이를 흔히 볼 수 있었다. 희한한 것은 아니었다.

사라가 「어라?」 하고 의아하게 여긴 것은 그 수단이었다. 롱청에서는 손금이나 점대를 이용한 점이 주류라서 수정 구슬은 거의 볼 수 없었다. 모니카가 암기하라고 한 책에 그렇게 적혀 있었다.

그렇게 의문을 품은 것이 도움이 되었다.

점쟁이가 갑자기 일어나더니 사라의 머리를 향해 뭔가를 휘둘렀다.

"" ——?!""

점쟁이가 쥐고 있던 것은 쇠부채였다.

사라와 에르나는 즉각 공격을 피했다. 왼쪽으로 뛰면서 품에 있는 권총을 잡았다.

"오오! 피했나요!"

여성의 높은 목소리가 울렸다.

허름한 점쟁이 옷을 벗으니 용화민국의 전통 무술에 쓰이는 빨간 도복이 나타났다. 긴 머리를 뒤로 땋고 넓은 이마를 드러내고 있었다. 아직 젊은 여성이었다. 20대 초반의 발랄한 웃음을 보이고 있었다.

"골목에 찾아오는 수상쩍은 인물을 닥치는 대로 덮치고 있지만 반응한 건 당신들이 처음이에요! 즉, 평범한 사람이 아니란 거죠. 어딘가의 공작원인가요? 그렇군요, 이 롱청을 짓밟는 나쁜 도적이군요! 재밌네요! 붙잡아서 심문하기로 하죠!"

여성은 일방적으로 고하더니 양손에 든 쇠부채를 펼쳤다.

"제 이름은 레이린! 주보파(珠寶派) 팔인방 중 한 명입니다!"

""…………""

사라와 에르나는 어안이 벙벙해져서 레이린이라고 이름을 밝힌 인물을 바라보았다.

그 말이 옳다면 그녀는 롱청 마피아의 일원인 것 같지만.

「……어쨌든 위험한 인물이야」 하고 에르나가 말했다.

「엮이면 귀찮아질 것 같습다」 하고 사라도 고개를 끄덕였다.

참고로 두 사람은 딘 공화국의 말로 대화하고 있었다. 롱청 현지인인 듯한 레이린이 알아들을 리 없어서 그녀는 고개를 갸웃했다.

사라와 에르나는 조금씩 후방으로 물러나며 도망칠 준비를 시작했다.

"응응? 이쪽이 이름을 밝혔는데 통성명도 없이 멀어지다니."

레이린이 입술을 삐죽였다.

"예의가 없군요. 과연 스파이다워요. 비열해요!"

물론 사라는 귀를 기울이지 않고 에르나에게 판단을 고했다.

"바, 발포하겠습다. 조금 놀래킬 뿐임다. 그 틈에 도망치는 검다."

소란을 일으키고 싶지는 않지만, 이 인물과는 떨어지는 편이 좋을 듯했다.

사라는 슬쩍 권총을 꺼내 레이린에게 총구를 겨눴다.

"흥, 주보파 팔인방 중 하나인 레이린을 우습게 보지 마시죠!"

"그건 아까도 들었습다!"

유난히 이름을 밝히려고 하는 그녀에게 태클을 걸면서 사라는 방아쇠에 손가락을 걸었다.

그러자 레이린은 뒤로 굴러 늘어선 간판에 몸을 숨겼다.

경쾌한 몸놀림이었다. 역시 입고 있는 도복대로 옛 무술이라도 다루는 걸까.

그대로 레이린은 골목 안쪽으로 사라진 것 같았다.

"도망쳤어……?"

에르나가 고개를 갸웃했다.

사라는 발포하지 않고 총을 내렸다.

레이린 쪽에서 떠나 준다면 무리해서 싸울 필요도 없었다.

"그런 것 같습다. ……어쨌든 저희도 도망—."

그 말을 끝내기 전에 뭔가가 사라의 어깨를 때렸다.

「—윽?!」 하고 목소리가 새어 나왔다.

폐에서 공기가 빠져나왔다. 둔탁한 물체가 부딪쳤다. 균형을 잃고 무릎을 꿇었다.

「사라 언니?!」 하고 에르나가 비명을 질렀다.

공격은 전혀 보이지 않았다.

하지만 그 공격이 날아온 방향은 알 수 있었다.

"……뒤, 뒤쪽임다."

어떻게든 목소리를 냈다.

두 사람이 동시에 돌아보자 그곳에 쇠부채를 치켜든 레이린이 있었다.

"느리군요, 괘씸한 도적들!"

쇠부채가 휘둘리기 전에 황급히 앞으로 굴러서 피했다. 모니카와 했던 격투 훈련이 도움이 되었다. 그대로 에르나의 손을 잡고 달렸다.

구불구불한 비탈길을 오르고, 치과로 보이는 건물의 모퉁이를 돌고, 작은 상점이 늘어선 거리를 지났다. 길을 막듯이 설치된 간판이 지금은 짜증스러웠다.

"아까 그 공격은 어떻게 한 거지……?"

달리면서 에르나가 말했다.

"그 녀석, 갑자기 우리 뒤에 나타났어!"

"모, 모르겠습니다."

그랬다. 레이린의 움직임은 부자연스러웠다.

사라와 에르나의 정면에서 사라졌다고 생각한 순간, 후방에 나타나 있었다. 달려서 이동했다기에는 너무 빨랐다. 인간이 할 수 있는 일이 아니었다. 권총을 들 새도 없었다.

고민하고 있으니 『柳熊書房』이라고 적힌 간판에서 레이린이 나타났다.

에르나와 사라는 황급히 발을 멈췄다.

또다시 너무나 빠른 이동이었다. 이번에는— 앞질렀다.

"축지법이라고 하죠."

당황하는 소녀들을 보며 레이린은 자랑스레 웃었다.

"수행 끝에 익혔답니다. 땅을 줄여서 당신이 있는 지점과 제가 있는 지점을 연결했을 뿐이에요. 이 정도는 우리 주보파 팔인방이라면 누구나 할 수 있어요."

그리고서 그녀는 쇠부채를 옆으로 크게 휘둘렀다.

아직 소녀들과 레이린의 거리는 3m 이상 떨어져 있었다.

"즉— 제 공격은 **거리를 초월해요!**"

사라의 무릎에서 둔탁한 아픔이 일었다.

또 딱딱한 것이 부딪쳤다. 심지어 옆쪽에서 날아왔다. 예상치 못한 각도에서 날아온 일격이라 눈으로 볼 수도 없었다.

"도망쳐도 소용없어요. 사랑하는 조국을 지키기 위해 저 레이린은 용서하지 않을 겁니다!"

레이린이 다시 쇠부채를 들었다. 보이지 않는 공격을 가할 생각이리라.

사라는 목소리를 쥐어짰다.

"저, 저는 이 나라에 위해를 가할 마음은 없습다. 조금 격투 훈련을 쌓은 관광객입다. 이 총도 어디까지나 호신용으로……."

"거짓말은 통하지 않아요! 스파이는 곧장 거짓말을 하니까요. 비열한 족속이에요."

"……!"

"뭐, 제게 겁을 먹은 건 진실인 것 같지만요!"

레이린은 호전적으로 웃었다. 마피아는 한번 하기로 정하면 가차가 없는 듯했다.

역시 사라의 거짓말로는 무마할 수 없었다.

'보스가 수행 중인 임무가 뭔지 생각해야 했습다……!'

이번 임무에 룽청 마피아가 엮여 있다는 건 알고 있었던 사실이다. 깊이 생각하지 않고 미행하여 그들의 영역에 발을 들이고 말았다.

"응!"

그때, 사라 옆에 있는 에르나가 레이린에게 권총을 겨눴다.

레이린이 비웃었다.

"다소 시간을 벌어 봤자 똑같아요."

에르나가 발포하기 전에 그녀는 뒤로 굴러 간판 뒤에 숨었다.

레이린은 차폐물 천지인 이 공간을 다 꿰고 있는 것처럼 움직였다.

"이 틈에 도망치는 검다!"

사라는 에르나의 팔을 잡고 다시 뛰기 시작했다.

커브가 많은 비탈진 골목을 재차 달렸다.

간판이 뒤섞여서 시야가 좋지 않았다. 주민들의 빨래봉도 튀어나와 있는 탓에 햇빛도 차단되었다.

—아마 레이린이 또 앞지를 것이다.

축지법이 진실인지는 불명이지만, 이해할 수 없는 이동법을 쓰고 있는 것은 사실이었다.

사라는 거친 숨을 내쉬며 열심히 발을 놀렸다.

대미지를 입은 다리가 아팠지만 참을 수밖에 없었다.

'분명 티아 선배라면 잘 교섭해서 싸움을 피할 수 있을 검다……. 그레테 선배라면 변장해서 도망칠 수 있을 검다……. 모니카 선배나 지비아 선배라면 싸워도 지지 않을 검다……'

이곳에는 없는 멤버를 무심코 생각하고 말았다.

—자신에게는 이 궁지를 타개할 방법이 없다.

그 사실이 참을 수 없이 분했다.

"사라 언니, 멈춰."

그때, 에르나가 사라의 옷을 잡았다.

어? 하고 의문스럽게 느꼈다. 에르나가 발을 멈춘 곳은 시야가 좋지 않은 곳이었다. 노폭이 좁았고, 건물에서 여러 간판이 튀어나와 있었다.

상대는 신출귀몰한 격투가다. 여기서 기다리는 것은 악수라고 느껴졌다.

레이린은 머지않아 나타났다.

하늘을 달리듯 간판에서 간판으로 이동하며 다가왔다.

역시 이동이 너무 빨랐다. 그녀는 떨어진 거리에서 쇠부채를 치켜들었다.

에르나가 사라의 몸에 기댔다.

"사라 언니를 괴롭히는 녀석은 용서 못 해."

그대로 그녀는 사라와 함께 넘어지며 양손으로 든 권총을 발포했다.

그 충격이 사라의 몸에 쿵 부딪쳤다.

에르나의 권총은 거대한 리볼버였다. 매그넘탄을 공중으로 쐈다.

몸집이 작은 에르나는 그 충격을 버티지 못하고 「응」 소리를 내며 나동그라졌다.

사라는 에르나를 부드럽게 받았다.

위에 있던 레이린은 그 굉음에 일순 몸을 젖혔지만 곧장 냉소했다.
"대체 어디를 노리고—."

"코드 네임 『우인』— 애써 죽일 시간이야."

에르나의 입술이 움직였을 때, 금속이 갈라지는 소리가 났다.
매그넘탄의 충격 때문인지, 아니면 발포음의 진동 때문인지.
금속 피로로 손상되어 있던 철은 간판을 지탱하지 못하게 된 것 같았다. 주위를 에워싸고 있던 간판이 와르르 떨어졌다.
"뭐야—?!"
레이린이 눈을 부릅뜨고서 허둥지둥 몸을 돌렸다.
사라가 볼 수 있었던 것은 거기까지였다. 그녀도 경악하여 에르나의 머리를 안고 몸을 숙였다.
한편 에르나는 사라에게 안긴 채 태연하게 위쪽을 올려다보고 있었다. 동요하지 않았다.
사라는 에르나의 특성을 떠올렸다.
—불행에 이끌려 불행의 조짐을 감지하기에 이른 자기 처벌 소녀.
그녀는 여기서 간판 추락 사고가 일어날 것을 알아차리고 총을 쐈을 것이다.
간판이 추락하여 금속이 찌그러지는 소리가 울렸다. 하지만 사라에게는 떨어지지 않았다.
이윽고 소리가 멎었을 때, 사라는 조심조심 얼굴을 들었다.

정확히 주위를 에워싸는 잔해 더미가 생겨나 있었다.

"~~!"

말로 표현할 수 없는 비명을 지르고 말았다.

언제 봐도 강력한 특기였다.

레이린을 죽이지는 않았을지 걱정됐지만, 간판 밑에 깔린 사람은 없었다. 그녀의 찢어진 옷자락만 떨어져 있었다. 압사하진 않은 듯했다. 일단 퇴각했을 것이다.

"일단 급한 불은 끈 것 같아."

에르나가 중얼거렸다. 그리고 뒤늦게 떨어진 병이 그녀의 머리를 때리며 꽁 하고 큰 소리를 냈다. 에르나는 「불행……」 하고 중얼거리며 주저앉았다.

"그, 그러네요. 레이린 씨는 어딘가로 간 것 같고, 저희도 도망치죠."

레이린은 뛰어난 격투가다. 주보파 팔인방이 뭐 하는 자들인지는 모르겠지만 성가셨다.

사라는 아픈 다리를 문지르고서 일어났다.

"우, 우선 거점으로 돌아가자."

에르나가 걱정스러운 어조로 말했다.

"미안해, 사라 언니. 에르나 때문에 다쳤……."

말이 도중에 막혔다.

그녀의 눈에 눈물이 맺혔을 때, 사라는 「괜찮습다」 하며 그 머리를 쓰다듬었다.

"에르나 선배 탓이 아닙다. 신경 쓰지 마세요."

"하지만……."

"그리고 바로 돌아갈 필요도 없습다. 저도 막무가내로 도망치진 않았습다."

어리둥절해하는 에르나에게 사라는 웃으며 고했다.

"조니 씨가 냄새를 추적해 줬습다. —보스가 바로 근처에 있습다."

골목에 숨어 있던 검은 강아지가 얼굴을 빼꼼 내밀었다. 강아지는 꼬리를 흔들며 사라에게 몸을 부딪치더니 이내 사라의 머리까지 올라갔다.

에르나도 「아」 하고 눈을 크게 떴다. 상황을 이해한 듯했다.

그랬다. 설령 마피아의 근거지여도 상관없었다.

세계 최강의 스파이가 근처에 있다. —안전은 확보된 것이었다.

클라우스는 거대한 저택에 있는 것 같았다.

강아지의 코를 따라가 보니 커다란 주홍색 문이 우뚝 서 있고 좌우에는 용 동상이 늘어서 있었다. 안쪽에는 궁전 같은 훌륭한 건물이 보였다. 오렌지색 기와가 올려진 벽이 사방을 둘러싸고 있었다. 일반적으로 평민이 살 만한 집은 아니었다.

클라우스의 임무는 마피아와의 교섭이라는 게 떠올랐다.

이곳에 두목이 있는 걸까. 외부인은 범접할 수 없는 으리으리한 모습이었다.

「미행하는 게 이렇게 힘들 줄은 몰랐습다……」 하고 사라가 중얼거렸다.

「응. 하지만 여기까지 도달한 건 성장했다는 증거야」 하고 에르나는 가슴을 쭉 폈다.

그 긍정적인 말에 사라도 동의했다.

평소에 하는 클라우스와의 훈련뿐만이 아니라, 모니카가 실시한 스파르타 훈련의 성과도 나타나고 있었다. 그렇지 않았다면 레이린에게서 도망칠 수 없었다.

문 앞에는 문지기도 없었다.

"근데 지금부터 어쩔까요?"

사라는 에르나를 보았다.

"훈련은 포기하고 보스에게 지켜 달라고 부탁해야겠죠?"

당초 목적은 클라우스를 미행한 후에 협박하거나 습격하는 것이었다.

하지만 그 목적을 달성하기 전에 녹초가 되어 버렸다.

게다가 섣불리 움직이면 또 레이린에게 공격받을지도 몰랐다.

"아니, 모처럼 여기까지 왔으니까 에르나는 역시 도전하고 싶어."

에르나가 불만스러워하며 볼을 부풀렸지만 사라는 동의할 수 없었다.

"하지만 충분히 훈련했습다. 이 이상 깊이 들어가면 위험함다."

"……응."

에르나는 떨떠름한 모습으로 고개를 끄덕였다.

'에르나 선배, 뭔가 초조해하고 있습다……'

괴로워 보이는 그녀를 보니 불안해졌다.

아까까지는 용맹스럽다고 느꼈지만 지금은 위태롭게 느껴졌다. 이런 위험 지대에 발을 들인 것도 그렇고, 앞뒤 가리지 않는 느낌이었다.

「일단 보스와 합류하죠」 하고 사라는 재촉했다.

방침을 정하고 소녀들은 문 옆으로 이동했다. 정면으로 들어가서 클라우스와 만나게 해 달라고 요구할 수는 없었다. 잠입도 스파이의 특기였다.

건물 옆쪽으로 가서 벽을 기어올라 쌍안경으로 내부를 관찰했다.

다행히 시야는 탁 트여 있었다.

정원에는 큰 연못이 펼쳐져 있고 시야를 가리는 키 큰 나무는 없었다. 잘 관리되어 있었다.

""응……?""

두 사람은 쌍안경을 든 채 동시에 고개를 갸웃했다.

장엄한 주홍색 건물 앞에 연못이 있고 그 위에 크고 작은 다리 열 개가 있었다. 오래된 바위와 정원사가 정성껏 다듬은 관목, 정자가 있어서 정원은 아주 우아했으나, 이상한 것이 여기저기 굴러다녔다.

—기절한 군중.

대충 100명에 가까운 인간이 정원에 쓰러져 있었다. 권총이나 청룡도를 쥔 채로 말이다.

헤벌어진 입을 보면 의식이 없다는 건 알 수 있었다.

정원 중앙에 클라우스가 있었다.
다리 난간에 앉아 하늘을 올려다보며 혼잣말을 중얼거렸다.
그 입의 움직임을 보고 그의 말을 알아냈다.

"……설마 이렇게까지 교섭이 난항을 겪을 줄이야."

클라우스의 표정은 슬퍼 보였다.

"일대의 마피아 세 곳이 결집해서 얘기도 듣지 않고 죽이려 들 줄은 몰랐어. 오랜 세월 룽청을 침범한 외국 스파이에 대한 원념인가……. 성의를 보이기 위해 정면으로 들어온 게 실수였나."

"아니아니아니아니아니아니아니아니아니아니아니아니!"
사라와 에르나는 동시에 태클을 걸었다.
룽청 마피아 세 곳이 클라우스의 손에 괴멸됐다.
아무래도 그는 정보를 몰래 훔치는 게 아니라 정면으로 교섭해서 얻어 내려고 찾아온 듯했다. 성의를 보이기 위해서였다지만 그 대담한 수법이 상대를 자극한 것 같았다.
그 결과, 100명 이상의 마피아를 혼절시키기에 이른 모양이다.
언제나처럼 규격을 벗어난 남자였다. 이제는 그냥 어이가 없었다.
'하지만…….'
사라는 쌍안경을 내렸다.

'이게 보스가 사는 세계군요…….'

나라를 지키는 책임을 일신에 짊어진 남자에게는 할 일이 아주 많다. 주어진 시간도 없어서 이번처럼 강제적인 수법을 쓸 때도 있을 것이다.

자신들과는 사는 세계가 달랐다.

『등불』의 멤버가 할 수 있는 일은 아직 그를 돕는 것뿐이다.

에르나도 그 사실을 알아차렸는지 「응……」 하고 쓸쓸하게 중얼거렸다. 사라의 옷을 꽉 움켜잡았다.

자신들과 클라우스의 엄청난 실력 차이를 목도했다.

새삼 가슴이 죄어들었지만—.

"클라우스 선생님, 건물 북쪽은 빈드와 빅스가 제압했어요."

비취색 포니테일 머리의 소녀가 클라우스에게 달려오는 것이 보였다.

「……큐르 씨야」 하고 에르나가 중얼거렸다. 『봉황』의 멤버인 듯했다.

큐르는 조금 상기된 얼굴로 자랑스럽게 입술을 다물고 있었다.

다리 위에서 대기 중이던 클라우스가 고개를 끄덕이고 그녀에게 말했다.

"훌륭해. 확인하겠는데, 죽이진 않았겠지?"

"그럼요. 다만 강옹패(鋼甕牌)와 주보파를 연결하던 호위가 안 보여서……. 원래부터 그녀 한 명과 얘기하면 됐었는데."

"그 녀석은 순찰 중인 것 같아."

"예? 행방을 아시나요?"

"아까 쓰러진 인간이 말했어. 상당히 변덕스러운 녀석이라서 귀가 시간은 불명이라더군."

"그렇군요. 그럼 주변을 찾아볼까요."

"그러지. 너희가 있어서 다행이야. 나 혼자 하는 것보다 편하게 정리됐어."

"……엇, 흐에? 아뇨아뇨, 과분한 말씀이에요! 그렇게 대단한 일은 안 했어요! 주보파 팔인방도 빈드랑 다른 애들이 여유롭게 쓰러뜨렸고요."

친밀하게 대화를 나누는 클라우스와 큐르.

이번 임무는 클라우스와 『봉황』이 합동으로 완수한 듯했다. 놀라운 일은 아니었다. 그와 『봉황』이 앞으로 함께 활동하기 위한 인수인계 기간이니까.

향후 일정에 관해 클라우스와 큐르가 자세하게 조정하기 시작했다.

구체적인 내용은 알 수 없었지만 그들의 호흡이 잘 맞는 것은 명백했다.

"……윽."

사라는 가슴이 괴로워져서 저도 모르게 꾹 눌렀다.

눈앞의 광경을 보고 있자니 심장 고동이 빨라졌다.

'……에르나 선배가 초조해하는 마음이 마침내 이해됐습다.'

사라는 멀리 떨어진 클라우스에게 시선을 보냈다.

마이페이스 기질이 눈에 띄지만, 클라우스는 『등불』의 어떤 멤버든 받아들이는 유연성을 겸비하고 있었다. 그렇지 않았다면 문제아투성이인 『등불』의 보스가 될 수 있었겠는가.

분명 그는 『봉황』과 한 팀이 되어도 초인적인 실력을 발휘할 수 있을 터다.

그런 건 잘 알고 있다.

소녀들에게 클라우스는 특별하지만, 클라우스에게 소녀들은 특별하지 않았다.

'『봉황』은 우수함다……. 우리는 마피아로부터 겨우 도망쳤는데, 저들은 당당히 때려눕힐 수 있으니까요…….'

엘리트와 자신들, 클라우스 옆에 있어야 할 것은 어느 쪽인가?

그런 건 이미 명백하게 보였다. 『봉황』이다. 클라우스에게 도움받기 위해 찾아온 자신들과 달리 그들은 클라우스와 나란히 싸우고 있었다.

세계 최강의 스파이의 부하로는 『봉황』이 더 적합했다.

이해하고 있지만—.

'보스, 괴롭습다……. 보스가 다른 팀으로 가 버린다니…….'

똑똑히 보고 확실히 인식했다.

클라우스는 정말로 『등불』을 떠나 버린다.

자신들 곁에서 사라진다. 다른 팀의 보스가 되어 헤어진다.

싫어, 하고 마음속에서 누군가가 외쳤다.

그것이 자신의 목소리라는 것을 뒤늦게 깨달았다.

싫어싫어싫어싫어싫어싫어싫어싫어싫어싫어싫어, 마음이 꼴사납게 아우성쳤다.

—사라는 달려 나갔다.

에르나가 「응?!」 하고 말했지만 사라에게는 들리지 않았다.

눈앞의 광경으로부터 도망치듯 저택에서 멀어졌다.

◇◇◇

사라에게는 스파이가 되고자 하는 긍정적인 동기가 없었다.

그녀의 출신지는 딘 공화국의 작은 바닷가였다. 부모는 사이좋게 레스토랑을 경영했고, 외동딸이었던 그녀는 잔반을 개나 고양이에게 주는 것을 좋아했다.

평범하다고 말해도 지장이 없었다.

유일하게 특징적인 에피소드를 들자면, 길가에 있던 다친 매를 간호하여 길들인 것이었다. 그 이후로 동물과 묘하게 교류할 수 있는 재능을 자각했다.

스파이가 되기로 한 것도 살림을 돕기 위해서였다. 특별한 이유는 없었다.

부모의 레스토랑이 스파이 간의 항쟁에 말려든 것이다. 듣자 하니 제국 스파이와 육군 정보부의 싸움이 있었던 것 같았다. 요란한 총격전이 벌어져서 가게는 반파됐다. 수선할 만한 저축도 없었던 부모는 가게를 폐업했고 사라를 키울 돈도 부족해졌다.

그러던 때, 어딘가에서 소문을 듣고 온 대외정보실의 스카우트가 양성 학교에 오지 않겠느냐고 권유했고, 일자리도 없었던 사라는 물 흐르듯 양성 학교로 갔다.

그래서 사라에게는 동기가 없었다.

나라를 구하겠다는 사명감은 없었다. 이상적인 스파이상조차 가지고 있지 않았다.

양성 학교에서 『낙오자』 낙인이 찍혔을 때도 당연하다고 생각했다.

—스파이 따위, 어찌 되든 좋았다.

그리고 신체도 두뇌도 멘탈도 미숙하며 목표 의식도 낮은 소녀에게 기대하는 자는 없었다.

◇◇◇

구불구불한 비탈진 골목을 달리며 사라는 생각했다.

'그리고 양성 학교에서 낙오된 저는 『등불』에 왔습니다…….'

퇴학해도 일자리가 없으니 사라는 『등불』을 택할 수밖에 없었다.

처음에는 최악이라고 생각했다. 목숨을 건 불가능 임무라니, 죽으러 가는 것과 같았다. 당초 릴리에게 호소했듯 그녀는 도망칠 생각이었다.

원래 『등불』은 사라에게 지옥이었을 터다.

심지어 다른 멤버들은 낙오자라고 해도 사라보다는 우수했다. 있을 곳조차 없었다.

'하지만 저를 인정해 주는 사람들과 만났습니다…….'

『극상이야』라고 칭찬해 주는 세계 최강의 남자가 있었다. 자신을 따르는 동생 같은 존재, 함께 클라우스를 덮치는 계획에 끼워 주는 악우, 친절하게 이끌어 주는 선배까지.

사라에게 『등불』은 어느새 둘도 없는 장소가 되어 있었다.

'스파이가 되고 싶은 동기 같은 건 없어도— 모두를 위해서라면 힘낼 수 있습니다……!'

모두의 얼굴이 머릿속에 떠오르자 사라의 발이 더 빨라졌다.

이윽고 어떤 식당에 도착했다.

이미 폐업한 작은 가게였다.

힘껏 문을 당겼다. 문은 잠겨 있지 않았다.

주방과 작은 카운터가 놓여 있는 공간에 쓰이지 않는 가스레인지가 있었고, 그 위에 한 여성이 앉아 있었다.

"음?! 아까 봤던 스파이!"

레이린이었다.

에르나가 일으킨 사고로 다친 듯했다. 다리에 붕대를 감고 있었다. 다 묶은 붕대를 가위로 자르고 도복으로 감춘 후 카운터 위에 섰다.

"이상하네요! 어떻게 이 은신처를 알았죠?"

레이린은 눈썹을 찌푸렸다가 사라의 발밑에 있는 강아지를 보고 웃었다.

"아아, 과연! 제 냄새를 쫓아왔군요! 그 사고 현장에서 옷이 찢어졌었죠! 하하! 역시 비열해. 제법인데요!"

"……."

"하지만 이해가 안 가네요! 아까는 꼴사납게 도망 다녔으면서 혼자 찾아와 덤비다니. 일부러 죽으러 오다니!"

그녀는 사라를 내려다보며 쇠부채를 꺼냈다.

여유 넘치는 태도였다. 사라 따위 한주먹감도 안 된다는 것처럼.

"……하나 묻고 싶은 게 있슴다."

사라는 말했다.

"음?"

"강옹패와 주보파를 연결하는 호위라는 게 당신임까?"

"흐응. 잘 아네요."

레이린이 씩 웃었다.

"맞습니다! 바로 저! 주보파 팔인방 중 한 명인 레이린은 강옹패와의 연락 담당이기도 하죠. 그래서, 용건이 뭐죠? 강옹패와 접선하라는 건가요? 확실히 어둠 속에서 꿈틀거리는 역적들을 아는 사람은 이 일대에서 저뿐이죠. 그게 용건이라면 거액의 돈을—."

"훈련임다."

"……허?"

"끌어들여서 죄송함다. 보스보다 빨리 당신을 잡을 검다. 그걸 교섭 재료로 삼아 보스에게서 『항복』이란 말을 끌어낼 검다."

사라는 모자를 고쳐 쓰고 레이린을 바라보았다.

"얌전히 구속당해 주세요. 해를 끼치진 않을 겁니다."

"……굉장히 무례한 일을 당하고 있는 것 같은데요."

"먼저 무례하게 군 사람은 그쪽입니다. 에르나 선배의 혹 하나만큼 실례하겠습니다."

사라는 당당히 너스레를 떤 자신에게 만족했다.

설전은 릴리나 모니카를 보고 배웠다.

의도한 대로 레이린은 화가 난 것처럼 쇠부채를 세게 움켜쥐었다. 손끝이 하얗게 물들어 있었다. 상대는 훈련받은 스파이가 아니었다. 사라 수준의 정신 공격도 충분히 통했다.

'솔직히 무서워서 견딜 수가 없지만…….'

못 할지도 모른다고 생각할 일이 아니다. 할 수밖에 없다.

『봉황』의 엘리트는 룽청의 마피아를 얼마나 해치웠지?

"당신 정도의 적을 쓰러뜨리지 못한다면 보스 옆에 설 자격이 없습니다……!"

할 수 있다고 자신을 타일렀다.

자신은 클라우스에게 인정받은 수재다! 자신이 바로 극상의 천재라고 당당해져라!

"실력 차이도 모를 줄이야! 어리석기 짝이 없군요!"

도발에 넘어온 레이린이 달려들었다.

사라는 즉각 물러나 가게 밖으로 뛰쳐나갔다. 아까 싸웠던 곳에서 그리 멀지 않은 골목이었다. 길은 구불구불 꺾였고, 비탈길과 계단이 널려 있었다. 도처에 간판이 튀어나와 있어서 더할 나위 없이 시야가 나빴다.

사라는 그 골목을 달리며 상대가 어떻게 나오는지 살폈다.

"도망칠 수 있을 것 같나요?!"

역시 레이린은 앞질러서 사라 앞에 나타났다.

뛰어왔다고 하기에는 너무 빠른, 축지법이라고 했던 이동.

하지만 사라도 대책 없이 덤빈 것은 아니었다.

몰래 들고 있던 종이봉투를 레이린에게 던졌다.

레이린은 그 봉투를 쇠부채로 쳤지만, 봉투가 찢어지며 터진 분말이 그녀를 덮쳤다.

"윽! 화자오인가요!"

레이린이 콜록거렸다.

코를 자극하는 냄새가 골목에 가득 퍼졌다. 롱청에서는 강한 향신료를 어디서나 구할 수 있었다. 그것을 갈아서 으깨면 간이 최루탄이 된다.

적의 시야는 봉인했다.

즉각 총구를 겨눴으나 레이린은 곧장 뒤로 굴러서 건물 뒤에 숨어 버렸다.

"안타깝게도 이 거리는 눈 감고도 달릴 수 있는지라!"

레이린의 힘찬 목소리가 들렸다.

하지만 주위의 벽에 부딪쳐 울리는 탓에 정확한 위치는 파악할 수 없었다.

“당신의 책략은 이걸로 끝인가요? 그럼 다음 공격으로 마무리하기로 하죠! 제가 좀 바쁘거든요. 어째선지 본부와 통화가 안 돼서 말이에요.”

“……본부라면 괴멸됐습다.”

“이런 상황에서도 거짓말을 하다니! 한탄스럽군요!”

레이린은 귀를 기울이지 않았다.

심리전은 처음부터 포기하고 오기로라도 격투로 끌고 가는 스타일이리라. 서툰 속임수는 통하지 않는 만큼 성가셨다.

사라는 각오를 다지고서 양손으로 권총을 꽉 잡았다.

“주보파 팔인방의 비술— 전신전령의 축지법을 보여 드리죠!”

그렇게 레이린이 외치자 찌르는 듯한 살기가 증폭됐다.

말도 안 되는 광경이 전개되었다.

발소리가 남쪽에서 들리나 싶었는데 레이린은 북쪽 지붕을 달리고 있었다. 그 몸이 동쪽에서 포착됐을 때, 곧장 서쪽 간판 위에서 레이린이 도약했다. 상식적으로는 생각할 수 없는 종횡무진 이동이 전개되어 점차 사라를 포위해 나갔다.

하지만—.

“그 트릭의 비밀은 알아냈습다.”

그녀의 기술에 언제까지고 농락당할 만큼 사라는 미숙하지 않았다.

더 교묘하게 거짓말하는 동료와 줄곧 훈련을 계속해 왔다.

“수준 낮은 거짓말입다. 축지법 같은 게 있을 리 없습다. 아까 화자

오로 냄새를 묻혔습다. 그걸 이용하면 이동의 정체는 알 수 있습다."

이윽고 레이린이 정면에 나타났다. 공격한다고 어필하듯 크게 쇠부채를 치켜들었다.

사라의 발밑에 있는 강아지 조니가 크게 짖었다.

"쌍둥이— 당신의 이동은 그저 그것뿐인 속임수임다!"

뒤로 쏘기.

사라는 몸의 방향을 바꾸지 않은 채 권총을 한 손으로 바꿔 들었다. 오른손으로 잡은 권총을 왼쪽 옆구리 쪽으로 돌리고 뒤를 향해 발포했다.

"아니—!"

뒤쪽에서 비명이 들렸다.

돌아보니 피가 나는 정강이를 부여잡은 레이린의 모습이 있었다. 사라의 사격 기술로는 뒤로 쏜 총알이 똑바로 날아가지 않고 아래로 빗나간 듯했다.

물론 죽일 생각은 없었기에 안도했다.

코를 실룩여 냄새를 맡았지만 화자오 냄새는 나지 않았다. 강아지도 반응하지 않았다.

역시 레이린은 두 명 있는 게 틀림없었다.

"훌륭한 연계임다."

사라는 말했다.

"두 여성이 한 사람처럼 연기했던 거군요. 멋진 기술입니다."

우연이지만, 그건 이번에 배운 사기술의 발상에 가까웠다.

장점과 속임수를 합친다.

쌍둥이의 콤비네이션과 거짓말의 조합. 『연계』×『착각』— 가짜 축지.

그게 그녀들의 격투 스타일이었다.

"크윽……."

레이린의 얼굴로 땀이 흘렀다.

"설마 간파당할 줄이야……."

"축지법 같은 판타지를 믿을 나이는 아닙니다."

너무 설명이 작위적이었다.

생각해 보면 레이린은 처음 만났을 때부터 집요하게 『팔인방 중 한 명!』이라고 소개했다. 쌍둥이라는 것을 속이기 위한 인상 조작이리라.

사라는 심호흡하고서 레이린의 이마에 권총을 조준했다.

"항복해 주세요. 이제 도망칠 수 없습니다."

"꽤 하는군요……!"

레이린은 콧방귀를 뀌었다.

이 지경이 됐는데도 그녀의 표정은 의기양양했다.

"하지만 제가 이겼어요. 생각해 보세요. 당신의 적은 두 명이에요. 저를 총으로 위협 중인 당신을, 우리 언니가 뒤에서 덮치면 그만이죠."

"……그렇죠."

"당신이 졌어요. 이길 방법이 없어요."

레이린은 히죽 웃었다.

"3초 내로 총을 내리세요. 따르지 않는다면 언니가 쇠부채로 당신을 쪼갤 거예요."

"……."

사라는 총을 내리지 않았다.

여기서 총을 내리면 눈앞에 있는 레이린이 쇠부채로 공격할 것이 눈에 보였다.

하지만 현재로서는 뒤에서 달려들 거라는 그녀의 언니에게 대처할 수 없었다. 눈앞의 레이린을 총으로 쏴 죽일 수도 없었다. 그녀에게서 정보를 알아내야 하기 때문이다.

—사라는 패배한다.

설령 적의 속임수를 간파했어도 애초에 격투로는 레이린을 이길 수 없었다.

심지어 상황은 2 대 1. 사라가 정면으로 싸워서 쓰러뜨릴 수 있는 상대가 아니었다.

사라는 약하다.

그래서 필요했다. 실력 차이를 뒤집기 위한— **자신만의 속임수가.**

레이린은 「3, 2, 1」 하고 카운트한 후에 웃었다.

"자! 레이카 언니! 뒤에서 이 녀석을 공격—."

"—일부러 움직이지 않는 겁다. 유인하기 위해서."

사라는 조용히 선언했다.

"코드 네임 『초원』— 뛰어다닐 시간입다!"

직후, 다시 사라의 뒤에서 비명이 터져 나왔다.

사라를 습격하기 위해 레이카— 레이린의 쌍둥이 언니가 골목에 내려섰지만, 그것을 기다렸던 것처럼 거대한 매가 날아왔다.

버나드라는 이름을 가진, 사라가 가장 의지하는 애완동물이었다.

발톱을 세워 레이카의 팔을 꽉 잡고 날카로운 부리로 목을 쪼았다.

"뭐, 뭐야아아아아아아! 어디서 동물이?!"

추격타를 가하듯 토실토실한 비둘기 에이든이 몸을 부딪쳤고, 강아지 조니도 열심히 레이카의 발을 물었다.

사라가 조교한 애완동물이 단체로 레이카를 공격했다.

레이린이 「언니!」 하고 외쳤지만 사라는 「움직이지 마세요!」 하고 다시 권총을 들이대 동작을 멈추게 했다.

"언니를 구하고 싶다면 무기를 버리세요."

"……!"

"당신들이 저를 깔보고 있다는 건 알고 있었습다. 그래서 제가 나타나면 경계하지 않고 다가올 거라고 생각했습다. 그걸 동물들로 포위하면 그만입다."

약한 자신이 쓸 수 있는 속임수를 필사적으로 생각했다.

그 결과 생각해 낸 것은 **약한 자신을 미끼로 삼는 것.** 일부러 위험에 뛰어들어 방심시킨 상대를 동물들로 끝장내는 것이었다.

『조교』×『미끼』— 인수(人獸) 협공.

그것이 사라가 만들어 낸 스파이로서의 싸움법이었다.

그 결과 쌍둥이의 움직임을 완봉하는 데 성공했다.

'저도, 싸울 수 있습다……!'

이제 협박하면 된다. 매 버나드는 사람의 경동맥 정도는 뚫을 수 있는 힘을 가졌다. 사라보다 훨씬 강했다.

이대로 첫 단독 승리에 도달하면 끝이지만—.

"어……?"

사라의 사고가 중단되었다.

옆구리에 대미지를 입었다. 버티지 못하고 쓰러졌다.

"아……파……?"

눈앞에 굴러간 것을 보고 사라는 공격 수단을 인식했다.

—수정 구슬.

동물과 고군분투하며 레이카가 날렸을 것이다. 쇠부채로 가려서 손이 보이지 않았기에 피하지 못했다. 그러고 보니 쌍둥이가 몇 번이나 보이지 않는 공격을 가했던 것이 생각났다.

—쌍둥이가 사용하는 또 다른 공격 수단.

다루기 어려운 쇠부채는 수정 투척을 감추기 위한 것이었다.

사라가 쓰러지면서 자유로워진 레이린이 레이카를 에워싸고 있는 동물을 쫓아냈다. 형세가 불리하다고 본 동물들은 물러나 사라 곁으로 돌아왔다.

""호락호락한 꼬맹이는 아니네요……! 이중, 삼중으로 함정을 파는 건 너희 스파이들이 잘 쓰는 방식이잖아요? 공부해 뒀죠!""

쌍둥이는 한목소리로 말하며 엎어진 사라를 위압했다.

이제 사라는 움직일 수 없었다. 이미 책략은 다 썼다. 도망치라고 재촉하듯 매 버나드가 쪼았지만 옆구리가 아파서 아무것도 할 수 없었다.

""벌을 내리겠어요!""

쌍둥이는 호흡이 척척 맞는 동작으로 쇠부채를 치켜들었다.

"너 말이야, 너무 극단적이지 않아?"

뒤쪽에서 다른 목소리가 들렸다.

레이린과 레이카가 동시에 눈을 크게 떴고 사라도 뒤돌아보았다.

그곳에 청은발 소녀— 모니카가 어이없다는 얼굴로 서 있었다.

그녀는 못마땅한 듯 뒤통수를 긁적였다.

"확실히 자신감을 가지라고 말하긴 했지만. 그렇다고 갑자기 마피아와 맞짱을 뜨냐고. 뭐야, 그 알 수 없는 행동력. 싸우고 싶은 나이야?"

"……모니카 선배, 왜 여기에?"

사라는 숨을 삼켰다.

"릴리가 난리를 피웠어. 『에르나가 없어졌어요. 미아예요』 하면서. 그래서 찾다가 이상한 장면을 보게 된 거야."

레이린과 레이카는 갑자기 나타난 난입자의 실력을 가늠하듯 가만히 바라보고 있었다.

강한 시선을 받으면서도 모니카는 태연했다.

"흐응, 『조교』×『미끼』 같은 거려나? 너의 사기술."

어딘가에서 보고 있었던 모양이다.

사라가 고개를 끄덕이자 모니카는 「으~~~음」 하고 생각하다가 이윽고 평가를 내렸다.

"……미묘해."

불합격이었다.

으으, 하고 사라는 어깨를 떨궜다. 나름대로 열심히 했을 텐데.

"결국 사기술은 자기 자신을 비추는 거울이야. 인생, 신조, 버릇, 습관— 너의 삶이 너만의 속임수를 만들어 내는 거지."

그렇게 고하고서 모니카는 부드럽게 미소 지었다.

"자신을 미끼로 삼는 건 논외야. 너는 네가 생각하는 것만큼 약하지 않아."

그 대화를 관찰하고서 쌍둥이는 모니카를 강적이라고 인식한 듯했다. 두 사람은 완벽히 똑같은 타이밍에 뒤로 물러났다.

""그렇군요, 그렇군요! 증원인가요? 재밌네요!""

쌍둥이는 호흡을 맞춰 선언했다.

""진심으로 싸워 드리죠! 이곳은 우리 쌍둥이의 홈그라운드! 우리의 비위를 건드린 걸 후회하게 만들어 주겠습니다!""

그리고 두 사람은 동시에 간판 뒤로 사라졌다.

사방팔방에서 들려오는 발소리는 한층 빨라서, 사라와 싸울 때는 아직 진짜 실력을 드러내지 않았다는 것을 나타냈다.

빨랐다. 먹이를 사냥하는 육식 동물처럼 사라와 모니카 주위를 뛰어다녔다.

곧 환상적인 호흡의 연계기를 펼칠 테지만—.

"실망이야."

모니카의 반응은 희미했다.

"네?"

"나도 사기술을 연습하려고 했는데. 상대가 너무 약해. 속일 필요도 없는 녀석들한테 써 봤자 소용없는 기술이란 말이지, 이거."

그렇게 투덜거렸다.

쉽사리 믿을 수 없는 발언이었지만, 모니카는 안 해도 될 거짓말은 하지 않았다.

"평소 쓰던 방식으로 충분한가. 사라한테는 특별히 보여 줄게. 내 특기— 도촬이야."

그렇게 말하며 꺼낸 것은 거울 조각이었다. 그것을 허공에 뿌렸다. 거울 조각은 마치 가루눈처럼 반짝이며 떨어졌다.

"코드 네임 『빙인』— 시간이 있는 한, 사랑하고 품어라."

모니카의 눈이 세세하게 움직이기 시작했다. 투영되는 상을 전부 인식하듯이. 아니, 그녀의 경이적인 연산 능력과 정밀 동작이라면 능히 해낼 것이다. 자세히 보니 그녀가 뿌린 것에는 거울 외에 오목렌즈도 섞여 있었다.

모니카와 함께 보낸 시간이 긴 사라는 그 특기를 이해했다.

그 능력의 폭은 말로 표현되는 것 이상이다. 렌즈와 거울을 조합해서 발동하는 모니카의 신기.

도촬— **일정 공간 내에 온갖 것을 보는 스킬!**

이윽고 「「뒈지세요!」」 하고 외치며 레이린과 레이카가 동시에 튀어나왔다.

하지만 모니카는 동요하지 않았다. 그녀에게는 전부 보이고 있었다. 그늘에 숨어 있던 그녀들의 행동 따위 훤히 다 보였다.

퍽, 퍽, 둔탁한 소리가 연속해서 울렸다.

모니카가 들고 있던 소도로 레이린과 레이카의 뒤통수를 거침없이 때린 소리였다. 쓰러지는 그녀들을 보고 그렇게 인식했다.

레이린과 레이카는 동시에 무릎을 꿇고 천천히 고꾸라졌다.

압승이자 순삭.

사라와는 완전히 차원이 다른 실력이었다.

"끝났나. 이대로 정보를 뺏는 게 좋겠지만—."

모니카는 어깨를 으쓱이더니 쓰러진 쌍둥이에게서 시선을 뗐다.

그리고 「아쉽네」 하고 건조한 웃음을 보였다.

"벌써 클라우스 씨가 와 버렸어."

모니카가 바라보는 곳으로 사라도 시선을 보냈다.

클라우스가 서 있었다.

옆에는 에르나가 불안한 얼굴로 서 있었다. 그녀가 데려온 듯했다.

"사라."

클라우스는 모든 것을 이해한 것처럼 말했다.

“너 혼자서 맞서려고 한 건가? 용감하군.”

목구멍 안쪽이 떨렸다.

아니라고 말하고 싶었다. 눈물이 날 것 같았다.

결국 사라는 이기지 못했다. 약했다. 너무 미숙했다. 치명적으로 실력이 부족했다. 『봉황』이 몇 명이나 해치운 마피아에게 사라는 졌다. 모처럼 만들어 낸 사기술도 불완전한 실패작이었다. 모니카가 도와주러 오지 않았다면 죽었다.

“—극상이야.”

하지만 그가 보내는 온화한 눈빛에 사라는 성취감을 품고 말았다.

◇◇◇

용건이 끝나자 모니카에게 긴 꾸중을 들었다.

“진짜 뭐 하는 거야? 떠오른 아이디어를 바로 실전에서 시험하다니 바보야? 릴리랑 같은 수준이야? 심지어 『조교』×『미끼』라니…… 글러 먹었어. 13점. 너는 앞으로 나서는 타입이 아니잖아. 이런 폭주는 두 번 다시 하지 말아 줄래? 일단 내가 낸 과제를 해내게 된 다음에 혼자 움직여.”

엄격한 독설이 쏟아졌다.

전혀 되받아칠 수 없었다. 혼나도 별수 없는 폭주였다.

하지만 사라는 충족감을 느끼고 있었다.

—조금은 성장한 것 같았다. 아직 갈 길이 멀긴 해도, 약간은.

그 근거로 모니카의 음성이 평소보다 자상했다.

결국 풀려난 것은 해 질 무렵이었다.

임무가 어떻게 됐는지 확인하고 싶어서 애완동물도 산책시킬 겸 『등불』의 거점으로 향했다.

별장은 롱청섬의 높직한 언덕 위에 있었다.

내리쬐는 햇빛 때문에 땀을 흘리며 급경사를 올라갔다. 걸어가다 보니 경치가 탁 트였다. 낡은 알루미늄 울타리 건너편에 항구 부근의 빌딩들과 푸르른 롱청의 바다가 있었다.

언덕 중턱에 작은 테이블이 놓여 있었다.

테이블 앞에 점쟁이가 앉아 있었다. 『結晶算命』이라는 간판이 있었다.

낮에도 봤는데, 불길한 예감을 느끼며 사라는 점쟁이의 모습을 확인했다.

에르나가 앉아 있었다.

"레이린 씨 리스펙트야."

「네……?」 하고 사라는 경직되었다.

어째선지 에르나는 용화 드레스를 입고 있었다. 옷감은 밝은 분홍색이고, 옷단에 나풀나풀한 장식이 달려 있고, 여기저기 개조된 점이 보였다. 아무래도 모티프는 호랑이인지 머리에 노란 귀가, 엉덩이에는 노란색과 검은색 줄무늬가 들어간 꼬리가 달려 있었다.

에르나는 수정을 들었다.

"앞으로 에르나는 롱청에서 제일가는 점쟁이가 될 거야. 손님으로 온 타깃에게 역 승강장에 행운이 있다고 알려 주는 거야. 그 말을 듣고 역에 온 타깃을 교묘하게 밀쳐서 선로로 떨어뜨려. 세상 무서운 암살 전문 스파이, 에르나 탄생이야."

"……………………."

어떻게 반응하면 좋을지 알 수 없었다.

"…………."

"…………."

"…………."

"…………."

에르나가 호랑이 귀를 땅에 패대기쳤다.

"못 해 먹겠어어어어어어어어어어어어어어어어!"

"완전히 산으로 가고 있습다!!"

얼굴이 새빨개진 에르나가 날뛰었다. 상당히 창피했던 모양이다. 몸을 웅크리고 땅바닥을 데굴데굴 굴렀다.

사라는 허둥지둥 에르나를 안아서 일으켰다.

"그러고 보니 결국 에르나 선배의 사기술은 시도하지 못했네요."

"응. 트러블 연속이었어. 사라 언니가 폭주했고……."

"윽, 그건 사과하겠습다."

"하지만 에르나도 마음은 이해해. 당장 강해져서 『봉황』을 쓰러뜨리고 싶어."

"그렇죠. 아, 하지만 무리하면 안 됩다."

사라는 에르나의 머리를 쓰다듬었다.

"사기술은 자기 자신을 비추는 거울이라고 모니카 선배가 조언해 줬습다. 일단 거점에 돌아가 쉬고 나서 저희에게 맞는 아이디어를 서로 떠올려 보는 건 어떨까요?"

에르나가 유난히 안달을 내는 것은 줄곧 신경 쓰였던 부분이다. 마피아의 영역에 안일하게 들어간 것은 역시 부주의했다.

"……에르나 자신……."

에르나는 수정 구슬을 안은 채 비틀비틀 걷기 시작했다.

그녀의 눈은 우수에 차 있었다.

"싫어……."

에르나의 입술이 움직였다.

"네?"

"자기 자신 따위 싫어……. 이번 트러블도 에르나 탓이야."

추락을 막기 위한 알루미늄 울타리를 잡고서 에르나는 괴롭게 신음했다.

그 말을 듣는 것은 두 번째였다. 에르나는 방적 공장에서의 실패를 후회하고 있었다.

'하지만 그 이상으로 에르나 선배의 모습이 이상함다…….'

사라는 두려운 마음을 품고서 에르나에게 다가갔다.

"에르나 선배의 책임이 아님다. 저도 사정은 들었습다. 도중에 원인을 알 수 없는 폭발이 일어나서 임무를 실패한 거라고…… 그저 운이 없었던 검다. 그러니 일단 쉬죠."

"확실히 불행이었어……."

에르나가 분한 듯 고개를 가로저었다.

그녀의 발밑에서 강아지 조니가 멍 짖었다.

"……."

사라는 침묵했다.

"하지만 간단히 떨쳐 낼 수는 없어."

에르나는 입술을 깨물었다.

"『봉황』에게 파고들 틈을 준 사람은 에르나야. 선생님이 사라질 걸 상상하면 무서워. 그러니까 에르나는—."

격양되는 감정을 억누르듯 에르나가 알루미늄 울타리를 꽉 움켜잡았다.

—흐물텅, 울타리가 일그러졌다.

어? 하고 사라는 소리를 냈다.

이후로는 모든 것이 슬로 모션으로 보였다.

발밑에서부터 구부러지는 낡은 울타리, 그에 따라 기우는 에르나의 몸. 높이 10m가 넘는 벼랑. 빨려 들어가듯 떨어지는 몸. 손을 떠난 수정 구슬이 햇빛을 반사했다. 바람이 불었다. 바다 내음. 벼랑 밑의 돌바닥. 크게 뜨이는 에르나의 눈. 앞으로 내민 사라 자신의 손.

「불행……」 하고 에르나의 입술이 움직였다.

강아지가 비명을 지르듯 크게 짖었다.

순간적으로 내민 사라의 손은 한발 늦어서— 에르나는 벼랑 밑으로 추락했다.

3장 불행

지비아가 지적한 것이 있었다.

"에르나는『등불』이 처음 결성됐을 때 좀 더 어른스럽지 않았어?"

다 같이 보드게임을 하던 때였다.

훈련하느라 지쳐서 움직이기도 귀찮아지면 다 같이 게임을 했다. 평소에는 작전 회의에 쓰는 테이블에 게임판을 놓고 과자를 먹으며 플레이했다.

승패보다도 신나는 분위기를 우선하는 릴리, 직감이지만 승부처에 강한 지비아, 무슨 생각을 하는지 모르겠지만 정신 차리고 보면 어느새 유리하게 앞서가고 있는 아네트 등 각자의 스타일이 보여서 재미있었다.

그리고 에르나가 꼴찌가 되어 토라져 있으니 지비아가 말한 것이다.

—처음 만났을 때는 좀 더 어른스럽지 않았냐고.

에르나가 대답했다.

"아니야. 커뮤니케이션을 어려워하는 사람은 초면인 상대에게 벽을 쳐서 정신 연령이 높아 보일 뿐이야. 참고로 조금씩 자신을 드러내게 됐을 때『어라? 너 이런 애였나?』하고 주변 사람에게 지적받는 건 아주 부끄러운 일이야."

「엄청나게 말 잘하잖아」하고 지비아가 말했다.

실제로 에르나가 생각하기에도 지비아가 지적한 대로 처음 『등불』이 결성됐을 때 자신은 좀 더 쿨했던 것 같았다.

지금은 완전히 개그 담당 같은 취급을 받고 있지만.

"그렇다는 건."

릴리가 즐겁게 말을 자아냈다.

"저희는 에르나의 신뢰를 쟁취했단 거네요."

"응……."

에르나는 얼굴이 뜨거워지는 것을 느꼈다.

"그, 그런 거야."

그러자 다른 동료들도 온화한 눈빛을 보냈다.

에르나는 더욱 부끄러워져서 얼굴을 숙였다.

—매우 안락했다.

에르나는 몇 번이고 생각했다.

예전에 티아가 지적한 대로, 에르나는 응석 부리고 싶어 하는 측면이 있었다.

정신적으로 어린 것은 자신도 인정하는 부분이었다. 『언니』 하고 어리광 피우듯 꺼내는 말에 자신도 기가 막힐 때가 있었다. 잔망스럽다고.

그렇기에 자신을 받아들여 주는 동료가 좋았고 소중했다.

그리고 누구보다도—.

"뭐야, 너희. 희한한 놀이를 하고 있군."

에르나가 모습을 떠올렸을 때, 마침 클라우스가 나타났다.

바로 릴리가 「선생님도 하실래요? 후후, 본때를 보여 드리죠」 하고 말하며 그를 테이블 앞에 앉혔다.

클라우스가 보드게임에 끼자 분위기가 한층 더 떠들썩해졌다.

그는 보드게임의 대전 인수가 여덟 명이라는 것을 눈치채고 에르나에게 같은 팀이 되자고 했다.

그 제안이 기뻐서 에르나는 「해치워 주겠어!」 하며 주먹을 치켜들었다.

자신을 받아들여 주는 『등불』이 무엇보다 좋았고 소중했다.

왜냐하면 에르나는 자기 자신을 아주 싫어했으니까.

◇◇◇

클라우스의 거점에 『등불』과 『봉황』의 합동 작전 본부가 설립되었다.

『봉황』에서 가장 빈번히 찾아오는 사람은 큐르였다. 지역 주민들은 「저 난봉꾼이 또 새 여자를 들였네……」 하는 눈으로 클라우스를 보았지만, 그렇게 오해받는 것이 활동하기 편했기에 무시했다. 롱청을 떠날 때까지만 참으면 된다.

—롱청 국내 딘 공화국 대사관의 정보 누설 사건.

그것이 현재 두 팀이 쫓고 있는 문제였다.

대사관 직원이 지역 마피아에게 매수되어 기밀 정보를 유출한 경위와 유출처 등을 조사하고 적국 스파이와의 관계를 밝혀내고자 했다.

『등불』과 『봉황』은 클라우스가 지시한 대로 잠입 조사를 수행하고 있었다.

서재에서 큐르와 티아가 대화를 나눴다.

"티아 씨, 어때? 요전번에 잡은 마피아는 뭔가 가르쳐 줬어?"

"그래, 레이린 씨가 전부 불었어. 흑막은 역시 강옹패야. 큐르 씨, 진위 확인은 『봉황』에 맡겨도 될까?"

"응, 우리 쪽에서 해 둘게. 좋네. 슬슬 이번 트러블의 전모가 보일 것 같아."

"맞아. 기밀문서를 숨긴 장소도 보이기 시작했어."

두 사람은 척척 계획을 정리해 나갔다.

티아와 마찬가지로 큐르도 『봉황』에서의 역할이 정보 정리와 지휘인 것 같았다.

최근 일주일간 함께 조사하면서 티아는 몇 번이나 감탄했다. 긴밀하게 연계하는 『등불』에 있다 보니, 현장의 재량에 맡기는 『봉황』의 지휘는 참신했다.

큐르도 자극을 받는지 「흐응~ 그렇게까지 자세하게 정하는구나」 「백업 체제가 완벽하네」 하고 하나하나 코멘트했다.

두 지휘관은 교류하며 서로 배웠다.

하지만 한편으로 팽팽한 분위기가 흐를 때도 있었다.

"있지, 큐르 씨. 이 타깃의 미행은 『봉황』에 맡겨도 될까? 사흘

전에도 꽤 자세한 데이터를 보내줬잖아? 『상파(翔破)』란 사람."

"응, 좋아. 전해 둘게."

"지금은 어디에 잠입해 있어? 카페 같은 곳?"

"글쎄, 어떨까? 그보다 『빙인』이란 아이는 서포트로 투입 안 해? 꽤 신뢰하는 것 같았고, 우수한 아이지?"

"으음~ 어려울지도 몰라. 까다로운 아이니까."

그렇게 서로의 전력을 살폈다.

결국 『봉황』은 큐르와 빈드 외의 인물은 모습을 드러내지 않고 있었다.

『등불』도 그레테, 모니카, 사라에 대한 자세한 내용은 숨기고 있었다.

두 팀이 맞부딪치는 것은 확정된 일이다. 조금이라도 정보를 알아내서 어드밴티지를 얻고 싶었다. 그렇기에 두 사람은 서로를 떠보았다.

하지만 서로 한 발짝도 양보하지 않으며 결코 실언하지 않았다.

이 이상 얘기해도 소용없겠다고 포기하고 티아는 칠판으로 다가갔다.

칠판에는 롱청 만안 부분의 지도가 붙어 있었다.

"—최종 확인을 하자."

티아가 말했다.

"다음이 롱청에서의 마지막 미션이야. 내일모레, 『봉황』과 『등불』은 룽훤(龍魂) 성채에 있는 기밀문서를 탈취할 거야. 각자 따로따로 움직여서 누군가 한 명이라도 문서를 뺏으면 임무는 끝."

"응. 『봉황』과 『등불』, 어느 쪽이 뺏어도 문제없는 거지."

"다소간의 트러블은 각오하고 있지?"

"물론이야. 적과 아군을 오인하는 건 으레 있는 일이니까. 살상이 동반되지 않는 폭력이라면 허용할게."

당연히 큐르는 질문의 의미를 파악하고 있을 것이다.

이날 펼쳐지는 것은 단순한 임무가 아니다. 임무 중 아군을 공격하는 것이 인정되었다. 『봉황』과 『등불』의 싸움은 필연이다.

티아가 미소 지었다.

"더 우수한 부하가 클라우스 선생님 밑에 있어야 한다. 이것도 틀림없는 거지?"

물론이라며 큐르는 입술을 핥았다.

이리하여 『등불』과 『봉황』의 승부 내용이 결정되었다.

시작 시각은 내일 밤 열 시. 폭력 OK. 방해 OK.

클라우스를 걸고 룽청의 거대 단지에서 벌어지는— 기밀문서 탈취전!

"하지만 괜찮겠어?"

합의가 끝나자 큐르가 상냥하게 웃으며 말했다.

"그쪽 팀에서 부상자가 나왔다고 들었는데, 무사해?"

"……."

에르나의 추락 사고는 이미 알려진 듯했다.

어쩔 수 없나. 이틀 전 저물녘에 사라가 창백한 얼굴로 뛰어 들어왔다. 에르나가 벼랑에서 떨어졌다면서. 그때의 모습을 『봉황』의 누군가가 보았을 것이다.

"음. 훈련을 너무 열심히 했나 봐."

티아는 미소 지었다.

"하지만 걱정하지 않아도 돼. 목숨에 지장은 없고, 크게 다치진 않았어."

"아, 난 또 뭐라고. 다행이네."

"응. 하지만 큰일이란 말이지."

"큰일?"

큐르가 고개를 갸웃했다.

"그 애가 다친 원인은 『너무 열심히 해서』인걸. 어떤 녀석들이 뻔뻔하게 임무에 간섭하고 우리 보스를 뺏으려고 하니까. 이 사건이 일어나기 전까지는 좀처럼 사기술을 습득하지 못하고 주눅 들어 있는 멤버도 있었지만."

티아는 큐르를 노려보았다.

"멤버 전원이 각오를 다졌어. 너희를 때려눕힐 거야."

"……그거 알아? 그런 걸 적반하장이라고 해."

큐르도 일절 물러나지 않고 마주 노려보았다.

양 팀의 지휘관이 서로 불꽃을 튀겼다.

◇◇◇

거점의 침실에서 릴리가 에르나의 옷을 벗기고 있었다.

"릴리표 연고!"

그렇게 꺼낸 것은 약병이었다.

최근 릴리는 독뿐만 아니라 약 조합도 공부 중이었다. 조합 자체는 특기이기에 약품의 질은 나날이 향상되고 있었다.

평소 주위 사람들에게는 보여 주지 않지만 실은 꽤 성실했다.

릴리는 연고를 손바닥에 듬뿍 떠서 에르나의 왼팔에 바르고, 오른쪽 뺨을 손으로 찌르고, 왼쪽 어깨와 등에도 꼼꼼히 바르고, 왼쪽 뺨을 손으로 찌르고, 그리고 한 번 더 오른쪽 뺨을 찔렀다.

마지막으로 한 번 더 양쪽 뺨을 찔렀다.

「뺨을 찌르는 횟수가 많은 것 같아」 하고 에르나가 말했다.

"기분 탓이에요."

릴리는 병뚜껑을 닫은 후 에르나의 몸을 확인했다.

"불행 중 다행으로 흉터는 남지 않을 것 같아요. 나으려면 시간이 걸리겠지만요."

"응."

추락 사고를 당한 에르나는 중상에 이르지는 않았으나 상처는 결코 가볍지 않았다. 몸 곳곳에 타박상을 입어 검푸른 멍이 생겨나 있었다. 목숨에 지장은 없지만 보기에 상당히 안쓰러웠다.

"어쨌든 오늘은 쉬세요. 움직이면 꽤 아프죠?"

"응. 아파……."

"안정을 취해 주세요. 부탁할게요."

릴리가 다정한 음성으로 말했다.

그러자 「나님은 바보라고 생각해요!」 하고 대답이 나왔다.

약을 바르는 릴리 옆에서 아네트가 침대에 드러누워 있었다. 쭉 늘어나는 매직 핸드를 들고서 「나님, 두 번 연속으로 다치는 건 부주의하다고 생각해요!」라는 발언과 함께 에르나의 등을 찔렀다.

"응?! 거긴 아픈 곳이야!"

"나님의 연속 공격이 시작됩니다!"

"하, 하지 마! 부탁해, 조니!"

에르나는 발밑에 누워 있던 검은 강아지를 아네트에게 던졌다.

조니라는 이름의 강아지는 아네트의 배에 착지하여 그녀의 목을 핥기 시작했다.

아네트는 발을 바동거리며 「나님! 간지러워요!」 하고 호소했다.

에르나는 자랑스레 흐흥 콧방귀를 뀌었다.

"사라 언니가 조니를 빌려줬어. 앞으로는 조니가 지켜 줄 거야."

강아지는 아네트 위에서 늠름한 얼굴을 했다.

뭔가 사명감에 차 있었다. 주인인 사라의 상냥함을 이해하고 있는 것 같았다.

"사라는 정말로 과보호하네요."

릴리는 웃고 나서 문득 생각났다는 듯 말했다.

"하지만 실제로 최근 불행이 계속되네요."

"응."

"혹시 괜찮으면 에르나의 체질에 관해 다시 가르쳐 줄래요? 단순한 불행 체질은 아니죠?"

릴리는 딱 한 번 들은 적이 있었다.

자기 처벌 소망— 그것이 에르나가 품고 있는 비틀린 욕구라고 했다.

화재로 가족을 잃어 「자기 혼자 살아 있는 건 약았다」라는 망집에 사로잡혔고. 무의식중에 불행을 추구함으로써 겨우 안심을 얻을 수 있다고.

하지만 그 설명으로는 납득할 수 없는 부분도 많았다.

"얘기하는 건 어려워."

에르나가 슬픈 얼굴로 중얼거렸다.

"얘기하려면 가족에 관한 것부터 말해야 해. 즐거운 얘기는 아니야."

"……."

릴리는 그 말 속에 담긴 무겁고 탁한 감정을 느꼈다.

에르나 옆에 앉아 「천천히 얘기해 주지 않을래요?」 하고 말하며 그녀의 손을 잡았다.

에르나는 작게 고개를 끄덕였다.

"에르나는 귀족 집안에서 태어났어. 귀족제는 폐지돼서 이름뿐인 귀족이었지만, 그런대로 부자였고 명성도 있었어. 하지만 그 탓에 몰상식한 사람들에게 눈엣가시 취급을 받는 일도 많았어."

릴리도 단편적으로 들었었다.

에르나의 동작에서 품위가 보이는 것은 출신 때문이었다. 소중히 여겨지며 컸을 것이다.

에르나는 힘없는 표정으로 말했다.

"크리스마스는 항상 가족끼리 보냈어. 아빠랑 엄마가 와인을 잔뜩 사고, 오빠는 폭죽을 준비하고, 언니는 케이크를 굽고…… 그날도 똑같았어. 에르나가 여덟 살이었을 때의 크리스마스. 깊은 밤, 거실에 화염병이 날아들었어."

"화염병……."

그것은 지금 시대에 서민이 가장 쉽게 생산할 수 있는 무기였다. 하지만 그 간단함과는 반대로 세계 대전 중에 전차를 멈춰 세운 실적도 있을 만큼 흉악한 위력이 있었다.

"에르나가 눈치챘을 때는 불이 번져서 저택 전체가 타고 있었고, 전소된 집에서 도망칠 수 있었던 건."

에르나는 슬프게 고개를 가로저었다.

"……에르나뿐이었어."

릴리는 숨을 삼켰다.

"대체 어째서 화염병 같은 걸?"

"모르겠어. 던지는 현장을 본 사람이 없어서 범인도 잡히지 않았어. 다만 부유층에 대한 시기 때문이지 않을까 하는 게 경찰의 추측이야."

릴리도 「아아」 하고 맞장구를 쳤다.

전쟁 직후의 혼돈한 시대는 릴리도 알고 있었다. 온 나라의 사람들이 약간의 부를 두고서 싸웠다. 특히 도시에서는 벌이가 없는 자들이 갱단이 되어 약탈이 횡행했다. 부자는 부자라는 이유만으로 살해 대상이 되었다.

—아픔으로 가득한 세계에 자신들은 태어났다.

에르나의 가족을 덮친 비극도 그 연장선에 있을 것이다.

그녀의 품속에 있는 강아지가 작게 짖었다.

"그 이후로 에르나는—."

에르나는 괴로운 듯 아래를 보았다.

릴리도 에르나의 손을 꽉 움켜잡았다.

"—스톱! 복도에서 엿듣고 있어요, 릴리 누님!"

아네트가 갑자기 외쳤다.

릴리는 숨을 헉 삼키고서 황급히 문을 열었다.

복도에 빈드가 서 있었다. 양손을 주머니에 찔러 넣고 벽에 등을 기댄 재수 없는 자세로 여유를 부리고 있었다.

"……딱히 엿들으러 온 건 아니야."

그는 경멸이 섞인 시선을 보냈다.

"큐르를 기다리는데 복도에서 부주의한 목소리가 들려왔어. 재미있을 것 같아서 조금 접근했을 뿐이야."

릴리는 매섭게 노려보았다.

합동 임무를 수행하게 된 이후로 빈드와 큐르는 빈번히 거점을 드나들었다. 『등불』의 정보를 모으려고 획책하고 있을 것이다.

"그런 걸 엿듣는다고 하는 거예요."

릴리는 저리 가라는 듯 손을 휘저었다.

"대체 누구 때문에 에르나가 다쳤는데—."

아무튼 빈드를 쫓아내려고 했을 때.

"빈드 오빠에게 손대지 마시오."

천장에서 목소리가 떨어졌다.

앞으로 내민 릴리의 손에 끈이 휘감겼다. 뿌리치려고 했을 때는 이미 늦어서 끈이 겹겹이 감겼고, 이윽고 손가락 하나 까딱할 수 없게 되었다.

—눈 깜짝할 사이에 구속되었다.

잠시 후 한 소녀가 릴리 옆에 내려섰다. 천장에 숨어 있었던 모양이다.

키가 작은 편인 고아한 소녀였다.

연지색 머리카락이 쭉 뻗었고 선을 그은 것처럼 이목구비가 확실했다. 릴리를 응시하는 눈은 늠름했으며 중성적인 외모였다.

"당신은……?"

"소생은 란이라고 하오. 『봉황』의 멤버이지. 잘 부탁하오."

그 이름은 릴리도 알고 있었다.

코드 네임 『뜬구름』— 졸업 시험 3등, 『봉황』의 중핵을 담당하는 사람 중 한 명.

란은 시시하다는 얼굴로 손가락을 움직여 릴리를 묶은 끈을 풀었다. 그리고서 릴리 옆을 지나쳐 침실에 있는 소녀들을 보았다.

란이 「흐응」 하고 한숨을 쉬었다.

"이런 꼬마들이 『등불』이라니. 맥이 빠지는구려."

에르나와 아네트가 「응?」 하고 고개를 갸웃했다.

잠시 간격을 두고서 두 사람은 마침내 말뜻을 이해한 듯했다.

아네트의 입가가 일그러졌다.

"지금 나님을 꼬마라고 했나요?"

그녀의 손끝이 움직였다.

치마가 꿈틀거렸다. 뭔가 발명품이 쏟아져 나오려고 했다.

"멈추시오."

하지만 란이 한발 빨랐다.

그녀가 손을 휘두르자 아네트의 움직임이 정지했다.

역시 재빠른 솜씨였다. 란의 손가락에서 뻗어 나간 끈이 생물처럼 움직여 아네트의 팔에 감겼다.

"꺼내기 전에 막으면 전혀 문제 되지 않지."

아네트는 눈을 크게 뜨고서 굳었다.

특기인 발명품을 꺼내는 움직임이 완전히 막혔다. 란이 제압한 것이다.

릴리도 그 기량에 경악할 수밖에 없었다.

"그만둬, 란."

빈드가 끼어들었다.

"하찮은 싸움을 벌이지 마."

"음, 소생도 그저 보기만 하려고 했는데 먼저 이치가—."

"너도 상당히 작아."

"이 꼬마보다는 낫소!"

란은 불만스러운 얼굴로 「뭐, 빈드 오빠가 그렇게 말한다면야」 하고 중얼거리고서 아네트를 묶은 끈을 풀었다. 그리고 등을 돌려 현관으로 걸어갔다. 그녀를 뒤쫓듯 빈드도 「실례했다」라고 말하고서 떠났다.

소녀들은 그 뒷모습을 묵묵히 노려볼 수밖에 없었다.

에르나의 말허리는 완전히 잘려 버렸다.

◇◇◇

빈드와 란은 『등불』의 거점을 떠나 배를 타고 롱청 본토로 돌아왔다.

큐르에게 언질도 주지 않고 나왔음을 도중에 깨달았지만 무시하고 구운 샤오룽바오와 닭튀김을 샀다. 번화가에 있는 아파트의 계단에 도착해 주위에 사람이 없음을 확인하고서 빈드는 란의 머리에 힘껏 촙을 날렸다.

"아프오!"

란이 울상이 되어 웅크렸다.

"굳이 실력을 보이지 마."

빈드가 꾸짖었다.

"그저 작은 장난이오."

란이 머리를 부여잡고서 변명했다.

"……그리고 그 말투는 뭐야?"

"위장이오. 스파이라면 때로는 말투도 속여야 하지 않겠소."

"괜히 더 눈에 띄어. 그 말투."

란은 빈드의 말에 귀를 기울이지 않고 「하오, 하오」 하고 중얼거리며 계단을 올라갔다.

빈드도 그 이상은 아무 말도 하지 않았다.

외양이나 말투를 바꾸는 것은 『봉황』에서 빈번히 이루어지는 일이었다. 동포의 배신으로 딘 공화국의 모든 스파이의 데이터가 폭로된 사실을 염려했기 때문이었다. 양성 학교의 성적 우수자 정보가 얼마나 유출됐는지는 여전히 불명인 부분도 많았다.

"멋진 일이오."

란이 즐겁게 중얼거렸다.

"여기까지 오느라 상당히 고생했소. 급히 졸업 시험을 받고, 팀을 짜고, 곧장 전선에 투입되고, 보스는 죽고, 소생들끼리 임무를 수행하는 가혹한 나날……. 특히 빈드 오빠의 분투는 각별하오. 그것이 마침내 보답받는 것이오."

"……."

"최고의 보스를 얻어 최고 난이도의 임무에 도전한다— 스파이의 명예이지."

"성급한 생각이야."

빈드가 답했다.

"아직 결정된 건 아니야."

란이 입매를 다잡고 「맞는 말이오」 하고 고개를 끄덕였을 때, 마침 집에 도착했다.

다녀왔다고 말하며 안에 들어가자 많은 대답이 돌아왔다. 이미 전원 모여 있는 듯했다. 큐르도 돌아온 것 같았다.

좁은 방 안에 남녀 네 명이 복작거리고 있었다.

2층 침대 위에 앉은 사람과 맨바닥에 그냥 드러누운 사람도 있었다.

종이로 포장한 구운 샤오룽바오를 나눠 주자 「오♪」 하고 좋아하는 청년이 있었다.

"이건 백편반점(百鞭飯店) 거군요♪ 역시 빈드 군이에요. 저는 항상 여자랑 같이 밥을 먹기에 이런 남자 냄새나는 마늘 범벅 요리는 오랜만이에요♪"

『상파』 빅스.

소년 같은 동안을 지닌 잘생긴 청년이었다. 그는 싱글벙글 웃으며 비꼬는 건지 칭찬인지 알 수 없는 말로 빈드를 찬양했다.

그 옆에서는 담요를 두른 여성이 멍한 표정을 짓고 있었다.

"뭐어~? 빅스 군. 혹시 오늘도 데이트했어~? 좋겠다~ 팔마도 누군가한테 조공받고 싶어~ 돈 받고 싶어~ 누가 안 주려나~."

『우금(羽琴)』 팔마.

석 달 이상 관리하지 않은 부스스한 머리, 조금 통통한 체형, 헤 벌어져 멍청해 보이는 입. 후줄근한 요소들로 채워진 듯한 여성이었다.

그녀는 방구석에 줄곧 서 있는 청년의 다리에 기대 있었다.

"있지~ 크노 군이 부양해 줘~ 무한히 돈을 쏟아부어 줘~ 조공해 주면 좋은 일이 잔뜩 있어~ 팔마에게 이바지하는 기쁨~ 조공셔틀이라는 거야~."

"……아니. 흥미 없다."

청년은 쌀쌀맞게 대답했다.

『개풍(凱風)』 크노.

얼굴을 가리는 새하얀 가면을 쓰고 있었다. 키도 크고 배도 불룩한 종형(鐘形) 체형의 커다란 청년이었다. 가면과 어우러져 곰 같은 존재감이 있었다.

멤버가 다 모이니 역시 떠들썩했다.

"……아니. 너희는 금욕해라."

"뭐어어~? 돈이 없으면 아무것도 못 하잖아~."

"크노 군♪ 제게서 여자를 떼어 놓으라는 건 무리한 주문이에요♪"

"그런데 조공셔틀이라는 게 무엇이오?"

"오, 란, 관심 있어~? 사랑과 꿈이 넘치는 세계야~."

"저도 있어요♪"

"……아니. ……아니."

"흠흠…… 그렇군! 으하하, 변태라오. 변태라오!"

젊은이들의 목소리가 좁은 원룸을 가득 채웠다. 바닥에 앉은 큐르가 「진짜 저속해서 싫어. 『등불』은 좋았는데」 하고 먼 곳을 바라

보았지만 그들은 토크를 전혀 멈추지 않았다.

이 소란스러운 네 명에 빈드와 큐르를 합친 여섯 명이 『봉황』이었다.

짝, 건조한 소리가 방에 울렸다.

“나는 시끄러운 걸 싫어해.”

빈드가 맞부딪쳤던 손을 펼쳤다.

“입 다물어— 바로 작전 회의를 시작하겠어.”

구운 샤오룽바오를 먹으며 『봉황』의 작전 회의가 열렸다.

시끄러웠던 실내가 조용해지고 큐르의 설명만이 울렸다.

내내 떠들던 소년 소녀들의 입술은 굳게 다물려 있었다. 나이에 걸맞은 젊은이의 얼굴에서 가혹한 세계 속에 사는 스파이의 얼굴로 바뀌어 있었다.

이 전환 속도야말로 그들이 엘리트인 이유였다.

어떤 상황에서든 순식간에 집중할 수 있었다.

큐르가 빠르게 말하는 정보를 멤버 전원이 머릿속에 집어넣었다.

설명이 얼추 끝나자 먼저 큐르가 예상을 말했다.

“별 탈 없다면 이길 수 있을 거야. 다만 경계는 필요하려나. 클라우스 선생님이 돌봐 줬다고는 하지만 불가능 임무를 달성한 사람들이니까.”

「……옳다」 하고 크노가 중얼거렸다.

“특히 이 『빙인』이라는 아이는 위험해. 가명은 모니카였던가.”

그렇게 말하며 큐르는 자료 한 장을 꺼냈다.

일주일간 염탐한 『등불』 멤버의 정보였다. 핵심에 다가설 만한 수준은 아니지만, 수행 중인 임무를 보면 대략적인 실력은 보였다.

"자세한 사항은 불명. 하지만 동료들이 보내는 신뢰가 이상하게 두터워. 둘이서 마크해야 해."

멤버들이 당황했다.

팔마가 「둘이서~? 가뜩이나 인수가 차이 나는데~?」 하고 늘어지는 목소리로 물었다.

빅스가 「한 명이면 충분해요♪ 과대평가예요♪」 하고 즐겁게 선동했다.

하지만 큐르는 지시를 바꾸지 않았다.

멤버들 사이로 긴장된 분위기가 흘렀다.

판단을 바라듯 리더인 빈드에게 시선이 모였다.

"두 명이라니 인정 못 하지."

빈드가 즉답했다.

멤버들이 납득하고 표정을 풀었을 때, 빈드가 거듭 고했다.

"전혀 부족해. 『빙인』은 셋이서 상대해."

빈드를 제외한 전원이 아연한 표정을 지었다.

그들에게도 당연히 자존심이 있었다. 자신의 능력은 결코 낮지 않다고 자부하고 있었다. 그런 사람들이 셋이서 원래 낙오자였던 한 명을 마크하라니 대체 무슨 소견이란 말인가.

심지어 『봉황』의 멤버는 여섯 명뿐이다. 한 명을 상대하는 데 절반의 인원을 할애하게 된다.

란이 눈썹을 팔자 모양으로 만들고서 물었다.

"우선 셋이서 일찌감치 『빙인』을 없앤다는 판단이오?"

"아니, 너희는 셋이서 덤벼도 져. 최대한 시간을 번 뒤에 져라."

빈드의 목소리는 날카로웠다.

"오빠가 그렇게 말한다면 믿겠으나……."

란이 불만스러워하며 팔짱을 꼈다.

"근거는? 『빙인』을 막는다고 해도, 나머지 일곱 명은 어쩔 것이오?"

"감이야. 남은 두 사람이 한 명씩 담당하면 돼."

"『등불』은 다섯 명이 남아 있소."

"나 혼자 상대하겠어."

빈드는 간단히 말했지만 그건 너무 한쪽으로 치우친 계획이었다.

란을 포함해 『봉황』 전원이 빈드를 노려보았다. 빈드의 발언은 명백하게 동료의 실력을 깔보고 있었다. 자기 혼자 다 할 테니 발목이나 잡지 말라는 지시였다.

양성 학교를 최우수 성적으로 졸업한 긍지에 금이 갔다.

하지만 일방적으로 고한 빈드에게 그들은 아무 말도 할 수 없었다.

"불만 있으면 결과로 나타내."

빈드가 도발적으로 말했다.

—빈드는 격이 너무 달랐다.

엘리트 집단이라고 불리는 『봉황』 안에서도 그만큼은 한층 더 일선을 그었다. 특히 보스를 잃은 이후로 그의 성장 속도는 멈출 줄을 몰랐다.

"문제없어. 『등불』에는 **구멍**이 하나 있어. 그 구멍을 내가 파고들면 돼."

작전 회의는 빈드의 발언을 그대로 채용하는 형태로 종료됐다.

모든 멤버의 눈에서 투쟁심이 타오르고 있었다.

◇◇◇

『봉황』이 작전 회의를 연 밤, 『등불』도 작전 회의를 열었다.

여덟 명 전원이 모여서 이야기하는 것은 오랜만이었다. 최근 작전 회의는 클라우스, 티아, 그레테를 중심으로 이루어졌고 다른 소녀들은 수족이 되어 움직일 뿐이었다. 오랜만에 의견을 맞부딪치니 신기하게 반가운 느낌이 들었다.

훈련하던 때가 떠올랐다.

클라우스를 타도하기 위해 다 같이 말을 맞부딪쳤었다. 아주 충실한 시간이었다.

내일 밤 『봉황』에게 지면—『등불』은 사라진다.

그런 미래가 머릿속을 스칠 때마다 자연스럽게 목소리에 열이 담겼다.

계획이 정해지자 클라우스가 미팅을 열었다.

보스를 에워싸듯 홀의 소파에 앉았다. 그 스타일은 본국의 아지랑이 팰리스에서나 롱청에서나 변함없었다.

"아마 다음 임무를 끝으로 롱청에서의 임무는 종료되겠지만, 이번에는 상당히 특수한 형식이 됐어."

클라우스가 고했다.

"대사관 정보 유출 사건 조사— 그게 미션이지만 이제 아무도 신경 쓰고 있지 않겠지. 스파이로서 문제이지 않나 싶기도 하지만 넘어가겠어. 가끔은 나쁘지 않아."

소녀들은 고개를 끄덕였다.

이번에 중요한 것은 『봉황』을 웃도는 것. 임무는 그 수단일 뿐이다.

—『봉황』보다 빨리 성과를 내서 자신들이 클라우스에게 어울리는 부하임을 증명한다.

가슴속에 있는 것은 그 마음 하나였다.

클라우스도 고개를 끄덕였다.

"애초에 기밀문서를 뺏는 것 정도는 내가 하면 순식간에 끝나니까."

「너무 직설적이네요!」 하고 릴리가 외쳤다.

"하지만 나는 아무것도 안 할 거야. 너희와 『봉황』, 어느 쪽이 이기는지 지켜볼 뿐이야."

그거면 됐다고 소녀들은 긍정했다.

클라우스가 도와주면 의미가 없다. 자신들끼리 『봉황』을 물리친다.

"솔직히 나는 양성 학교라는 공간을 잘 몰라. 그래서 실은 너희의 콤플렉스를 이해할 수 없어. 좁은 틀의 평가 따위 신경 쓰지 말라고도 생각해. 하지만 마음에 입은 상처가 무디게 아파 오는 밤이 있다면, 할 수 있는 말은 하나뿐이야."

클라우스가 고했다.

"이겨라. 과거의 열등감을 뒤엎고 와."

독려하는 말에 소녀들은 「네!」 하고 힘차게 대답했다.

그것으로 미팅이 끝났다.

제일 먼저 릴리가 일어나서 「선생님」 하고 불렀다.

"분명 기분 좋을 테니까 확실하게 봐 주세요."

"무엇을?"

클라우스가 반문했다.

릴리는 웃었다.

"선생님의 제자들이 시건방진 엘리트들을 여유롭게 해치우는 모습을요."

그녀들에게 어울리는 기세등등한 웃음이었다.

「—극상이야」 하고 클라우스는 대답했다.

미팅 종료 후, 클라우스는 한 소녀에게 말했다.

"에르나, 다친 곳은 괜찮나? 무리하지는 마."

붕대를 둘둘 감은 에르나는 「아프지만, 쉬는 거야말로 무리야」 하고 대답했다.

클라우스는 「그런가」 하고 중얼거렸다.

"……이번 싸움이 끝나면 할 얘기가 있어."

에르나는 의아해하며 고개를 갸웃했다.

클라우스는 조금 씁쓸한 표정을 지을 뿐, 아무 말도 하지 않았다.

이리하여 24시간 후—『등불』과 『봉황』의 싸움이 시작됐다.

◇◇◇

결전의 무대는 「룽훤 성채」라고 불렸다.

행정부가 정한 호칭은 룽훤 불법 단지.

일단은 외적으로부터 국토를 지키기 위해 만들어진 요새였다고 한다. 하지만 펜드 연방의 식민지가 되며 요새는 헐리고 광대한 부지만이 남았다.

그곳에 정착한 것이 극동의 각국에서 온 난민이었다. 세계 대전 후 식민 지배나 내전으로부터 달아나기 위해 많은 사람이 안전을 추구하며 룽청에 모였다. 하지만 여권도 없는 인간이 와 봤자 일자리가 있을 리 만무해서 그들은 폐허가 된 룽훤 성채터에 살기 시작했다.

그것이 룽훤 단지의 시작이었다.

어느새 주민이 늘어났고, 그에 따라 단지가 증축되었다.

주민들이 성채를 확대하는 기세는 행정부도 막을 수 없었고, 그 결과 갈 곳 없는 인간이 몇천 명이나 사는 단지가 되었다. 무허가로 집을 쌓은 결과 「한번 들어가면 나올 수 없다」 「주민이 조난당해 굶어 죽는다」라는 말까지 나오게 된 비정상적인 공간은 이윽고 예전처럼 「롱휜 성채」라고 불리게 되었다.

롱휜 성채는 이제 세계에서 손꼽히는 거대한 콘크리트 도시였다.

최고층은 12층이라고도 하고 14층이라고도 한다. 정확한 숫자는 아무도 몰랐다.

독자적인 경제도 성립되어 있었다. 식품 위생법을 무시한 음식점, 불법 의사, 밀수한 해외 제품, 비합법 중화기와 마약, 도박, 유흥업소까지.

총괄하는 것은 강옹패라는 마피아였다. 경찰조차 발을 들이지 못하는 공간에서 그들은 독자적인 규칙을 정했다. 갈 곳 없는 롱휜 성채의 주민을 그들이 지배하고 있었다.

유출된 기밀문서는 이 단지의 어딘가에 있다.

스파이들은 잠입할 시각을 미리 정해 뒀다.

롱휜 성채에 발을 들이면 망보는 마피아에게 걸려서 경계받는다. 롱휜 성채는 배타적이라서 주민으로 위장하여 잠입하는 수법은 너무 많은 수고가 들었다. 타이밍을 맞춰 일제히 돌입해서 문서를 뺏는 것이 스마트한 방식이었다.

승패는 어디까지나 공평하게.

오후 열 시, 『등불』은 남쪽에서, 『봉황』은 북쪽에서 롱휜 성채에 들어갔다.

두 스파이팀의 싸움은 그렇게 조용히 시작됐다.

◇◇◇

『등불』의 사령탑— 티아는 특기인 교섭술로 사전에 방을 하나 빌렸다.

롱휜 성채의 주민 한 명을 교묘한 말로 유혹하여 매수한 것이다. 사람이 겨우 누울 만한 좁은 공간이지만 작전 본부를 세웠다. 사전에 얻은 지도(이것도 정확하진 않을 것 같지만)를 붙이고 아네트 특제 거대 무전기를 설치했다.

이곳에서 티아는 동료에게 지시를 보낼 예정이었다. 무전으로 항상 연락하지 않으면 금세 미아가 될지도 몰랐다.

옆에 있던 클라우스가 작게 고개를 끄덕였다.

"그럼 나는 가지. 과도한 부상자가 나오지 않게 모습을 살피겠어."

"응, 부탁할게."

클라우스와 티아가 함께 있는 것 자체가 소녀들에게 도움이 될 수도 있었다. 정면으로 부딪쳐서 이긴다는 이번 목적을 생각하면 클라우스는 떨어져 있어야 했다.

하지만 방에서 나가려다가 그는 걸음을 멈췄다.

"하지만 이렇게 넓으면 어디서 누가 탈락하는지도 알 수 없겠어."

롱휜 성채는 이제 주민도 전모를 파악할 수 없는 미궁이 되어 있었다. 아무리 클라우스가 대단해도 전부 볼 수는 없다.

그러자 티아가 의외라는 듯 「어머」 하고 말했다.

"선생님, 최초 탈락자만큼은 확실해."

"응?"

"일단 『봉황』 중 한 명이 탈락하는 건 확정이야. 불안하면 지켜봐 줘."

"대단한 자신감이군."

"그 아이가 『확실하게 한 명은 처리하겠다』라고 단언했는걸."

클라우스는 「호오」 하고 감탄했다.

설마했던 선언이었다. 이 복잡기괴한 미궁에서, 심지어 『봉황』을 상대로 격퇴를 선언하는 자가 나올 줄이야. 대체 그렇게까지 말할 수 있는 이가 누구일까.

클라우스가 마주 보자 티아가 미소 지었다.

"나는 그 아이를 자유롭게 해 줬어."

아주 명랑한 웃음이 돌아왔다.

"선생님을 둘러싼 싸움이라면 몇 배나 실력을 발휘하는, 사랑에 빠진 강한 여자아이를."

개시 25분— 양 팀의 충돌은 상당히 빠른 단계부터 시작되었다.

◇◇◇

큐르는 롱휜 성채의 마굴 같은 모습에 압도되었다.

'위험한데. 조금만 긴장을 늦춰도 어디 있는지 방향을 잃겠어…….'

무계획적으로 반복된 증축이 복잡기괴한 공간을 만들어 냈다.

늘어선 건물들의 높이도 제각각이라 3층을 걷고 있었는데 4층에 도달하기도 했다. 3층에 설치된 계단이 직접 5층으로 이어지기도 했다.

무한히 펼쳐진 콘크리트 세계는 공기가 정체되어 곳곳에서 퀴퀴한 냄새가 났다. 건물 안쪽으로 들어가면 창문도 없었다. 문이 열려 있는 집에서 새어 나오는 불빛을 조명 삼아 큐르는 조금씩 내부로 들어갔다.

침입자를 방해하는 것은 공간뿐만이 아니었다.

롱휜 성채에 사는 주민도 그랬다.

'……외부인이 들어온 건 이미 들켰나.'

다른 사람과 만나지 않도록 조심하며 걷고 있지만, 공간이 이런지라 어디에 눈이 있는지도 알 수 없었다.

낯선 녀석들이 있다고 주민들끼리 말하는 소리가 들렸다. 그들이 직접 큐르에게 위해를 가하지는 않겠지만, 그 정보는 조만간 마피아에게도 전해질 것이다.

'좀 더 시간이 있었다면 주민 행세를 하거나 매수할 수도 있었을 텐데. 이곳 사람들이 너무 폐쇄적이라서 약간의 정보를 모으는 게 고작이었어.'

하지만 우는소리를 해 봤자 소용없었다.

조건은 『봉황』이나 『등불』이나 똑같다.

큐르는 폐점한 치과 앞에서 발을 멈추고 귀를 기울였다.

—광범위하게 소리를 수집했다.

그녀의 귀는 아직 깨어 있는 주민들이 이야기하는 소리를 정확하게 포착했다.

위층에서 강옹패 마피아가 허둥거리고 있는 듯했다. 정체불명의 인간이 단지 내를 배회 중이라는 것을 알고 기밀문서를 지키기 위해 조바심을 내고 있는 걸까.

'응, 이번에도 잘 풀릴 것 같아.'

기밀문서가 어디 있을지 추측해 내고 큐르는 이동을 개시했다.

그 발걸음은 훨씬 가벼워져 있었다.

'솔직히 『등불』은 별로 안 무섭단 말이지……. 대부분은 별 볼 일 없을 것 같아…….'

최근 데이터를 보면 임무는 거의 클라우스와 『빙인』이 다 했다. 불가능 임무도 그들을 중심으로 완수했을 것이다.

무서워할 것이 못 된다는 게 그녀의 평가였다.

'별 탈 없으면 오늘 밤부터 클라우스 선생님이 우리의 보스인가. 기대된다.'

마음이 들떴다.

스파이로서의 긍지 면에서도 그랬고, 멋진 이성을 동경하는 소녀로서도.

그와 함께 임무를 수행했던 날을 떠올렸다. 세계 최강의 스파이는 상상했던 것보다 훨씬 스마트했다. 무뚝뚝해 보였지만, 이야기해 보니 위트가 있었고 배려심도 있었다.

그래서 큐르는 근사한 몽상을 하고 말았다.

'클라우스 선생님은 지금 애인 있으려나—.'

"비취색 머리 여자가 이쪽에 있었대!"

고함이 울리며 망상을 차단했다.

심지어 목소리는 하나가 아니었다. 꽤 수가 많았다.

어? 하는 소리가 흘러나왔다.

큐르는 거의 반사적으로 창고에 몸을 숨겼다. 뭔가 이상 사태가 벌어졌다.

큐르는 귀를 기울여 고함을 하나하나 인식해 나갔다.

"도둑이야!" "교활한 여자야. 나는 지갑을 도둑맞았어." "차용증을 뺏겼어." "죽일 수밖에 없어." "용휜 성채의 유대를 얕보고 있어." "발견하는 대로 붙잡자." "비취색 머리에 촌스러운 안경을 쓴 여자야." "이름은 큐르라는 것 같아." "촌스러운 안경을 쓴 여자를 찾아."

전율했다.

"잠깐만, 잠깐만, 잠깐만, 잠깐만, 잠깐만."

온몸에서 땀이 폭포수처럼 흘렀다.

억울하게도 분노의 대상이 되어 있었다. 심지어 롱휜 성채의 주민에게. 몇십 명이 연대해서 큐르를 찾고 있었다.

'아니아니, 왜 주민이 기를 쓰고 찾고 있는 거야? 심지어 나를! 전부 해치울까? 무리야. 상대는 일반인이고, 수가 너무 많아!!'

이번 임무는 마피아로부터 기밀문서를 빼앗는 것이다. 주민은 적도 아군도 아닌 회색 존재였다. 몇천 명이나 되는 롱휜 성채의 주민을 적으로 돌리는 어리석은 짓은 하지 않는다.

이곳의 치안은 최악이다. 붙잡히면 최악의 경우엔 죽을 수도 있다.

큐르는 창고 안쪽으로 몸을 밀어 넣었다. 남자들이 흉흉하게 소리 지르며 앞을 달려갔다.

귀를 기울여 소리가 잠잠해졌을 때 큐르는 창고에서 슬쩍 나왔다.

그러자 창고 앞에 있던 집에서 다른 인물이 나타났다.

"……큐르, 괜찮아? 뭔가 생각지 못한 사태가 벌어진 것 같아."

"빈드!"

『봉황』의 리더가 서 있었다. 그만큼 믿음직한 자는 없었다.

무심코 달려갔다. 대체 무슨 일이 벌어진 것인지 정보를 교환해야 했다.

그도 걸어와 줘서 큐르는 미소 지었다.

하지만 다음 순간 깨달았다. —아니다. 빈드는 이런 발소리를 내지 않는다.

그러나 이미 늦었다.

"코드 네임 『애랑』— 웃어 탄식할 시간을 가지죠."

전혀 다른 목소리가 나왔다.

빈드—라고 큐르가 생각했던 인물의 얼굴 가죽이 벗겨지고 안에서 그레테의 얼굴이 나타났다. 그녀가 즉각 휘두른 바늘이 어두운 롱휜 성채의 복도에서 번쩍였다.

바늘은 큐르의 팔에 꽂혔다.

순식간에 온몸이 타는 듯이 뜨거워져서 주저앉았다.

"릴리 씨가 조합한 독입니다……. 한동안은 일어날 수 없습니다……."

"커, 헉……!"

숨 쉬기가 힘들어지며 의식이 혼탁해졌다.

멱살을 잡혀 빈방으로 끌려가며 전부 그레테의 책략임을 깨달았다. 그레테는 큐르로 변장하고 당당히 도둑질해서 주민을 도발했을 것이다.

'말도 안 돼……! 이 아이, 양성 학교에서 이런 거짓말은 못 했는데……!'

같은 양성 학교에서 지냈던 그레테의 모습이 기억 한편에 있었다.

하지만 그것은 낙오자의 꼴사나운 모습이었다. 머리는 잘 돌아갔지만 체력이 없어서 거의 움직이지 못했다. 특기인 변장도 남성 공포증 때문에 제대로 살리지 못하던 미숙자.

격투 훈련으로 겨뤘을 때도 대체 몇 번을 내던졌는지 모른다.

100번을 싸워도 그레테에게 지는 건 있을 수 없는 일이었다.

'어째서…… 나도 약할 리가 없는데……!'

아연실색했다.

옮겨진 곳은 작은 빈방이었다. 바닥이 기울어 있어서 주거지로는 적합하지 않은 공간. 무계획적으로 증축한 결과, 롱휜 성채에는 이런 공동 같은 방이 몇 개나 있었다.

그 방에서 큐르는 꼴사납게 엎어졌다.

전신에 퍼진 독은 강력하여 마음대로 손가락을 움직일 수도 없었다.

"……오랜만이에요, 큐르 씨."

그레테가 고요한 눈으로 내려다보았다.

"양성 학교에서는 자주 졌었죠……. 당신은 누구보다도 우수했습니다. 흉하게 질투한 밤도 있었습니다……. 누군가에게 사랑받는 사람은 큐르 씨 같은 총명한 분이지, 추하고 부담스러운 내가 아니라면서……."

어디까지나 상냥하고 온화한 어조였다.

그러나 한없이 강한 열기가 담겨 있었다.

"하지만 그래도…… 지금의 제게는 도저히 양보할 수 없는 분이 있습니다……!"

강한 어조로 말하며 노려봐서 큐르는 입술을 깨물었다.

'대체 이 아이에게 무슨 일이 있었던 거야……?! 내가 모르는 사이에!'

그랬다. 큐르는 아무것도 몰랐다.

『등불』에 와서 클라우스를 사랑하게 된 소녀의 폭발적인 성장을. 사랑하는 사람의 피로를 분담하기 위해 양성 학교에서는 발휘하지 못했던 재능을 개화시킨 애정을.

클라우스를 건 싸움에서 그레테가 분발하지 않을 리가 없다!

"걱정하지 마세요. 이 방은 안전합니다. 당신이 여기 있다는 걸 제가 주민에게 알린다면 제재가 가해지겠지만요……."

여전히 몸을 움직이지 못하는 큐르에게 그레테는 가만히 말했다.

"—얘기해 주실 거죠? 『봉황』의 모든 정보를."

틀림없는 협박에 큐르는 으스스한 절망을 느꼈다.

『봉황』과의 싸움에서 먼저 일격을 먹인 것은 그레테의 지략이었다.

◇◇◇

룽훤 성채 북쪽 2층—.

에르나가 릴리와 함께 몸을 숨기고 있으니 따로 행동하던 그레테가 돌아왔다.

굉장히 상쾌한 얼굴로 보고했다.

"방금 큐르 씨를 협박해서 정보를 알아냈습니다. 『봉황』 멤버의 대략적인 정보와 행동 장소…… 그리고 기밀문서는 아마 룽훤 성채의 위쪽 층에 있을 거라고 하더군요……. 물론 큐르 씨는 움직이지 못하게 해 뒀습니다."

"초장부터 성과가 엄청나네요!"

릴리가 경악하여 외쳤다.

옆에서 듣고 있던 에르나도 당연히 눈을 크게 뜨고 있었다.

'너무 대단해, 그레테 언니…….'

시작하자마자 훌쩍 떠나더니 큰 성과를 올리고 돌아왔다.

모든 양성 학교 학생 중에서 4등을 한 큐르를 순식간에 해치우고 온 듯했다.

큐르의 얼굴은 알려져 있고, 그레테의 의욕이 높아지는 싸움이었다는 점 등을 고려해도 대단한 활약이었다.

"하지만 그 정보의 진위 확인은 필요해."

에르나는 냉철하게 중얼거렸다.

큐르가 거짓말했을 가능성은 충분히 생각할 수 있었지만—.

"……아뇨, 믿어도 되는 정보일 거예요. 제가 보기에 큐르 씨가 거짓말하는 것 같지는 않았습니다."

그레테가 코멘트했다.

"응?"

"덜덜 떨고 있었거든요."

"무슨 짓을 한 거야?!"

"하지만, 그렇군요. 혹시 모르니 티아 씨와 연락하면서 확인할까요."

"오늘 그레테 언니는 너무 무서워!"

세 사람은 롱휜 성채의 북쪽으로 크게 이동해 있었다. 티아가 있는 곳은 남단. 차폐물이 많은 이곳에서는 무전이 직접 통하지 않았다.

이번에 『등불』은 무전을 채용했다. 평소에는 도청을 경계하여 비상시에만 사용하지만, 대체 수단인 사라의 전서구도 쓰기 어려웠다. 현재 아네트가 무전 중계기를 증설 중이었다. 시간이 지나면 롱휜 성채 전체에서 무전기를 쓸 수 있을 것이다.

소녀들은 콘크리트가 훤히 드러난 복도를 걸어 남쪽으로 갔다.

다행히 주민들은 큐르를 찾는 데 정신이 팔려 있었다. 이동은 쉬웠다.

"에르나."

도중에 릴리가 물었다.

"그 아이, 무겁지 않아요?"

「익숙해지면 의외로 괜찮아」 하고 에르나는 대답했다.

현재 에르나는 사라의 애완동물인 강아지를 머리에 이고 있었다. 강아지는 끊임없이 코를 실룩거렸다. 자신을 주장하듯 멍 짖었다.

"사라 언니한테 빌린 부적이야."

"안 그래도 다쳤으니까 무리하진 말아요."

"머리에 이고서 달리는 것 정도는 여유야."

강아지는 다시 멍 짖었다.

릴리는 그 이상 추궁하지 않고 이동에 전념했다.

롱휜 성채 중앙부에 도착하자 티아와 무전이 연결되었다. 소녀들은 3층과 4층을 억지로 이어 붙인 계단 틈새에 들어가 무전기의 안테나를 세웠다.

《그래, 알겠어. 그 정보는 지금 당장 다른 멤버와 공유할게.》

그레테가 짧게 정보를 전하자 만족스러워하는 목소리가 들렸다.

《역시 대단하네, 그레테. 이번에는 네가 앞으로 나선 게 정답이었어.》

"……티아 씨가 강하게 조언해 주셨으니까요."

참모인 그레테가 최전선에 나온 것은 티아의 제안인 듯했다. 그레테의 강한 동기를 신뢰해서 내린 판단이었으리라. 결과적으로 정답이었다.

에르나는 앞으로 어떻게 움직일지를 생각했다.

'현재 인수는 8 대 5로 차이가 나……. 무리해서 싸우지 않아도 여럿이서 기밀문서를 찾으면 이길 수 있을지도 몰라…….'

그레테의 활약으로 형세는 유리하게 기울었다.

하지만 그 직후에.

《윽! 당신 어디로—》

무전기에서 불온한 소리가 들렸다.

통신이 끊어졌다. 마지막으로 들린 것은 무전기가 부서지는 소리였다.

그레테, 릴리, 에르나는 얼굴을 마주 보았다.

그 자리에 있는 전원이 사태를 헤아렸다. —티아가 적에게 습격당했다.

개시 45분— 이 시각부터 전황이 어지러워지기 시작한다.

릴리가 재빨리 무전기를 집어넣었다.

"도와주러 가요. 저희가 있는 곳에서 그리 멀지 않아요."

"에르나도 찬성이야."

"……네."

릴리의 제안에 다른 소녀들이 동의했다.

티아를 습격한 것이 『봉황』인지 마피아인지 현재로서는 판단할 수 없었다. 『봉황』이라면 목숨까지 뺏지는 않겠지만 후자라면 아니었다.

세 사람은 롱휜 성채의 남쪽으로 이동했다.

남쪽 복도에는 주민이 많아서 아무도 만나지 않고 이동하는 건 불가능했다.

주민에게 모습을 보일 것을 각오하고서 뛰어갔다.

"……제게 책략이 있습니다."

그레테가 제안했다.

"나중에 큐르 씨의 죄를 스무 개쯤 더 날조하죠. 더 선동하면 저희도 움직이기 쉬워질 겁니다."

"너무 가차 없어!"

에르나가 비명을 질렀다.

참고로 그레테는 사라로부터 『보스와 큐르 씨가 사이좋게 대화하는 광경을 봤습다』라는 정보를 들은 이후로 적의를 불태우고 있었다.

앞으로의 움직임에도 여념이 없었다.

곧장 작전 본부로 갈 수 있었던 것은 그레테의 기지 덕분이었다. 무미건조한 콘크리트로 형성된 롱휜 성채는 최전선에 선 스파이여도 방향 감각을 잃는다.

롱휜 성채의 1층 부분에 도달한 것 같았다. 지면이 드러났다.

소위 말하는 메인 스트리트인 듯했다. 폭은 20m로 롱휜 성채에서는 꽤 큰 길이었다. 길 양옆에 음식점이 늘어섰고, 거친 글자로 『粥』『麵』『魚粉團子』라고 휘갈겨 있었다.

고개를 드니 그물처럼 엇갈린 빨랫줄 너머로 이지러진 반달이 보였다.

거기서 그레테가 발을 멈췄다.

"……에르나 씨, 정신 바짝 차려 주시겠어요?"

"응?"

"유인당했습니다."

그레테가 입술을 깨물었다.

"매복하기 딱 좋은 곳이에요……!"

그 말을 듣고 에르나도 이해했다.

—동료의 위기에 급히 달려오는 『등불』의 멤버를 여기서 일망타진한다.

적에게는 그것이 최선의 전략이다.

그리고 그레테의 예상은 적중했다!

「뒤쪽이야!」 하고 에르나가 외치는 것과 거의 동시에 사람이 튀어나왔다.

세 소녀가 옆으로 뛰었지만 그레테만은 반응이 0.몇 초 늦어졌다. 릴리가 그레테의 팔을 당겼으나 그래도 늦었다.

튀어나온 사람은 빨랐다. 초식 동물을 사냥하는 야수를 연상시켰다.

단검의 칼등이 그레테의 목덜미를 정확하게 때렸다.

"……흐응. 세 명 다 한꺼번에 해치울 생각이었는데."

그 사람은 순식간에 소녀들과 거리를 벌리고 정지했다.

전신이 용수철이라도 되는 듯한 괴물 같은 순발력. 0에서 100으로, 100에서 0으로. 공격당했다고 생각한 순간에 이미 그는 다른 곳으로 이동해 있었다.

그 인물이 슬쩍 웃었다.

"뭐, 가장 성가셔 보이는 여자는 해치웠지만."

"빈드 씨……!"

릴리가 이를 갈았다.

에르나도 전율했다. 지금 여기서 절대 만나고 싶지 않은 적— 빈드였다.

「그레테 언니……」 하고 에르나가 중얼거렸다.

마치 실이 끊어진 마리오네트처럼 그레테의 몸이 주저앉았다.

에르나는 쓰러지는 그녀를 다정하게 안아서 살며시 땅에 눕혔다.

빈드는 5m쯤 거리를 둔 채 단검 두 자루를 양손에 들고 있었다. 깔보는 듯한 시선을 보내왔다.

"……아까부터 큐르와 연락이 안 되는데 너희 짓인가?"

"글쎄요, 무슨 말씀이신지?"

"약한 그 녀석다워. 하찮은 자만심을 품고 있어서 그래."

빈드가 한 손으로 얼굴을 덮었다.

그 손이 얼굴에서 떨어지자 노기에 찬 표정이 나타났다.

"뭐, 좋아. 덕분에 정신이 든 녀석들도 많겠지."

"변명인가요?"

릴리가 도발적으로 웃었다.

"곧 알게 될 거야."

그는 손안에서 단검을 휙 돌렸다.

"너희야말로 『봉황』의 힘을 얕보지 마."

그 위압에 릴리와 에르나가 동시에 숨을 삼켰다.

양성 학교 학생 총세 3098명 중 넘버원—『비금』 빈드가 적의를 드러냈다.

◇◇◇

이번에 『등불』은 넷으로 나뉘었다.

먼저 『봉황』을 적극적으로 방해하는 모니카. 단독으로 엘리트들을 농락할 수 있는 사람은 그녀밖에 없다고 판단하여 『봉황』을 찾아내는 대로 사냥하는 역할이었다.

다음으로 기밀문서 수색을 우선하는 릴리, 그레테, 에르나. 어떤 주민으로도 변장할 수 있는 그레테, 실내에서는 제압력이 있는 릴리, 그리고 사고가 일어나기 쉬운 곳에서 진가를 발휘하는 에르나. 롱휜 성채와 상성이 좋은 멤버로 구성된 『등불』의 중핵이었다.

그리고 그 중간인 지비아와 사라. 그녀들은 무전으로 지시를 받아 그때그때 상황에 맞춰 행동한다. 어디로든 달려갈 수 있는 신체 능력을 가진 지비아와 다양한 서포트가 가능한 사라가 적임이었다.

마지막으로 정보 전달을 담당하는 티아와 아네트. 아네트가 무전 중계기를 설치하고 티아가 무전을 통해 동료에게 지시를 내린다.

그리고 지금, 그들은 각자의 장소에서 적과 마주하고 있었다.

『등불』의 작전 본부를 세운 방에 먼저 도착한 것은 지비아와 사라였다.

그녀들도 릴리와 마찬가지로 갑자기 연락이 끊긴 티아를 걱정하여 달려온 것이었다.

티아는 방 중앙에 쓰러져 있었다. 밧줄로 온몸을 묶인 채 바닥에 나뒹굴고 있었다. 의식은 있는지 눈은 뜨고 있었다. 입에 재갈이 물려서 목소리를 내지 못하는 상황이었다.

누군가에게 습격당한 것은 틀림없지만 입구에서 보기에 외상은 없었다. 실내에도 사람 그림자는 보이지 않았다.

"기다려, 지금 구해 줄게."

"누, 누구한테 당한 검까?!"

지비아와 사라는 허둥지둥 방에 발을 들였다.

그때, 티아와 지비아의 시선이 마주쳤다.

【아니야.】

그러자 지비아의 머릿속에 자연스럽게 말이 흘러들었다.

지비아는 반사적으로 발을 멈췄다. 티아가 눈빛으로 뭔가를 호소했다.

【왼쪽.】

지비아는 즉시 주먹을 들어 사라를 감쌌다.

방에 놓인 냉장고에서 한 청년이 튀어나왔다.

"눈치챌 줄은 몰랐는데, 제법이네요♪"

스스럼없이 말한 사람은 『상파』 빅스.

동안의 잘생긴 청년이었다. 그는 긴 다리를 크게 휘둘러 돌려차기를 날렸다.

"네가 티아를 처리한 건가?"

지비아는 빅스의 발차기를 막으며 물었다.

"설마 이렇게 빨리 티아를 찾을 줄은 몰랐어."

"당연하죠♪ 여자 곁으로 바로 달려가는 건 신사의 소양이랍니다♪"

아무래도 빅스는 움직임이 좋은 타입인 것 같았다. 발차기의 무게로 그걸 헤아렸다.

하지만 근접 격투라면 지비아도 자신 있었다.

그녀에게는 특기가 있었다. 손이 닿는 범위라면 온갖 것을 훔치는 절도 스킬. 상대의 무기를 훔쳐 버리면 된다. 이쪽이 일방적으로 무기를 독점하면 지비아를 이길 수 있는 자는 거의 존재하지 않는다.

그렇게 생각하고 그녀는 빅스의 몸으로 손을 뻗었지만—.

"……어라? 방금 저한테 뭔가 했나요♪"

—아무것도 훔치지 못했다.

그의 몸에는 무기 같은 것이 존재하지 않았다. 옷 안쪽에는 없었다.

도수공권으로 싸우는 인간인가, 하고 지비아는 추측했다.

그렇다면 일방적으로 단검을 쓰면 그만이지만—.

“코드 네임 『상파』— 떠올라 부술 시간입니다♪”

그가 크게 팔을 휘둘렀다.

그 손에는 **갑자기 나타난** 경찰봉이 쥐어져 있었다.

의표를 찌르는 공격을 지비아는 순간적으로 단검을 들어서 막았다.

“—윽!”

얼핏 보면 가볍게 휘두른 일격이었다. 하지만 지비아는 크게 날아갔다.

마치 폭풍을 맞은 것처럼 몸이 날아갔다. 후방에 있던 사라와 함께 뒤로 굴러가 벽과 부딪치고 겨우 정지했다.

“여자에게는 그다지 쓰고 싶지 않지만요♪”

“……뭐 이렇게 힘이 세.”

호리호리한 몸에서 나올 수 없을 것 같은 괴력을 가지고 있었다.

단 한 방을 막았을 뿐인데 의식이 날아갈 뻔했다.

시선을 보냈지만 이미 빅스의 양손에서 경찰봉은 사라져 아무것도 쥐고 있지 않았다. 기분 좋은 듯 생글거리는 얼굴로 서 있었다.

“일격으로 쓰러뜨리지 못하는 것도 좋네요. 여자랑 오래 놀 수 있어요♪”

“사라.”

지비아는 빅스의 헛소리를 무시했다.

“방금 저 녀석이 어디서 무기를 꺼내고 집어넣었는지 보였어?”

“아, 아뇨…… 안 보였습다. 어디에도…….”

사라는 떠는 것처럼 고개를 좌우로 작게 흔들었다.

사라도 알 수 없었던 모양이다.

빅스는 **아무것도 없는 곳에서 경찰봉을 꺼냈다.**

완전히 의표를 찔렸다. 리치를 예상할 수 없었다. 경계해야 할 것은 괴력임을 알아도, 그걸 어떻게 쓸지 보이지 않으면 싸우기 어려웠다.

‘무기는 경찰봉뿐인가……? 다른 게 더 있다면 어디에 숨기고 있는 거지?’

상대를 속여 농락하는 그 기술이 뭔지는 알았다.

—사기술.

특기와 거짓말을 합치는 스파이의 싸움법.

“전력으로 가겠습니다. 빈드 군보다 성과를 올리고 싶어서요♪”

빅스는 빈손을 과시하듯 지비아를 향해 팔을 뻗었다.

양성 학교 전교생 중 2등—『상파』 빅스가 막아섰다.

◇◇◇

같은 시각, 모니카는 롱휜 성채의 지붕에서 크게 하품을 하고 있었다.

그녀는 상현달 아래에 서 있었다.

단지의 광경이 하염없이 시야에 펼쳐졌다. 이끼 낀 지저분한 콘크리트, 작은 창문으로 튀어나온 빨래봉과 라디오용 안테나.

모니카가 있는 곳은 롱휜 성채에서 가장 높은 건물의 지붕이었다. 바다에서 습한 바람이 불어와 모니카의 머리카락을 흔들었다. 단지 전체에 진동하는 퀴퀴한 냄새가 이곳에서는 나지 않았다. 대신 생선구이 냄새가 났다. 주민 중 누군가가 심야에 술을 마시기 시작한 듯했다.

한동안 서 있으니 목에 휘감기는 듯한 살기가 느껴졌다.

몸을 숙여 공격을 피했다. 머리 위로 뭔가가 지나갔다.

여기저기서 튀어나온 빨래봉을 발판 삼아 모니카는 한층 낮은 지붕으로 이동했다.

"오, 소생의 끈을 피하다니 제법이구려."

아까 모니카가 있었던 지붕에는 몸집이 작은 소녀가 나타나 있었다.

손끝에서 무수한 끈이 늘어져 있었다.

"『뜬구름』 란이라오. 잘 부탁하오."

"하오?"

"음, 평이 좋지 않군. 괜찮은 캐릭터라고 생각하오만."

"바보 같아."

냉엄하게 내뱉고 모니카는 란에게서 시선을 뗐다.

"두 명 더 있지? 다 보여. 뚱녀랑 괴상한 가면."

보통은 보이지 않는 각도다. 하지만 모니카는 사전에 설치한 거울을 통해 숨어 있는 인물을 볼 수 있었다.

지적당하자 두 스파이가 새롭게 모습을 드러냈다.

"뭐~? 뚱녀라니 너무하지 않아?"

볼을 부풀리는 통통한 여자 『우금』 팔마.

"……옳다."

이날도 새하얀 가면을 써서 표정을 감춘 남자 『개풍』 크노.

란을 포함한 세 스파이가 모니카를 에워싸듯 섰다.

북쪽 하늘에 빛나듯 달 아래에서 웃으며 끈을 드는 란, 그리고 모니카를 사이에 두고 남쪽에서 양손으로 권총을 겨누고 있는 팔마, 그녀들보다 두 단 아래에 있는 동쪽 지붕에서 아무것도 들지 않고 맨손으로 직립한 크노.

"3 대 1인가. 이게 『봉황』의 계획이랬나?"

옥상 중앙에서 모니카는 한숨을 쉬었다.

그레테가 큐르에게서 알아낸 정보는 그녀도 들었다.

"……알면서 왜 모습을 드러내고 있었소?"

란이 의아해하며 얼굴을 찌푸렸다.

"포위해 보라는 것처럼 눈에 띄게 서 있었소만."

"편하잖아. 아무것도 안 해도 잔챙이 셋이 알아서 찾아와 주니까."

도발하자 란이 움직였다.

끈을 집어넣음과 동시에 자동 권총을 꺼내 발포했다. 노린 곳은 모니카 옆에 있는 안테나. 총알을 맞은 안테나가 모니카 쪽으로 튀었다.

모니카는 그것을 피하며 「음?」 하고 의문을 품었다.

당연히 란의 무기는 끈인 줄 알았는데 그걸로 공격하지 않았다.

"이길 생각은 없소."

란이 말했다.

"응?"

"빈드 오빠가 단언했으니 그것은 진실. 소생들은 셋이서 덤벼도 그대를 당해 낼 수 없소. 승리는 진작에 포기했소."

뒤쪽에서는 팔마와 크노가 다시 잠복했다.

세 명이 동시에 달려드는 짓은 하지 않았다.

"진심으로 싸우지 않는 거야? 겁쟁이들."

모니카가 비웃었다.

"그런 도발에는 넘어가지 않소. 거짓말하는 것은 습관이오. 이 말투도 그중 하나지."

란도 웃었다.

"전력 따위 보이지 않을 것이오. 실력을 속이고, 연대를 속이고, 특기를 속이고, 사기술로 겹겹이 덮을 것이오. 승리도 자존심도 버리고 시간 벌기에 전념하는 엘리트 세 명을 어떻게 쓰러뜨릴 것이오?"

"……."

"자, 춤춥시다, 천재 양반. 그대의 동료가 거꾸러질 때까지."

란은 유쾌하게 고하고서 재차 총구를 겨눴다.

졸업 시험 3등『뜬구름』란, 5등『우금』팔마, 6등『개풍』크노.

세 엘리트가 모니카를 농락하기 시작한다.

—개시 75분. 『봉황』과 『등불』의 본격적인 싸움이 시작됐다.

◇◇◇

롱휜 성채 중앙 1층의 메인 스트리트.

에르나와 릴리의 눈앞에는 여유롭게 단검을 든 빈드가 있었다. 빈틈이 전혀 없었다. 권총으로 응전하려고 하면 순식간에 거리를 좁혀서 손목을 자를 것이다.

두 사람은 눈빛을 주고받고 최선의 선택을 했다.

—도주.

굳이 빈드를 쓰러뜨릴 필요도 없었다. 이번에 중요한 것은 『봉황』보다 빨리 기밀문서를 탈취하는 것이었다.

도망치면 된다. 다행히 필드는 도망칠 곳이 많은 롱휜 성채였다.

두 사람은 쏜살같이 건물 안으로 달려갔다.

"과연, 나쁘지 않은 선택이야."

뒤에서 빈드의 침착한 목소리가 들렸다.

"정말로 도망칠 수 있을 거라고 생각한다면 말이야."

살기가 육박했다.

에르나와 릴리는 필사적으로 방해하며 도망쳤다. 배수관에서 새는 물을 받는 양동이를 넘어뜨리고, 버려진 비닐 파이프를 던졌다. 하지만 빈드는 그것을 단검으로 정확하게 쳐서 추적 속도를 떨어뜨리지 않았다. 확실하게 거리를 좁혔다.

"에르나, 이쪽이에요."

릴리가 외치고 에르나를 잡아당겼다.

단지 내의 일실이었다. 두 명이 겨우 살 만한 좁은 공간. 누군가가 살고 있는 흔적이 있지만 다행히 주민은 보이지 않았다. 릴리가 어째선지 「실례하겠습니다」 하고 예의 바르게 고하고서 신발을 신은 채 들어갔다.

하지만 그곳은 당연히 막다른 곳이었다. 도망칠 곳은 없었다.

빈드는 집에 침입하여 가차 없이 단검을 찔렀다.

릴리가 에르나의 입을 막았다.

"코드 네임 『화원』— 미쳐 만발할 시간이에요."

그녀의 풍만한 가슴에서 독가스가 방출되었다.

에르나도 잘 아는 릴리의 특기.

자신은 멀쩡하면서 상대를 마비시키는 반칙 같은 필살기.

"……윽."

빈드는 즉각 단검을 허공에 휘두르며 몸을 옆으로 틀었다. 하지만 늦은 것 같았다. 정면으로 독가스를 흡입한 듯했다.

잠깐 버텼지만 그 몸은 바닥에 쓰러지며 단검을 떨어뜨렸다.

"훗, 상대가 나빴네요."

릴리가 만족스럽게 가슴을 쭉 폈다.

"천재 릴리에게 걸리면 엘리트 따위—."

"도망쳐!"

에르나는 릴리의 팔을 당겼다.

직후, 단검이 릴리의 목을 스쳤다.

"정답이다."

쓰러지려고 했던 빈드가 튀어 올라 단검을 휘두르고 있었다.

사전에 들은 대로였다.

압도적인 몸의 탄력. 상대가 이겼다고 생각한 순간, 삽시간에 쓰러뜨리는 그의 사기술— 반격 순삭.

패배한 척이 빈드의 특기였다.

공중으로 뛰었던 그는 착지하는 타이밍에 무릎을 꿇었다.

"……조금 마셨나."

그것도 연기일지 몰랐다. 다가가면 반격할 속셈일까.

판단할 수 없으니 도망칠 수밖에 없었다.

방을 뛰쳐나가 다시 롱휜 성채 내부를 달렸다.

망가질 것 같은 사다리를 오르고, 여기저기 금이 간 복도를 빠져나갔다. 이제 어느 쪽이 동서남북인지 알 수 없었다. 도중에 스쳐 지나간 주민이 눈을 동그랗게 떴지만 무시했다.

에르나와 릴리는 빈집을 발견하고 그리로 미끄러져 들어갔다.

이곳도 누군가가 살고 있는 것 같았다. 수수한 카펫이 깔려 있었다. 그 배치를 에르나는 즉각 확인했다. 싱크대에는 주방용품이 쌓여 있었다. 입구에는 2m 가까이 되는 커다란 옷장이 있었다. 다행히 주민의 모습은 보이지 않았다.

벽에 숨어 청각에 의식을 집중했다.

하지만 빈드의 발소리는 전혀 들리지 않았다.

"……음, 안 쫓아와?"

"어쩌면."

릴리가 중얼거렸다.

"독이 먹혔던 걸지도 몰라요."

"응……?"

"제 독가스는 선생님한테도 통한 독이니까요."

릴리가 괴로운 얼굴로 말했다.

"가스였으니 바로 움직일 수 있을 거예요. 절호의 기회를 놓치고 말았어요."

"――!"

그 말을 듣고 에르나는 실책을 깨달았다.

빈드는 확실하게 독가스에 당한 것이다.

아무리 천재라고 해도 모르는 공격을 피할 수는 없다. 한 번 반격했던 것은 최후의 힘을 쥐어짠 것이었으리라. 그는 제대로 몸을 움직일 수 없는 상태였다.

패배한 시늉의 시늉.

궁지를 거짓말로 타개하는 숙련된 스파이의 싸움법― 사기술.

적을 계속 농락해서 자신의 페이스로 끌고 가는, 소녀들이 가지지 못한 기술이었다.

"이미 지난 일에 매달려선 안 돼요."

릴리가 머리를 쓰다듬어 줬다.

"이로써 판명됐어요. 엘리트라고 해도 똑같은 인간. 쓰러뜨릴 수 없는 상대는 아니에요."

"……응."

"도망치지 말고 해치우죠. 곧 쫓아올 거예요."

"……."

릴리의 격려에 에르나는 각오를 다졌다.

이대로 빈드를 방치하면 멤버가 속속 탈락할 위험이 있었다. 그의 기습에 대항할 수 있는 자는 없을 것이다. 매복이라는 좋은 조건으로 싸울 수 있는 타이밍은 지금뿐이다.

자신이 쓰러뜨리는 것이다. —양성 학교 전교생의 정점을.

"책략이 있어."

에르나가 말했다.

"사라 언니한테 빌린 개를 쓰는 거야. 우선 접근하는 걸 알아채."

"오, 드디어 쓸 때가 왔나요."

"그런 다음 눈을 멀게 해. 아네트 특제 초강력 라이트야."

"네. 뭐든 만드네요, 아네트."

에르나는 머리에 이고 있던 강아지를 내리고 빈드가 떨어뜨린 단검의 냄새를 맡게 했다.

릴리는 에르나에게 받은 손전등을 켰다 끄며 동작을 확인했다. 방 전체가 대낮처럼 환해질 만큼 강렬한 섬광이 발산됐다.

사라의 애완동물과 아네트의 발명품. 특수조의 동료에게 받은 것들로 맞선다.

릴리가 감탄하며 고개를 끄덕였다.

"그렇군요. 그다음에는 어떻게 끝장내나요?"

"방에 있는 물건을 던지는 거야!"

"조잡해!"

마침 그때 강아지의 코가 움직였다. 빈드가 왔다는 사인이었다.

릴리가 입구로 손전등을 비췄고, 에르나가 싱크대에 있던 프라이팬과 스테인리스 볼, 도마 등을 던졌다.

통로에서 나타난 빈드는 말없이 주방용품을 쳐 내고 릴리에게 육박했다. 시야를 막는 행동 따위 전혀 의미가 없는 것처럼 빨랐다.

하지만 에르나는 이 타이밍을 기다리고 있었다.

"코드 네임 『우인』― 애써 죽일 시간이야."

에르나는 카펫을 발로 힘껏 당겼다.

옷장이 기울었다.

넘어지기 쉬운 가구를 간파하는 것 정도는 에르나에게 일도 아니었다.

빈드 뒤에 있는 거대한 옷장이 쓰러지려고 했다.

"―윽."

빈드도 놀랐는지 눈을 크게 떴다.

"이번에야말로!!"

그리고 그 틈을 릴리는 놓치지 않았다.

즉각 다음 독가스를 방출했다. 그 가스는 재차 빈드를 직격했다.

양손으로 입을 막은 에르나는 공격이 성공했음을 깨달았다.

'이걸로 독가스를 마셨을 거야…….'

생각지 못한 사고를 당했을 때, 사람은 순간적으로 숨을 들이켠다. 독가스를 마신다.

릴리의 독만으로 이길 수 없다면 자신의 사고를 합친다. 동료와의 콤비네이션은 에르나가 『등불』에서 가장 갈고닦은 것이었다.

『등불』에 있고 『봉황』에 없는 것— 그건 바로 클라우스와 보낸 나날이었다.

'우리에게는 선생님과 쌓은 훈련이 있어……!!'

자신을 타이르며 에르나는 분발했다.

독가스와 넘어지는 가구가 동시에 빈드를 덮쳤다.

이겼다고 머리가 판단했다.

눈앞의 광경에 가슴이 뛰었다. 그렇게 반응하고 말았다. —그의 사기술을 알고 있어도.

"좋은 꿈을 꿨나?"

직후, 빈드의 모습이 사라졌다.

어느새 그는 릴리 옆에 서 있었다. 마치 처음부터 거기 있었던 것처럼.

어? 소녀들은 멍해졌다.

"너의 공격은 이미 봤어. 숨만 참으면 대처할 수 있지."

빈드의 양손에 들린 단검이 릴리의 어깨와 목을 동시에 때렸다.

"……윽."

릴리가 숨을 토하며 그 자리에서 무너졌다.

그녀의 손에서 떨어진 손전등이 켜진 채 에르나의 발치로 굴러왔다.

"단순하군. 한 번 독에 당해 주면 너희는 맞설 거라고 생각했어. 수고를 덜었어."

빈드는 시시하다는 듯 말했다.

패배한 시늉의 시늉의 시늉.

전부 그의 술책이었다. 일부러 상대의 공격을 맞아서 수단을 분석하고 다음번에 끝장낸다.

"릴리 언니……."

그레테에 이어 릴리도 패배했다.

그리고 그와 비슷하게 에르나의 마음을 흔든 것은 빈드의 체술이었다.

"말해 두는데— 너희만 특별한 지도를 받았다고 생각한다면 큰 오산이야."

그 말에 에르나의 몸에서 핏기가 가셨다.

그의 발놀림을 처음 봤기 때문이 아니었다. 두 번째였기 때문이다. 마치 순간 이동처럼 완급이 격렬한 움직임을 에르나는 알고 있었다.

—클라우스와 똑같은 발놀림.

미타리오에서 『보라개미』라는 적에게 보여 줬던 일격이었다.

빈드는 어째선지 그 기술을 습득하고 있었다.

아연실색했다. 아군은 차례차례 없어져서 에르나 혼자 남았다.

클라우스는 도와주지 않고, 다른 동료도 어디 있는지 불명. 무전은 끊어져서 도움을 구할 수도 없다. 이 미궁 같은 롱윈 성채에서

우연히 조력자가 나타나길 기대할 수는 없었다.

입에서 흘러나오는 말은 하나뿐이었다.

"불행……."

"……너는 무슨 소릴 하는 거지?"

그러자 빈드가 이상하다는 얼굴로 말했다.

"불행? 틀렸어. 전부 너의 과실이야."

"어……?"

"너는 혹시 자신이 불행 체질이라고 생각하나?"

"……."

무슨 말을 하고 싶은 건지 알 수 없어서 에르나는 입을 다물 수밖에 없었다.

빈드가 어이없다는 얼굴로 한숨을 쉬고 「모르고 있나」라고 말했다.

"틀렸어, 너는 그저 우둔한 거야. 전부 너의 과실에서 시작됐어."

"……."

"우리 『봉황』은 『등불』이 임무에 실패한 걸 이용해서 보스를 뺏기로 했어. 하지만 애초에 『등불』은 왜 임무에 실패했지? 방적 공장의 사장실에서 불이 났기 때문이잖아? 그것 때문에 네가 화상을 입고 임무는 실패로 끝났어."

"……."

"그 화재의 원인은 눈치챘나? **네가 움직인 어항 때문이야.**"

"——."

"수렴 화재라고 해. 창문으로 들어온 석양이 유리에 굴절되어 한

점에 집중되고 열이 모였어. 그래서 사장실의 카펫에 불이 붙었고, 산소가 없어져서 연기만 내던 것이 너희가 문을 열어 재연소했지. 이른바 백 드래프트 현상. 그게 네가 맞은 폭발의 정체야."

"——."

"물론 나는 고마워하고 있어. 네가 자폭한 덕분에 편하게 일할 수 있었어. 어리석은 과실로 계속 동료의 발목을 잡으며 꼴사납게 사는 여자. 『등불』의 구멍은 너야."

빈드는 선고했다.

"다시 한번 말하지. 너는 불행한 게 아니야. —『등불』에 불행을 부르는 어리석은 자야."

개시 92분— 예리한 빈드의 말이 에르나의 마음을 깨부수려고 했다.

4장 이상과 현실

클라우스는 롱휜 성채 중앙부에서 싸움을 지켜보고 있었다.

예상대로 양 팀 모두 기밀문서 수색을 뒤로 미루고 상대를 탈락시키는 것을 우선한 듯했다. 격렬한 싸움이 각지에서 펼쳐졌다.

클라우스는 재빨리 이동하며 양 팀의 움직임을 파악했다.

아까는 빈드가 그레테를 격파한 순간을 목격했다. 그 후 릴리와 에르나는 도주했고 빈드가 쫓아갔다.

'그렇군.'

그 광경을 지켜보고 클라우스는 감탄했다.

'빈드의 임무 성공률이 매우 높다고 느끼긴 했지만, 저 발놀림…… 아마 『화염』의 멤버에게 비전인 중심 이동을 배웠을 거야.'

눈으로 보고 마침내 그의 강함을 납득했다.

분명 클라우스와 마찬가지로 위대한 인물에게 지도를 받았을 것이다.

그것을 확인하고 클라우스는 메인 스트리트에 내려섰다.

정신을 잃은 그레테가 방치되어 있었다. 아무도 보호할 여유가 없었으리라.

클라우스가 곁으로 다가가자 그레테가 살짝 눈을 떴다.

"……보스, 인가요?"

"괜찮나? 안전한 곳으로 이동하지."

클라우스는 그레테의 몸을 옆으로 안았다.

그녀는 얼굴을 붉히고서 「어……?」「저, 저기……」 하고 의미 없는 소리를 냈지만 이내 힘을 빼고 클라우스에게 살며시 몸을 맡겼다.

"보스…… 죄송해요. 지고 말았어요……."

"너는 한 명 쓰러뜨렸잖아. 잘했어."

클라우스는 이미 큐르를 보호하고 있었다. 그녀에게 그레테의 활약을 들었다.

"나머지는 다른 녀석들에게 맡기고 쉬어."

"그렇다면 이대로 조금만……."

"그래, 상관없어."

그레테가 클라우스의 옷을 살짝 잡았다.

최근에는 임무가 바빠서 그레테를 신경 쓰지 못했다. 다소의 어리광은 들어줄 생각이었다.

클라우스는 그레테를 실내로 데려갔다.

"빈드 씨의 움직임……."

운반되며 그레테가 말했다.

"보스의 움직임과 흡사했습니다. ……뭔가 짚이시는 것이 있나요?"

그레테도 눈치챈 듯했다.

클라우스는 고개를 끄덕였다.

"그건 『화염』의 기술이야."

"『화염』의……?"

“게르데라는 여성의 발놀림이지. 코드 네임 『포락』. 나는 겔 할멈이라고 불렀어. 빈드는 어딘가에서 겔 할멈과 만나 그 기술을 습득했을 거야.”

이상한 일은 아니었다. 『화염』은 전 세계 어디로든 달려가는 기관이었다. 만날 기회는 얼마든지 있었다.

―『홍로』 페로니카가 티아와 만나 영혼을 맡긴 것처럼.

―『포락』 게르데도 빈드에게 기술을 맡겼으리라.

‘『화염』의 마음은 넓게 계승된 모양이야…….’

0에서 100으로, 100에서 0으로. 예리한 완급의 스텝은 게르데의 비기다.

게르데는 소총을 연사하며 이 발놀림을 구사했다. 예순을 넘긴 고령이 되어도 총격전에 뛰어들었다. 젊었을 때는 육군에 소속되어 무수한 남자를 제치고 성과를 올렸었다고 한다. 세상 무서운 할멈이었다.

물론 클라우스는 이미 취득한 스킬이었다.

이 발놀림이 적을 해치우는 속도는 이해하고 있었다.

“누구나 습득할 수 있는 기술은 아니고, 겔 할멈도 그다지 퍼뜨리지 않았어. 아무래도 빈드는 마음에 들었었나 보군. 그 사람의 눈에 차는 인간은 흔치 않아.”

“……막을 수단은 있나요?”

“어려워. 차폐물이 많은 공간에서는 근접전이 되기 쉬워. 만약 빈드가 겔 할멈의 발놀림과 단검술을 조합했다면 『시체』와도 싸울 수 있을지 몰라."

"……!"

클라우스의 평가에 그레테는 눈을 크게 떴다.

하지만 과장이라고 생각하지는 않았다.

『보라개미』의 명령으로 전 세계에서 암약했던 암살자 『시체』. 각국의 스파이가 한두 명의 《일개미》에게 고전한 가운데 그는 《일개미》 열두 명을 해치웠다.

이 롱휜 성채 내에서라면 빈드의 실력은 그에 준할지도 모른다.

릴리와 에르나에게는 승산이 없었다. 이대로는 패배가 농후했다.

"그 녀석들이 비약적으로 성장할 수 있느냐가 승부의 열쇠겠지."

훈련 기간이 충분했다고는 말할 수 없고, 클라우스도 오랫동안 훈련을 봐주지 못했다.

하지만 역전의 비책은 전수했다. —사기술이다.

만약 그녀들 중 누군가 한 명이라도 습득했다면 『봉황』과도 싸울 수 있을 터다.

"……괜찮습니다, 보스."

그러자 그레테가 말했다.

시선을 내리니 클라우스의 품속에서 무척 편안하게 웃고 있었다.

그녀는 「이번에 눈치챘습니다」 하고 운을 떼며 이야기했다.

"저희는 『등불』을 아주 좋아해서 누군가가 결여되려고 하면 분발합니다……. 좋게도 나쁘게도 동료 의식이 강해요……."

클라우스는 「그렇지」 하고 동의했다.

낙오자들 간의 연대인지. 소녀들은 『등불』에 의존하는 마음이 강했다. 클라우스도 『등불』을 소중히 여기고 있지만 그녀들은 그 이상이었다.

겁 많은 사라조차 『봉황』을 이기기 위해 롱청 마피아를 상대했다.

그녀들은 생각지 못한 타이밍에 진가를 발휘했다.

"……잃는 상대가 보스라면 더더욱 그렇습니다. 그뿐만 아니라 이 소동 때문에 에르나 씨까지 다쳤어요. 전원이 격분해 있습니다. 릴리 씨와 지비아 씨는 특히나."

"……."

"해낼 겁니다……. 저는 그렇게 믿고 있어요……."

힘 있는 단언이었다. 부드러운 어조로 분명하게 말했다.

클라우스는 「그렇지」 하고 짧게 대답했다.

확실히 기대할 수밖에 없다. —역경에 처했을 때 발휘되는 『등불』의 폭발력을.

◇◇◇

"다시 한번 말하지. 너는 불행한 게 아니야. —『등불』에 불행을 부르는 어리석은 자야."

빈드의 말은 에르나의 가슴속에 깊이 박혔다.

목이 졸리는 기분이었다. 다리가 후들거리며 눈물이 날 것 같았다. 꼴사나운 모습을 보이고 있다는 걸 알면서도 시선을 내릴 수밖에 없었다.

—빈드는 진실에 도달하려고 했다.

—에르나가 숨기고 있는 큰 비밀에.

도망치는 것도 잊고 퀴퀴한 방에 서 있을 수밖에 없었다.

이대로 온몸에 곰팡이가 펴서 썩어 부스러지는 망상을 했다. 만약 그런 운명이라면 얼마나 편할까.

하지만 에르나의 심장은 여전히 뛰며 생명 활동을 멈추지 않았다.

추태를 드러낸 채 에르나는 살아 있었다.

"……틀렸어요."

생각지 못한 곳에서 소리가 났다.

릴리였다. 빈드의 단검에 어깨와 목을 맞아서 실신했었을 텐데, 벌써 의식을 되찾고 일어서려 했다.

"터프하군, 은발 여자."

빈드가 감탄하며 눈을 가늘게 떴다.

"평범한 인간이라면 진작 뻗었을 거야."

"노 대미지예요. 모니카의 책을 적셨을 때 맞은 주먹이 더 위력적이었어요."

"……그 비교는 잘 모르겠군."

"지비아의 얼굴에 낙서했을 때 맞은 주먹이 열 배는 더 위력적이었어요."

"……동료한테 너무 많이 맞잖아."

"당신 따위 대단치 않아요."

릴리는 당당히 서서 빈드를 노려보았다.

"그런 약자의 말은 아무 영향도 주지 않아요. 제 동료에 대한 모욕 따위 들을 가치가 없어요."

그렇게 단언한 후, 릴리는 에르나를 감싸는 위치로 이동했다.

에르나는 그 등을 바라볼 수밖에 없었다. 평소 까불거리는 릴리의 뒷모습이 몹시 눈부시게 보였다.

릴리의 주먹이 잘게 떨리고 있었다.

—격노해 주고 있는 것이다. 에르나를 위해.

목 안쪽이 뜨거워졌다. 중요한 싸움 중이 아니었다면 울었을지도 모른다.

빈드는「말은 잘하는군」하고 입꼬리를 살짝 올렸다.

"나는 사실을 지적하고 있을 뿐이야. 말했을 텐데. **전부** 이 녀석의 과실이라고. 나는 임무 실패만을 말하고 있는 게 아니야."

"……다른 게 더 있다는 건가요?"

"이 승부 직전에 있었던 추락 사고. 중요한 싸움을 앞두고 이 녀석은 다쳤는데, 그에 관해서는 어떻게 생각하고 있지? 우리가 몰아붙인 탓에 떨어진 건가?"

빈드의 목소리는 차가웠다.

"아니, 틀렸어. 원인은 열이다. 울타리 밑부분을 조사해 보니 열이 가해진 흔적이 있었어. 원래부터 튼튼하진 않았던 데다가 변형되기 쉬워진 상태였겠지. 원리는 아까와 같아. 빛의 수렴이야."

빈드는 담담히 고했다.

"목격 정보는 있었어. 꼬마가 **수정 구슬**을 장시간 들고 있었다지. 태양광을 수정 구슬로 굴절시켜서 장시간 울타리에 쏜 거야. 그래서 약간의 체중이 실렸을 뿐인데 알루미늄 울타리는 일그러졌어."

"……."

"이렇게까지 연속으로 사고를 일으킬 수 있는 건 역시 불운하다고도 할 수 있지만. 스파이에게 그런 변명은 통하지 않아. 전부 과실이야. 덧붙여 말하자면 자멸이야."

릴리는 괴로운 표정으로 말을 꺼내려 했으나 말이 이어지지 않았다. 그리고 에르나를 돌아보았다.

그 눈에는 곤혹스러운 감정이 떠올라 있었다.

에르나는 비명을 지를 뻔했다.

—그만해.

지금 당장 외치고 싶었다.

—이 이상 내 수치를 들추지 마.

"겸사겸사 하나 더 말해 줄까?"

하지만 빈드는 가차 없이 손가락을 세웠다.

"이건 추측이 섞이지만, 어릴 때 이 녀석이 겪은 화재도 아마 이 녀석의 과실이야. 금발의 말에는 의문점이 있어. 화재는 밤에 일어났어. 어느새 불이 번져서 집은 전소했고. 생존자는 꼬마 한 명. 목격자는 없고 범인은 잡히지 않았어. 맞지?"

"어디에 의문점이 있다는—."

"그럼 가르쳐 줘. **화재의 원인이 화염병이라고 어떻게 단언할 수 있지?**"

"……!"

릴리가 눈을 동그랗게 떴다.

그녀도 알아차리고 말았을 것이다.

가장 원시적인 화염병은 술병에 등유나 휘발유를 넣고 천으로 막아서 만들 수 있다.

즉, 한번 던져서 깨지면 현장에는 깨진 병과 까맣게 탄 부스러기만 남는다.

불탄 흔적으로 화재가 발생한 방을 특정할 수는 있어도 그 원인을 특정하기는 어렵다. 그런데 에르나는 확실하게 『화재의 원인은 화염병』이라고 말했다.

"심지어 부모가 낮에 술을 샀다고 했어. 불탄 거실에 모르는 병이 굴러다니는 걸 보고 어린 소녀가 어떻게 화염병이라고 증언할 수 있지?"

빈드는 계속 말했다.

"그래서 나는 상상했어. 화재 원인이 화염병이라고 증언할 수 있는 건 생존자뿐이야. 즉, 그 녀석은 화염병이 날아드는 현장을 본 거야. 하지만 의문이 남아. 발화 현장을 봤다면 바로 가족을 깨우면 돼. 화염병은 강력하지만 순식간에 귀족 저택을 전소시키는 힘은 없어. 그런데 왜 가족이 다 죽었지? 답은 하나야. 금발은 **자기 혼자 먼저 도망쳤어.** 화재 자체는 인재여도 가족이 죽은 건 금발의 과실. 그게 내 추측이야."

"……."

에르나는 전신의 피가 얼어붙은 것처럼 움직일 수 없었다.

말이 잘 나오지 않았다.

빈드의 총명한 두뇌는 상황을 진실에 한없이 가깝게 파악하고 있었다.

그의 엄격한 시선은 에르나의 마음을 꿰뚫어 보고 있는 것 같았다. 다리에서 힘이 빠지려고 했다.

이 자리에 서 있는 것도 필사적이었지만—.

"……그래서요?"

옆에 있는 릴리는 전혀 동요하지 않았다.

"당신이 멋대로 추측한 것에 무슨 의미가 있죠?"

"……말하라고 한 건 너인데."

"그런 사실은 어찌 되든 좋아요."

"단순한 친절이야. 어리석게 사는 스파이는 꼴사나운 방식으로 싸울 수밖에 없어."

그는 팔을 휘둘러 소매에서 새로운 단검을 꺼냈다. 오른손에 세 개, 왼손에 두 개, 손가락 사이에 끼워 단검을 들었다.

임전 태세에 들어간 것 같았다.

"빨리 버리는 편이 좋아. —내가 해 줄까?"

"정말로 당신과는 얘기가 안 통하네요."

빈드가 음성에 살기를 담았을 때, 릴리가 움직였다. 등에서 막대

하나를 꺼내 앞으로 들었다. 기묘하게 올록볼록한 금속 막대였다.
"아네트 특제 무기, 시작품 넘버72."
그녀가 울부짖었다.
"【폐—."
"시작품 따위가 통할 것 같나."
하지만 빈드가 더 빨랐다.
그는 릴리에게 무기를 쓸 틈조차 주지 않았다. 완급이 격렬한 발놀림으로 릴리에게 접근해 단검의 칼등으로 릴리의 손목과 턱, 그리고 마무리라는 듯 뒤통수를 때렸다.
릴리의 몸이 옆으로 기울었다.
"에르나……!"
릴리의 입술이 움직였다.
"시간을 벌게요. 도망쳐요……!"
에르나는 울고 싶은 것을 꾹 참고서 그 옆을 지나쳐 달렸다.
릴리가 결사의 각오로 만들어 준 도주 루트였다.
"놓치지 않아, 금발."
뒤에서 빈드의 팔이 뻗어 나왔다.
—잡힌다.
그렇게 겁낸 순간, 빈드의 팔이 멈췄다.
돌아보니 릴리가 빈드의 다리를 잡고 있었다. 이미 눈은 공허했지만 그녀는 손톱이 파고들 만큼 세게 다리를 움켜잡고 있었다.
"정말로 터프하군."

빈드가 단검을 치켜들었다.

"적당히 좀 꺼져."

둔탁한 소리가 방에 울렸다. 빈드가 단검 손잡이로 때린 듯했다.

빈드 VS 릴리, 라는 절망적인 대진표가 성립되려고 했다.

'미안해…… 릴리 언니……!'

마음이 갈가리 찢기는 심정으로 에르나는 롱휜 성채의 통로를 달렸다.

◇◇◇

개시 115분— 싸움은 계속된다.

『백귀』 지비아, 『초원』 사라 VS 『상파』 빅스.

이 세 명의 싸움에서 시종 냉정하게 대처한 것은 훤칠한 남자 빅스였다.

지비아와 몇 번 주먹을 맞부딪치고 실력을 가늠하여 전략을 세웠다. 그리고 롱휜 성채 내의 복도를 넓게 사용하여 이동을 반복했다.

그가 침착한 이유는 하나였다. —『봉황』은 『등불』에 그다지 관심이 없었다.

'……솔직히 관심 있는 건 클라우스 선생님뿐이죠♪'

『등불』의 인간이 엘리트에게 열등감을 품고 있는 것은 틀림없었다.

하지만 『봉황』은 낙오자 소녀들에게 아무런 감흥도 없었다.

빅스는 미소 지었다.

'불가능 임무를 달성한 건 존경하지만 결국은 클라우스 선생님에게 의존해요♪ 단순한 낙오자는 아니겠으나 특별히 우수하지도 않아요♪'

그렇기에 그는 영리하게 대처했다.

그가 예상한 대로 머지않아 사라가 전투를 쫓아오지 못하고 떨어져 나갔다.

지비아와 복도를 이동해 이윽고 끝에 도달했다.

그곳에는 낙하를 방지하는 작은 울타리만 있었다.

지비아와 빅스는 동시에 울타리를 뛰어넘어 롱휜 성채 밖으로 나갔다.

'서로 충분히 움직일 만한 넓이가 있으면 나머지는 전투 기술의 세계예요♪'

빅스의 특기는 괴력이었다.

호리호리해 보이지만 광배근은 비대했다. 그 남다른 근육은 큰 파워를 만들어 냈다. 주먹질할 때 쓰는 것은 등의 근육이었다.

또한 그는 그 거대한 광배근에 무기를 수납했다.

아무것도 안 가지고 있는 것처럼 보이는 모습으로 상대의 의표를 찔렀다.

『괴력』×『은닉』— 무한 완력.

그것이 빅스가 고안해 낸 사기술이었다.

리치를 예상할 수 없는 무기는 빅스의 괴력으로 전부 일격 필살이 된다!

"—읏!"

빅스는 등에서 꺼낸 채찍을 크게 휘둘렀다.

주먹과도 경찰봉과도 전혀 다른 중거리 공격.

지비아는 직전에 몸을 젖혀 피했다. 반사 신경이 좋았다.

"너! 진짜 어디서 채찍을 꺼낸 거야?!"

"글쎄요, 어디일까요? 으음~♪ 다음에는 창이라도 꺼낼까요?"

"뭐? 그런 것도 갖고 있어?"

"궁금한가요♪ 아하하, 제게서 눈을 떼지 말아 주세요."

당황하는 지비아를 빅스는 놀렸다.

물론 광배근에 넣을 수 있는 무기는 작은 것 네 개가 한계였다.

빅스가 소지한 것은 채찍, 경찰봉, 권총, 너클이 다였다. 창 같은 걸 숨길 수 있을 리가 없지만 허풍으로 농락했다.

양성 학교 전교생 중 2등이라는 칭호에 걸맞은 실력을 빅스는 가지고 있었다.

두 사람이 도착한 곳은 아무 물건도 놓여 있지 않은 공터였다. 롱휜 성채가 앞으로 더 증축될 것인지 평평하게 고른 땅이 펼쳐져 있었다.

'이 아이는 절도가 특기인 것 같지만 제게는 통하지 않아요♪ 다음 공격으로 끝낼까요♪'

빅스의 괴력이 있다면 격투로 질 것 같지도 않았다.

속임수 싸움에서도 지비아가 농락당하고 있는 것은 명백했다.

"자, 갑니다♪ 서두르지 않으면 빈드 군에게 추월당할 거예요♪"

채찍을 등에 수납하고 너클로 바꿨다. 그의 괴력을 완벽하게 발휘하는 무기는 이때다 싶을 때 사용했다.

카운터로 끝장내기 위해 빅스는 자세를 낮췄다.

"……."

하지만 지비아는 공격해 오지 않았다.

토라진 듯 입술을 삐죽 내밀고서 들고 있던 손을 내렸다.

"……빈드인가. 나 같은 건 안중에 없다는 거네."

"음? 네, 그런데요♪"

"마음에 안 들어. 하지만 그렇겠지. 너희는 엘리트니까. 아래를 바라볼 이유가 없겠지."

지비아는 「짜증 나」 하고 나직이 중얼거렸다.

그 태도를 보고 빅스는 무심코 웃었다.

"아하하♪ 줄곧 납득할 수 없는 게 있어요♪"

"엉?"

"이상해요♪ 어째선지 밑바닥 인간일수록 사소한 평가에 집착한단 말이죠♪ 출신 학교라든가, 양성 학교의 성적이라든가. 저는 진심 어찌 되든 좋거든요. 본래 그 평가 기준을 부정해야 할 밑바닥 인간이 근소한 차이에 집착해요♪ 넓은 세계를 보세요♪"

그건 그가 줄곧 품었던 위화감이었다.

양성 학교 시절부터 그는 성적에 관심이 없었다.

그는 아득히 높은 곳에 있는 스파이를 알았다. 세계 최고의 스파이『홍로』, 국적 불명의 의인『앵화』, 라일라트 왕국 최강의 방첩 전문가『미케』, 그리고 같은 세대의 신인이면서 순식간에 두각을 나타낸『비금』빈드.

그들과 비교했을 때 치미는 것은 분함과 열등감이었다.

엘리트라는 게 무슨 대수인가? 양성 학교 따위의 성적에 무슨 의미가 있는가?

"에르나 양이었던가요? 우리에게 대항하려고 노력하다가 훈련 도중에 사고를 당한 여자아이♪ 좁은 틀에 사로잡혀서 넓게 보지 못하고 자멸하다니— 꼴불견이에요♪"

겸사겸사 도발했다.

경박한 태도로 적의 페이스를 흐트러뜨리는 것 역시 빅스의 특기였다.

"……."

아니나 다를까 지비아는 분노를 드러냈다. 공기마저 태울 듯한 강한 노기를 발산했다.

빅스는 다시 카운터를 준비했다.

"……확실히 그럴지도 모르지."

지비아가 작게 중얼거렸다.

"우리는 작은 것에 고집하고 있어. 네가 보기에는 사소한 얘기일 거야."

"네♪ 보잘것없어요♪"

"하지만 어쩔 수 없잖아. 네 말이 맞더라도, 양성 학교의 좁은 기숙사 방을 떠올릴 때마다 마음이 한심하게 아프단 말이야. 그걸 웃어넘길 수 있는 멋있는 어른은 되지 못했어. 나도, 내 파트너도!"

그녀는 뛰었다.

"불쾌해, 너. —쓰기 싫은 기술을 써 주겠어."

"……?"

이어서 빅스가 체험한 것을 어떻게 설명하면 좋을까.

뇌에 흐릿한 공백이 생긴 듯한 감각이었다.

눈앞에 있는 인물의 기척을 전혀 파악할 수 없었다. 자신은 누구와 싸우고 있었는가? 촛불이 훅 꺼진 것처럼 지금까지 알았던 소녀의 정보가 사라졌다.

그리고 다음 순간— 지비아가 눈앞에 있었다.

"—윽!!"

빅스는 즉각 뒤로 뛰었다.

바로 지비아와 거리를 뒀다.

그리고 뇌를 침범당한 듯한 기묘한 감각을 정리했다.

'……일순 저 아이를 인식할 수 없었어. 말도 안 돼. 하지만 그렇게 생각할 수밖에 없어.'

눈앞에서는 지비아가 손가락을 움직여 뚜둑뚜둑 소리를 내고 있었다.

다음을 준비하는 것처럼 고요한 노기를 발산했다.

'아마 이게 저 아이의 『절도』의 핵심…… 상대방의 인식에서 벗어나 물건을 훔치는 거겠지. 소매치기로서는 최고의 스킬이야. ……하

지만 어떻게 생각해도 그 이상으로—.'

빅스는 침을 삼켰다.

'—방금 그건 살인마의 재주야……!'

상상했다.

상대방에게 접근해 안주머니에서 지갑을 훔치는 그 손을 만약 아주 살짝 육체 안쪽으로 집어넣는다면? 손톱을 단검처럼 갈아서 심장을 누른다면?

평범한 소매치기에게는 불가능해도 지비아에게는 가능하다.

그러기 위한 근력과 격투 센스를 가지고 있었다.

'이 아이는 대체 어디서 이런 기술을…….'

으스스한 기분을 느꼈을 때— 다시 지비아를 인식하지 못하고 있다는 데 생각이 미쳤다.

어느새 지비아는 빅스의 코앞에 와 있었다.

"하지만 이런 우리를 『극상』이라고 말해 주는 녀석도 있어."

지비아가 짧게 고하고 단검을 휘둘렀다.

성가셨다. 속일 여유조차 주어지지 않으면 당연히 사기술은 쓸 수 없다.

"이쪽을 봐. 꼴사나운 낙오자가 어떻게 싸우는지 보여 줄게."

지비아의 공격을 빅스는 아슬아슬하게 경찰봉으로 막았다.

그녀의 평가를 고쳐야 하는 것은 명백했다. 계획을 대폭 수정해야 했다.

◇◇◇

빅스가 『등불』의 인식을 고치고 있을 때, 빈드도 뜻밖의 기분을 느끼고 있었다.

에르나가 도망치면서 성립된 빈드와 릴리의 리더 대결은 거의 순식간에 결판이 났다.

빈드가 완승했다.

릴리는 아무것도 하지 못했다. 도구를 쓰기 전에 제압당했다.

그는 특기인 단검술로 릴리의 머리를 때렸다. 아까 기절시켰는데도 금세 회복됐기에 더 강하게 2연격.

릴리의 몸에서 힘이 쭉 빠졌다.

그녀는 버티려고 한 것 같았지만 다리에 힘이 들어가지 않아 바닥으로 고꾸라졌다.

빈드는 쓰러진 릴리를 확실하게 지켜보았다.

'……역시 이제 못 일어나겠지.'

일반인에게 가했으면 뇌 기능에 손상이 갈 수도 있는 공격이었다.

너무 과한가 싶었지만 힘을 뺄 수도 없었다.

그의 역할은 『등불』 멤버를 제거하는 것인데 예상보다 잘 버텼다. 아까 도망친 에르나를 쫓아야 했다. 복도 쪽으로 발을 돌렸다.

"……기다려요."

하지만 그 직후에 또 익숙한 목소리가 들렸다.

"——!"

당황하며 돌아보았다.

벽을 잡고 일어서는 릴리가 있었다.

역시 빈드도 곤혹스러웠다.

'이 녀석은 뭐야……. 움직일 수 있을 리가 없어. 평범한 인간이라면 진작 기절했을 텐데…….'

그녀는 충격을 흘리는 기술을 가지고 있지 않을 터다. 빈드가 준 대미지는 전부 받았다. 지금까지 어떤 적이든 혼절시켰던 단검술이었다. 군인도 마피아도 적 스파이도, 빈드에게 공격받은 인간은 움직일 수조차 없었다.

그런데도 일어선다면 생각할 수 있는 것은 하나다.

—도를 넘어선 강인한 정신력.

매우 웃기는 이야기지만 따로 설명할 방법도 없었다.

너무 터프한 거다, 이 여자는.

"너는 대체 뭐지……?"

"천재 릴리예요."

릴리가 중얼거렸다.

"……잘하는 건 시간 벌기."

"그 금발을 위해서인가……. 그렇게 동료가 소중한가?"

"글쎄요……. 그저 동료를 지키려고 하는 자신을 좋아하는 걸지도 모르죠……."

"이해할 수가 없군."

"네. 저도 당신이…… 싫어요……."

그것이 한계였던 모양이다.

그녀는 몇 마디 욕을 중얼거리며 앞으로 쓰러졌다. 차가운 콘크리트에 엎어진 채 고른 숨을 내쉬기 시작했다.

‘진짜 뭐야? 이 여자…….’

스파이로서의 실력은 빈드의 발끝에도 미치지 못했다.

하지만 입장이 반대였다면 빈드는 동료가 도망칠 시간을 벌기 위해 이만큼이나 일어날 수 있었을까? 아니었다.

‘대체 『등불』(이 녀석들)은 뭐야……?’

낙오자 집단이면서도 불가능 임무를 완수했다. 임무는 계속 실패하면서도 『봉황』과의 싸움에서는 예상외의 저항을 보여 줬다.

―『등불』이 발버둥 치는 방식은 이해할 수가 없었다.

빈드는 숨을 들이마시고 한동안 호흡을 멈췄다가 크게 내뱉었다. 마음을 다잡았다.

“……상관없어. 내가 해야 할 일을 완수할 뿐이야.”

그렇게 중얼거리고서 에르나를 뒤쫓자고 생각했다.

릴리에게 등을 돌리자 생각지 못한 인물이 복도에서 걸어왔다.

클라우스였다. 그는 엄격한 눈으로 빈드를 응시했다.

“……”

공기가 차가워지는 것을 느꼈다.

그는 전투 불능이 된 멤버를 보호하고 있는 듯했다. 중립일 텐데 그의 태도에서는 노여움이 묻어났다. 정당한 싸움이어도 동료의 부상은 간과할 수 없나.

"나를 원망하는 건 부적절해, 화톳불."

빈드가 먼저 대답했다.

"이건 공화국에도 필요한 일이야. 우리 중에서 누가 위인지를 나타내고, 더 우수한 쪽이 네 밑에서 일하는 것. 그게 조국의 최선이야."

"설명하지 않아도 알고 있어."

클라우스는 빈드의 옆을 지나쳐 피 흘리는 릴리의 이마를 만졌다. 묵묵히 부하의 머리에 붕대를 감았다. 표정은 딱딱하지만 손길은 부드러웠다.

손을 멈추지 않은 채 클라우스가 중얼거렸다.

"하지만 의문은 있어. 너는 왜 내 밑에서 일하고 싶어 하지?"

"……."

"셋이서 모니카를 제한하는 대담한 지시를 내린 건 너지? 판단력도 나쁘지 않아. 아까 체술도 봤어. 너는 누군가의 밑에 있을 만한 그릇이 아니야."

"……내 맘이야."

"왜 나를 원하지? 『봉황』은 충분히 좋은 팀이잖아."

못을 박듯 클라우스는 재차 물었다.

하지만 의도가 보이지 않았다. 그는 어떤 미래를 생각하고 있을까.

"……시시한 의리를 지키기 위해서야."

빈드는 짧게 전하고서 클라우스를 뒤로했다.

딱히 말할 필요는 없다고 판단했다.

빈드가 클라우스를 원하는 이유— 그건 『포락』 게르데의 유언이었다.

◇◇◇

빈드는 『포락』이라고 불리는 스파이와 두 번 만났다.

첫 번째 만남은 세계 대전 중에 간접적으로 이루어졌다.

어린 빈드는 어떤 기적을 목격했다.

그가 아직 열 살이었을 때, 가르가드 제국이 그의 고향을 점거하고 있었다.

처참한 지배였다. 거리에서는 수탈과 학살이 반복되었다. 근소한 식량은 압수당했고, 거스르는 자는 가차 없이 살해당했다. 그의 부모도 군인에게 먹을 것을 구걸했다가 사살당했다.

부모의 시신이 무덤이라고도 부를 수 없는 구덩이에 묻히는 모습을 그는 창문으로 가만히 바라보고 있었다.

'죽여 버릴 거야……!'

어린 빈드는 눈에 눈물을 담고서 그렇게 저주했다.

'내가 저 녀석들을 전부 죽일 거야……!'

나중에 알았는데, 시민의 20%가 제국군에게 살해당했다고 한다. 그런 도시에서 그는 복수심을 가슴에 품었다. 동시에 무력감에 시달렸다.

복수는 다른 인물의 손으로 완수되었다.

가르가드 제국이 지배하는 도시에 묘한 소문이 돌기 시작했다.

—육군의 기밀 정보가 누설됐다. 도시에 스파이가 숨어 있다고 한다.

소문은 그 밖에도 많았다.

—제국 육군이 지배하는 곳곳에서 괴물 다섯 명이 나타난다.

—「최강의 격투술을 가진 칼잡이」, 「사지(死地)를 빠르게 내달리는 저격수 노파」, 「천전무패의 게임꾼과 미래를 보는 쌍둥이 점쟁이 형제」, 그리고 「불꽃 같은 붉은 머리를 가진 상세 불명의 여자」.

—이 녀석들은 **불가능을 뒤집는다.**

제국 육군이 연합국의 기습을 받기 일주일 전이었다.

절망에 뒤덮인 도시에 빛이 비쳐 드는 것 같았다.

제국군의 지휘가 흐트러지기 시작하며 앞다투어 도망쳤다.

어린 빈드는 그 마법에 감동했다.

후에 그 마법을 부린 것이 스파이라는 것을 알게 되었다.

두 번째 만남은 해군 시절에 이루어졌다.

스파이의 활약으로 절망이 뒤집히는 기적을 목격한 그는 해군 정보부에 들어가기로 했다.

뛰어난 성적으로 해군 학교를 졸업하고, 지망한 대로 해군 정보부에 소속되었다. 세계 각국에 날아가 첩보 활동에 힘쓰는 직무는 그가 희망한 대로였다.

그런 나날 중에 펜드 연방의 길모퉁이에서 인상적인 노파를 보았다.

그녀는 상당히 눈에 띄는 모습을 하고 있었다.

탱크톱과 청바지를 입어 두툼한 근육으로 짜인 맨살을 드러내고 있었다. 희끗희끗한 머리를 뒤로 묶고 선글라스를 머리에 얹고 있었다. 담배 세 개를 동시에 물고서 백주 대낮에 커다란 잔으로 맥주를 마시는 모습이 상당히 호쾌했다.

무심코 빤히 보자 갑자기 빈드를 노려보았다.

"너, 스파이지?"

단박에 간파당했다.

아연해하는 빈드에게 노파는 계속 말했다.

"군인 냄새를 못 지웠어. 복수심을 줄줄 흘리고 다니는 미숙자. 해군 정보부인가? 그 녀석들은 진보를 안 하는군. 음, 대신 단련해주기로 할까. 좋아, 너. 잠깐 따라와."

그녀는 이름조차 밝히지 않고 일방적으로 트집을 잡아, 그녀가 빌린 아파트의 지하실로 빈드를 데려갔다. 저항하자 바닥에 내동댕이치고 머리에 권총을 들이댔다.

유괴당하듯 끌려온 지하실에서는 지옥 같은 훈련이 사흘 밤낮으로 이어졌다.

도망치려고 하면 곧장 목덜미를 잡혔다. 구체적인 훈련 내용은 당시 빈드의 의식이 몽롱했기에 기억나지 않았다. 다만 훈련이 끝나고 갈비뼈가 몇 개 부러져 있었다.

사흘째 밤, 다섯 번 토했을 때 풀려났다.

"하아~ 한심한 애송이야. 이 정도 훈련, 클라는 세 번만 토하고 달성했어. 이제 됐다. 다소 봐 줄 만해졌어. 자신의 격정을 다스리는 건 기본 중의 기본이지만."

노파는 마지막까지 엄격했고 일방적이었다.

그녀는 이름조차 밝히지 않았으나 빈드는 사흘간 노파가 보통내기가 아님을 간파했다. 이 정도 실력자가 몇 명이나 있을 리 없었다.

"……대전 중에 멜라톡이라는 도시에 있었나?"

"음?"

"나는 거기 있었어. 스파이의 정보 교란으로 제국 육군이 허둥대는 모습을 이 눈으로 봤어. 당신은 거기 있었던 거 아니야?"

"그렇지. 옛날 일은 별로 기억나지 않지만, 활동했을지도 몰라."

노파는 시시하다는 듯 머리를 긁었다.

빈드는 숨을 삼켰다. 감동했다. 역시 눈앞에 있는 여성은 그 지옥에서 해방해 준 전설의 스파이 중 한 명인 것이다.

"나는 당신이 구한 시민 중 하나야."

빈드는 깊이 머리를 숙였다.

"감사했습니다. 나도 당신 같은 스파이가 되고 싶어."

"……."

노파는 오랫동안 생각하고서 메마른 입술을 핥았다.

"그렇군, 내게 은혜를 입었나. 그럼 다소 억지를 부리기로 할까."

"응?"

불길한 예감을 느끼며 빈드는 얼굴을 들었다.

"해군 따위 그만두고 대외정보실로 와. 공개되어 있진 않지만 네 상사라면 알고 있겠지. 『포락』 게르데가 그랬다고 상사에게 전하면 바로 통할 거야. 그곳이 바로 진짜 스파이가 사는 세계야. 너라면 양성 학교 따위 1년 만에 졸업할 수 있어."

"그쪽에 우수한 스파이가 모인다면 기꺼이 가겠지만……."

"그리고 클라라를 도와주지 않겠나?"

"클라?"

"너랑 나이가 비슷한…… 음, 어쩌면 동갑일지도 모르겠군. 『화톳불』이라는 남자야. 기억해 둬. 이 세계에서 살다 보면 언젠가 도달할 거야."

생소한 코드 네임이었지만 기억했다. 이 노파에게 소중한 존재인 듯했다.

그녀는 먼 곳을 보듯 눈을 가늘게 뜨고 있었다.

"……클라는 남을 의지하는 법을 모르니까."

그 말은 어딘가 쓸쓸하게 흘러나왔다.

"내 수명이 다하기 전에 좀 더 인재를 키워야겠어. 이대로 가면 고립할 게 눈에 보여. 하아~ 손이 많이 가는 부하를 두면 고생한다니까."

그녀는 고개를 가로젓고서 떠났다.

말은 엄격했으나 그 목소리에는 손자를 생각하는 할머니 같은 온기가 있었다.

◇◇◇

빈드는 노파와의 만남을 떠올리고 살짝 웃었다.

그녀가 말한 대로 대외정보실로 이적하고 2년이 지났다. 양성 학교를 돌파해 스파이의 최전선에 섰다. 『봉황』의 보스였던 『원공』에게 『화톳불』의 소문을 들었다. 게르데는 『화염』이라는 팀의 일원이었고, 그 팀은 『화톳불』을 빼고 전멸했다고 했다.

게르데와 재회하지는 못했으나 그녀의 기술은 이미 마스터했다.

타오르는 복수심을 속에 간직하고 일순의 반격에 작렬시키는 사기술로 승화시켰다.

"걱정하지 마, 포락."

빈드는 말했다.

"『등불』은 확실하게 없애겠어. ―당신의 손자에게 꼬이는 날벌레는 내가 쫓아내 주겠어."

그가 클라우스에게 집착하는 이유― 그건 예전에 희망을 줬던 노파에 대한 보은이었다.

◇◇◇

롱휜 성채에 잠입하고 두 시간이 경과했다.

미궁같이 여겨졌던 롱휜 성채도 일부는 파악되었다.

릴리가 쓰러진 방에서 뛰쳐나간 에르나는 크게 우회하여 다시 그

집으로 돌아왔다. 안을 확인하니 역시 릴리의 모습은 없었다. 클라우스가 회수한 걸까. 바로 문을 닫았다.

일단 집을 떠나 복도를 걷다가 에르나는 주저앉았다.

이제 걸을 수 없었다. 폐가 찢어질 것처럼 아팠다.

빈드는 아직 주변에 있을 것이다. 그는 『등불』 멤버를 격파하기 위해 움직이고 있었다. 그레테와 릴리가 탈락하고 남은 건 에르나뿐. 최후의 사냥감을 잡으러 올 터다.

에르나가 숨을 고르고 있으니 머리에 있던 뭔가가 바닥으로 떨어졌다.

검은 강아지. 조니였다.

"……맞아. 너도 아직 있었어."

에르나는 강아지의 턱을 쓰다듬어 줬다.

조니는 에르나의 손을 핥아 줬다. 격려하듯이.

"사라 언니……."

애완동물로 마음을 달래고 있으니 『등불』에서 좋아하는 소녀가 떠올랐다.

에르나는 중얼거렸다.

"……안 무서워. 이제 에르나는 무섭지 않아……."

강아지가 슬프게 멍 짖었다.

그 털을 만지며 에르나는 과거를 떠올렸다.

◇◇◇

—자신이 불행에 사로잡힌 것은 언제였는가?

화재로 가족을 잃은 후, 에르나는 이상한 망집을 품게 되었다. 『자신 혼자 살아 있는 건 약았다.』 가족의 장례식에서 부모의 죽음을 한탄하는 참례자를 보니 견디기 힘든 기분이 들었다. 가족 몫까지 잘 살라며 상냥하게 말하는 참례자의 목소리가 마치 저주 같았다. 에르나는 불쌍한 고아로 소중히 여겨졌다.

하지만 그와 동시에 눈치채고 말았다.

불행하면 동정받을 수 있다. 설령 자기 혼자 살아남은 약아 빠진 아이여도.

그리고 그런 생각을 하는 자신이 너무 싫었다.

—어떤 마음으로 스파이 양성 학교에 갔는가?

자신이 얼마나 추한지는 알고 있었다. 그것을 벌하고 싶어서 불행에 이끌렸다. 하지만 누군가에게 위로받고 싶었다. 그래서 한층 불행에 이끌렸다. 불행이 일어나는 곳에 뛰어들었다.

기묘하리만큼 사고 현장에 출몰하는 옛 귀족의 딸은 이윽고 스파이 양성 학교 스카우트의 눈에 들었다. 제안을 거절할 이유는 없었다.

죽은 가족에게 부끄럽지 않도록 많은 사람을 구하는 스파이가 되고 싶다. —그렇게 표명했다.

하지만 그것이 본심인지는 자신도 알 수 없었다.

사실은 누군가에게 칭찬받고 싶어서 그렇게 발언한 게 아닐까.

……누구에게?

—왜 양성 학교에서 고립됐는가?

부족한 말솜씨, 음침함, 사실은 아주 조금 높은 자존심, 높은 사고율.

그런 건 사소한 이유다. 단순히 성격이 비뚤어졌기 때문이다.

—왜 불행에 계속 이끌렸는가?

알고 있기 때문이다. 불행에 처하면 자신에게도 타인에게도 변명할 수 있다.

왜냐하면 어쩔 수 없는 일이니까.

불행하면 성적이 나빠도 어쩔 수 없다. 불행하면 친구가 안 생겨도 어쩔 수 없다. 불행하면 주위 사람들에게 미움받아도 어쩔 수 없다. 불행하면 죽은 부모님이 기뻐할 만한 착한 아이가 되지 못해도 어쩔 수 없다. 설령 자신이 비겁하고 약아 빠진 존재여도, 불행으로 상응하는 벌을 받고 있으니까 괜찮지 않은가. 어쩔 수 없다. 어쩔 수 없다. 어쩔 수 없다. 어쩔 수 없다. 어쩔 수 없다. 어쩔 수 없다. 어쩔 수 없다. 어쩔 수 없다.

어쩔 도리가 없는 낙오자여도, 그건 전부 불행이니까 어쩔 수 없다.

에르나는 자신이 사는 방식이 너무 싫었다.

하지만 그런 자신을 구해 준 청년과 따뜻하게 맞아 준 동료가 있었다.

◇◇◇

강아지 조니가 코를 움직여 그 기척을 에르나에게 알렸다.

퍼뜩 놀라 고개를 들었다.

긴 복도의 그늘에서 빈드의 모습이 나타났다.

그는 감촉을 확인하듯 손안에서 단검을 빙글빙글 돌리고 있었다. 버릇인지 때로는 곡예를 부리듯 세 개를 동시에 던지며 놀았다.

마지막으로 그 단검을 손가락 사이에 끼우고서 빈드는 얼굴을 들었다.

"여기 있었나. 금발 여자."

"……!"

에르나는 각오를 다지고 일어났다.

마주해야만 하는 순간이 왔다.

인적 없이 고요한 통로에서 5m쯤 거리를 두고 마주했다.

천장에 매달린 백열전구가 힘없이 빛을 냈다.

멀리서 총성이 들렸다. 『등불』과 『봉황』의 누군가가 싸우고 있는 것이겠지만 이곳과는 거리가 있었다. 도움을 바랄 순 없었다.

에르나는 모든 신경을 집중하여 빈드를 노려보았다.

"널 생각해서 하는 말이야."

빈드가 담담히 말했다.

"항복해. 약자를 괴롭히는 취미는 없어."

"……거절이야."

"너희는 아무튼 포기할 줄을 모르는군."

빈드는 불쾌해하며 머리를 쓸어 올렸다.

"그럼 맨손으로 상대해 주마. 적당히 봐주겠어."

봐준다고?

에르나가 그 말에 반응했을 때, 빈드는 바닥을 세게 밟고 있었다. 에르나가 순간적으로 던진 병을 피하고 다음 순간에는 에르나의 정면으로 이동해 있었다.

에르나는 등에 숨겼던 쇠파이프를 꺼내 온 힘을 담아 내리쳤다.

빈드는 뒤로 쓰러지듯이 피했다.

그의 몸은 그대로 후방으로 넘어갔다. 기절한 것처럼. 하지만 이내 패배한 것 같은 자세에서 튀어 올랐다.

"코드 네임 『비금』— 물어뜯는 시간이 되어라."

에르나의 복부에 빈드의 손날이 꽂혔다.

호흡이 멈추며 입에서 타액이 튀었다.

치인 듯 몸이 떠올라 바닥을 굴렀다. 몽롱했던 머리는 치미는 토기에 깨어났고, 몸은 위액과 함께 바닥에 엎어졌다.

단검도 쓰지 않았는데 압도당했다.

승부조차 되지 않았다.

갓난아기의 손을 비틀듯 굴복당했다.

"이 정도인가."

빈드가 일 하나를 끝낸 것처럼 손을 털었다.

"누워 있으면 화톳불이 데리러 올 거다. 어리광 부려 둬. 그게 마지막일 테니까."

"……윽."

"걱정하지 마. 딱히 화톳불과 평생 헤어지는 건 아니야. 무력함을 받아들이고 일단 양성 학교에 돌아가서 훈련에 힘쓰면 돼. 그게 너희의 역할이야."

그는 확실하게 고했다.

"지금은 우리 『봉황』이 지켜 주지. 이 나라는, 그리고 너희는 내가 지키겠어."

빈드의 목소리에는 강한 긍지가 담겨 있었다. 애국심과 프라이드가 전해졌다.

에르나의 심장에 강한 아픔이 일었다.

양성 학교에서 수없이 본 모습이었다.

—이것이 엘리트다.

물론 개중에는 욕심 많고 오만한 인물도 있었다. 하지만 성적 우수자 대다수는 빈드처럼 실력과 정의감을 겸비한 인격자였다.

그들의 자신감 넘치는 표정을 에르나는 몇 번이나 보았다.

"멋있어……!"

그 말은 눈물과 함께 흘러나왔다.

적의 말이 몇 번이나 마음을 후벼 팠고, 적의 공격에 몸이 아팠지만, 그래도 흘러나오는 본심이었다.

"에르나도, 그렇게 되고 싶어……. 그렇게 살고 싶었어……!"

부러웠다.

그저 하염없이 동경하며 애태웠다.

빈드처럼 용맹한 스파이가 되고 싶었다.

양성 학교에서 얼마나 생각했던가? 얼마나 분하게 여겼던가?

강하고 우수한 스파이가 되고 싶었다. 누구에게나 신뢰받는 인생을 살고 싶었다. 많은 사람에게 기대받고, 나라의 위기를 구하는 존재가 되고 싶었다. 적을 교묘하게 속이고, 자신만만하게 「너희를 지키겠다」고 약자에게 말할 수 있는 존재가 되고 싶었다.

—자신도 엘리트가 되고 싶었다.

"……에르나도…… 천국에 있는 아빠랑 엄마랑…… 오빠랑…… 언니한테 칭찬받을 수 있는 스파이가 되고 싶었어……."

아아, 그랬구나. 깨달았다.

자신은 그들에게 칭찬받고 싶었던 것이다. 다시는 만날 수 없는, 죽은 가족에게.

—하지만 되지 못했다.

—이상적인 스파이에 도달하지 못했다.

약한 자신은 불행에 이끌려 점점 왕도에서 벗어났다. 계속 떨어지는 성적에 핑계를 대듯 스스로 사고를 사랑해 나갔다. 어느새 낙오자가 되어 양성 학교에서는 건들면 귀찮아지는 존재로 취급받았다.

"상관없잖아."

빈드가 쌀쌀맞게 고했다.

"모든 인간이 강자가 되진 못해. 우리 강자는 너희 같은 약자를 지키기 위해 있는 거야. 포기해."

"포기할 수 없어!"

에르나는 온몸에서 느껴지는 아픔을 참고 일어났다.

거친 호흡을 반복해 열심히 산소를 들이마시며 확실하게 두 발로 섰다.

"……에르나는 멋있는 스파이는 될 수 없어……. 너무너무 싫은 방식으로 살 수밖에 없어……. 하지만, 그래도, 살면서 좋았던 것도 있어……. 『등불』만큼은, 포기할 수 없어……."

에르나는 고했다.

"그래서 추하고 더럽고 멋없는 나를 인정하고 살기로 했어."

당황한 표정을 짓는 빈드를 향해 에르나는 미소 지었다.

보여 주면 된다.

이상적인 스파이가 되지 못한 낙오자의 일그러진 싸움법을!

엘리트는 생각도 못 할 한없이 꼴사나운 삶을!

"코드 네임 『우인』— 애써 죽일 시간이야."

에르나는 옆에 있던 문을 열고 즉각 뒤로 뛰었다.

그곳은 아까 빈드와 릴리가 싸웠던 빈집이었다.

물론 본래 그 문을 연다고 해서 뭔가가 일어날 리 없었다.

하지만— 불이 분사되었다!

굽이치듯 뿜어져 나온 불길은 문 앞에 서 있던 빈드를 향해 직진했다. 그는 순간적으로 옆으로 뛰려고 했지만 한발 늦었다.

맹화가 빈드를 덮쳤다.

"—윽?!"

불을 맞은 그는 신음하고서 바닥을 굴러 옷에 붙은 불을 껐다. 롱휜 성채는 콘크리트로 만들어져서 불이 크게 번질 가능성은 없었다. 집 주변을 태우는 정도에서 그치고 금방 꺼질 것이다.

빈드의 몸에 붙었던 불도 곧장 진화되었다.

하지만 그에게는 충분한 대미지를 줄 수 있었다. 화상을 입은 오른쪽 다리를 고통스러운 얼굴로 잡고 있었다. 이제 아까 같은 발놀림은 쓰지 못할 터다.

"왜 불이……!"

빈드가 눈을 크게 뜨고서 에르나를 강하게 노려보았다.

"너, 어느새 이런 걸 준비했지……?! 폭탄 같은 건 안 가지고 있었을 텐데……!"

단검으로 상대하면서 그런 것도 확인했던 모양이다. 역시 대단했다.

빈드는 혀를 찼다.

"도망 다녔던 네가 어떻게 불을 준비할 수 있었지……?"

"수렴 화재야. 릴리 언니가 떨어뜨린 손전등의 빛을 에르나가 던진 스테인리스 볼로 한 점에 집중시켜서 담요를 발화시켰어. 그리고 에르나가 문을 열면서 백 드래프트 현상이 일어난 거야.”

롱휜 성채는 무계획적으로 비대해진 콘크리트 건축물이었다.

콘크리트에 덮여서 환기가 되지 않는 집이 얼마든지 있었다. 공기가 흐르지 않는 밀실이라면 백 드래프트 현상을 일으킬 수 있다.

에르나는 담담히 대답했다.

“전부 네가 말한 거야.”

“아니.”

빈드가 짜증스레 말했다.

“그럼 시계열이 안 맞아……!”

“음…….”

“내가 수렴 화재를 가르쳐 준 건 너희가 손전등을 떨어뜨린 후야. 너는 그때까지 이 현상을 몰랐어. 만약 네가 그걸 알고 있었다면 지금까지 네가 일으킨 사고는 뭐였지?”

그랬다. 에르나는 이 대결에 임하기 전에 두 가지 사고를 경험했다.

—방적 공장 관리동에서 겪은, 어항에 의한 수렴 화재와 백 드래프트 현상.

—수정 구슬에 의한 빛 수렴으로 일어난 알루미늄 울타리의 변형과 추락 사고.

빈드는 에르나의 과실이라고 판단했다.

수렴 화재는 과학적 지식의 무지로 일어난 사건이라고.

그는 진실의 일보 직전까지 도달해 있었다. 다만 한 가지 치명적인 착각을 했을 뿐이다.

"과실이 아니라 고의야."

에르나는 고했다.

"두 사고는— **에르나의 자작극이야.**"

"……뭐?"

"전부 자작극. 에르나는 『어떤 필요』를 느끼고 **직접 화재를 일으켜 불에 뛰어들었어.** 추락 사고도 마찬가지야. 열을 받아 변형되기 쉬워진 알루미늄 울타리에 일부러 체중을 실어서 **스스로 벼랑에서 떨어졌어.**"

그랬다. 두 사고는 에르나가 자진해서 일으킨 것이었다.

아무리 일상에 숨은 위험이라지만 빛의 수렴에 의한 사고가 이렇게까지 빈발할 리가 없었다. 본인이 직접 노리고 저지르지 않는 한.

하지만 빈드는 진실에 도달하지 못했다.

올곧은 인간은 이해할 수 없을 것이다. —스스로 사고에 뛰어드는 인간의 마음 따위.

그렇기에 통한다고 에르나는 믿었다.

불행을 스스로 만들어 내 전부를 속이는 그녀만의 싸움법.

『사고』×『자작극』— 참화(慘禍) 창조.

그게 바로 에르나가 찾아낸 사기술이었다.

"너—."

빈드는 멍하니 말했다.

"—미친 건가?"

그 눈은 두려워하는 것 같기도 했고 경멸하는 것처럼도 보였다.

물론 그가 『왜 에르나가 자작극으로 사고를 일으키는가』를 이해할 수 있을 리 없었다. 온당하게 살아온 인간이 알 리가 없다.

그래서 에르나는 말했다.

"자신이 망가져 있다는 것 정도는 이미 알고 있어."

차갑게 내뱉고 입꼬리만 올려 웃는 얼굴을 꾸몄다.

"잘 가."

에르나가 굳히기 일격으로 작동시킨 것은 간단한 함정이었다. 조금 전의 화재로 통로에 아무렇게나 쌓여 있던 목재에까지 불이 번져 있었다. 밑부분이 타서 균형이 무너져 있었다. 에르나는 그 목재를 받치고 있던 와이어를 잘랐다.

불붙은 목재가 에르나와 빈드 쪽으로 쓰러졌다.

에르나는 몸을 기울여 스스로 만들어 낸 불행을 직전에 피했다.

하지만 다리를 다친 빈드는 도망칠 수 없었다.

"……윽."

그를 깔아뭉개듯 목재가 무너졌다.

검은 매연이 에르나의 얼굴에 밀려들었다. 그녀는 연기를 몰아내며 통로를 걷기 시작했다. 몸이 구석구석 아팠다. 어딘가 안전한 곳에서 쉬고 싶었다.

발밑에 있는 강아지 조니에게 「가자」 하고 말하고서 안아 들었다. 조니는 얌전히 에르나의 가슴에 몸을 기댔다. 그 온기에 마음이 차분해졌다.

조금 떨어진 곳에서 뒤돌아보았다.

빈드를 쓰러뜨렸다. 그는 아직 일어나지 않았다.

"……."

잠시 멈춰 서서 생각했다.

만약 빈드가 기절했다면 역시 목숨이 위험하다. 그라면 치명상은 피했겠지만 일단 신경이 쓰였다. 그렇다고 섣불리 다가갔다가 반격당하는 일은 피하고 싶었다. 주민이 이 불에 휘말리진 않을까 하는 걱정도 들었다.

'너, 너무 과했나?'

여하튼 가감은 어려웠기에 조금 애가 탔다.

"……그렇군."

에르나의 사고를 깨부수듯 빈드의 목소리가 대답했다.

"——!!"

빈드는 쌓인 목재를 치우며 일어났다.

이전과는 달리 천천히.

여유 부리듯.

그리고 양손에 든 단검을 휘둘렀다. 그 풍압에 검은 연기가 갈라지는 것이 보였다. 작게 타던 불도 그가 만든 강풍에 꺼졌다.

아직 움직일 수 있군, 만족스러워하는 혼잣말이 들렸다.

그는 이마에서 피를 흘리며 에르나를 보았다.

"……얕보고 있었어. 아니, 잘못 짐작했다고 해야겠지."

오른쪽 다리는 화상을 입었고, 몸은 여기저기 베였으며, 크게 찢어진 상의 안쪽으로는 시퍼런 내출혈이 보였다. 하지만 그는 서 있었다.

에르나는 어금니를 악물었다.

'이래도……! 이래도 도달하지 못해……!'

자작극으로 입은 상처는 상대를 방심시켰을 터다. 그레테와 릴리가 결사의 각오로 자신이 도망칠 시간을 만들어 줬다. 그리고 여기까지 유인한 적을 자신의 특기인 사고에 끌어들였다.

에르나가 가진 모든 것을 걸었다.

그런데도— 빈드를 타도할 수 없었다.

"이해했어, 너를."

그는 더러워진 옷을 털며 의기양양하게 말했다.

"비슷한 정신 질환을 들은 적이 있어. 건강한 환자가 사람들에게 동정받기 위해 자해하는 뮌하우젠 증후군. 네가 앓고 있는 건 그 증상에 가까워. 위장하는 건 병이 아니라 사고지만."

"……윽."

"계기는 가족을 잃은 화재. 그것도 자작극인가? 아니, 아무리 그래도 가족을 태워 죽이진 않았겠지. 사고로 인한 화재를 방화로 위장한 건가. 불타는 집에 병을 던져 넣고 수상한 사람을 봤다고 경찰에게 증언했어. 아니야?"

에르나가 입술을 깨물자 빈드는 「정답인 모양이군」 하고 고개를 끄덕였다.

“동기는 단순해. **더 동정받을 수 있으니까.** 세간의 질투를 받던 귀족이었잖아? 부주의로 난롯불이 옮겨붙은 화재보다 비열한 인간의 방화를 세상 사람들은 더 한탄해 줘. 죽은 가족을 위해서 한 거짓말이야.”

마치 꿰뚫어 본 듯한 말이 이어졌다.

“하지만 그걸로 맛이 들었어. 불행을 연출하면 사람들은 불쌍히 여겨 줘. 이제 멈출 수 없어. 불행을 추구하며 사고에 이끌려. 끝내는 자작극에까지 손을 댔어.”

“…….”

“불행하고 불쌍한 처지를 사랑하는 애송이— 그게 너의 본성이야.”

빈드는 단숨에 말하고 크게 한숨을 쉬었다.

그리고 충분한 간격을 두고서 고했다.

“—역겨워.”

오물을 보는 듯한 눈빛을 보냈다.

양성 학교에서 몇 번이나 받았던 시선이었다.

“그런 건.”

에르나는 말했다.

“잘 알고 있어……!”

“하지만 동료에게는 밝히지 않았잖아?”

“으…….”

“불행한 일을 당하는 자신이 소중해서, 다정하게 대해 주는 동료에게 어리광 부리고 싶어서 밝히지 않아.”

빈드의 목소리가 머릿속에 울렸다.

"—너의 본성을 알면 동료도 기분 나빠 하겠지."

상상하고 말았다.

만약 자신이 때로는 자작극을 벌이면서까지 불행에 처하고 있다는 걸 알면?

사고를 당할 때마다 위로해 주는 사라, 귀여워해 주는 지비아와 릴리, 챙겨 주는 티아는 자신을 어떻게 볼까?

몸에서 힘이 빠져서 안고 있던 강아지가 바닥으로 떨어졌다.

"……정곡을 찔렀나."

빈드는 단검을 쥐며 에르나에게 다가왔다.

—허세다.

이성은 판단했다.

—빈드는 다쳐서 이제 완벽하게는 움직이지 못한다. 그래서 에르나의 마음을 흔들려고 하는 것이다. 적의 마음을 추리하여 가하는 정신 공격도 그의 무기이리라.

동요하지 마, 하고 에르나도 자신을 고무했다.

아직 빈드를 쓰러뜨리지 못했다. 새로운 사고를 연출해야 한다.

'이 녀석의 말 따위 상관없어……!'

하지만 자신을 꺼리는 동료들의 눈빛이 뇌리를 스쳤다.

"안 무서워……."

에르나는 말했다. 발밑에서 강아지가 소리를 냈다.

빈드는 한 걸음, 한 걸음, 에르나를 궁지로 몰듯 다가왔다.

"언니들이 기분 나쁘게 여겨도 에르나는 무섭지 않아……."

발밑에서 강아지가 왈 하고 강하게 소리를 냈다.

빈드가 살짝 자세를 낮췄다.

"네가 말하는 미래 따위 조금도 무섭지 않아."

발밑에서 강아지가 멍 짖었다.

빈드가 바닥을 박차고 돌격했다.

에르나는 기도하듯 양손을 맞잡았다.

"여기서 너를 쓰러뜨릴 수 있다면 언니들에게 미움받아도 상관없어……!!"

그러니 일으키는 것이다.

자신을 다 바쳐 적을 모조리 죽이는 최악의 사고를!

에르나는 휙 물러나서 폭탄을 들었다. 그와 동시에 빈드가 단검을 휘둘렀다.

강아지가 점프했다.

—멍멍왈멍왈멍멍멍와아아아아아아아아아알!!

"응……?"

"허?"

에르나도 빈드도 무심코 행동을 멈췄다.

강아지가 심하게 짖고 있었다. 완전히 흥분한 모습으로 날카로운 소리를 냈다. 옆에서 듣고 있던 에르나의 귀가 따가워질 정도였다.

싸움에 찬물이 끼얹어져서 두 사람은 멍해질 수밖에 없었다.

"아니."

빈드가 눈썹을 찌푸렸다.

"얘 왜 이래."

"모, 몰라……."

물어봐도 에르나는 대답할 수 없었다.

사라에게 빌린 개는 여러 번 짖었지만 이렇게까지 짖는 것은 처음이었다.

대답은 생각지 못한 곳에서 들렸다.

"앗, 죄송함다! 그 아이, 아직 훈련 중임다!"

사라였다.

복도 그늘에서 얼굴을 빼꼼 내밀고 미안해하며 고개를 숙였다.

"모니카 선배의 말을 듣고 한창 가르치고 있슴다."

사라는 민망한 듯 볼을 긁적이고서 다가왔다.

그리고 조금 화난 얼굴로 조니를 안아 들었다.

"편리하니까 빨리 가르치라고 해서요. 하지만 꽤 어려워서 일단 동료로 시험해 보고 있는데…… 아직 과하게 흥분하는 구석이 있어서……."

"그, 그래……."

빈드가 당혹스러워했다.

사라는 기쁜 듯이 계속 동물에 관해 이야기했다.

"모니카 선배가 말하길, 인간의 땀에는 여러 성분이 포함되어 있어서 땀으로 감정을 읽는 연구도 있다고 함다. ……그래서 에르나 선배로 실험하고 있었슴다. 원래부터 에르나 선배는 걱정되는 면이 있었으니까요. **어떤 땀**을 흘릴 때, 조니 씨가 반드시 반응하도록 가르쳤슴다."

사라는 즐겁게 밝혔다.

"에르나 선배가 거짓말할 때의 땀임다."

에르나는 아연실색했다.

—지금까지 강아지가 어떤 타이밍에 짖었던가.

강아지는 에르나가 거짓말했을 때 정확하게 짖었다.

즉, 사라는 진작에 알아차리고 있었다. 에르나가 때로는 자작극으로 사고를 일으키고 있다는 것을. 방적 공장에서의 실패조차도 에르나의 자작극임을.

—그리고, 그럼에도 사라는 자신을 받아들여 줬다.

에르나의 눈시울이 뜨거워졌다.

움직이지 못하는 에르나 옆에서 빈드가 시시하다는 듯 단검을 들었다.

"그래서?"

빈드는 위압적으로 사라를 노려보았다.

"다음 상대는 너인가?"

"네?"

사라의 얼굴이 얼어붙었다.

"아뇨아뇨아뇨, 무리임다! 무리임다, 봐주세요! 도전하지 않을 검다! 제 역할은 그게 아니라고 모니카 선배에게 설교를 들은 지 얼마 안 됐으니까요!"

사라는 맹렬한 속도로 손을 내젓고 후퇴했다.

사라의 몸이 점점 멀어져서 보이지 않게 되었을 때, 차분해진 목소리가 들렸다.

"그래서 조니 씨의 울음소리를 듣고 저보다 강한 사람들을 데려왔습다."

그 조력자는 사라가 사라진 복도 반대편에 서 있었다.

"우리 에르나를 울리다니, 배짱 한번 두둑하네!"

"각오는 됐어? 역시 나도 조금 기분이 안 좋은데?"

지비아와 모니카. 『등불』에서 비할 데 없는 격투 능력을 가진 투톱이었다.

빈드가 짜증을 숨기지 않고 이를 악물었다.

"……그 녀석들, 놓친 건가?"

제일 먼저 튀어 나간 것은 지비아였다.

단숨에 거리를 좁히고 빈드의 안면에 주먹을 휘둘렀다.

「으랴아!」 하는 격렬한 소리와 함께 지비아는 부딪쳤다.

바보같이 솔직한 돌격이었으나 그것을 막을 여력은 빈드에게 남아 있지 않은 것 같았다. 주먹은 막았지만 파워를 죽이지 못하고 복도에 넘어졌다.

그는 크게 구른 후 자세를 바로잡으려고 했지만—.

"흐응, 수렴 화재인가. 좋은 발상이야."

모니카가 화재 흔적을 보고서 뭔가를 알아차린 듯 고개를 끄덕였다.

"하지만 빛과 굴절은— 내 전문이거든?"

플래시가 터졌다.

모니카가 어느새 들고 있던 카메라가 터뜨린 강한 섬광은 그녀가 동시에 뿌린 거울에 반사되어 빈드의 안면에 집중되었다.

피할 수 없는, 문자 그대로 광속의 일격.

빈드의 시야가 봉인됨과 동시에 에르나는 달렸다.

"노오오오오오오오오오오!!"

몸이 아픈 것을 참았다. 울부짖듯 크게 외치며 자신을 고무하여 달렸다.

에르나는 전신전령으로 빈드에게 몸을 날려서— 박치기를 먹였다.

에르나의 돌머리가 빈드의 안면에 꽂혔다.

이윽고 빈드의 몸에서 힘이 빠지며 양성 학교 전교생의 정점에 섰던 남자는 무릎을 꿇었다.

5장 우인

"……너희, 몇 명이 덤비는 거야. 집단 린치냐."

붙잡힌 빈드가 타당한 지적을 했다.

빈드의 몸에서 힘이 빠진 순간, 모니카가 즉각 그의 몸을 와이어로 묶고 확실하게 손목을 고정했다. 이로써 그는 탈락이다.

지비아와 사라는 주변을 경계하고 있었다. 소동을 듣고 깬 주민에게 거짓말로 둘러대고 겸사겸사 에르나가 일으킨 불을 끄고 있었다. 작은 화재 정도로 끝날 듯했다. 일단 배려하긴 했지만 크게 불이 나면 웃어넘길 수 없다.

에르나는 그 모습을 남의 일처럼 바라보고 있었다.

―양성 학교 전교생 중 1등인 강적을 해치웠다.

롱휜 성채 내에서 펼쳐진 엄청난 싸움의 결말이었다.

임무가 시작되고 이미 두 시간 넘게 지난 상태였다.

"……설마 내가 질 줄이야."

빈드는 힘없이 중얼거리고 천장을 올려다보았다.

"……."

그리고 넋이 나간 표정을 지었다.

빈드의 주위에는 『등불』 멤버 네 명이 서 있었다.

에르나, 사라, 모니카, 지비아.

이미 빈드가 처리한 그레테와 릴리를 포함하면 총 여섯 명이 빈드를 상대했다. 확실히 집단 린치라고 할 수도 있었다. 숫자로 밀어붙였다.

빈드는 크게 한숨을 쉬었다.

"다른 녀석들은 뭐 하고 있는 거야?"

"그건 그래."

모니카는 고개를 끄덕였다.

"지비아랑 사라는 왜 여기 있어? 『상파』라는 녀석과 싸우고 있을 줄 알았는데, 그를 쓰러뜨렸어?"

""—윽!!""

지비아와 사라의 몸이 동시에 움찔했다.

"……응?"

불길한 예감이 들었다.

모니카의 매서운 시선을 받으며 두 사람은 폭포수처럼 땀을 흘리기 시작했다.

"어, 응. 그게 말이지……."

지비아가 손을 흔들며 어물어물 대답했다.

"빅스였던가? 그 녀석, 꽤 강해서…… 거의 다 잡았는데 놓쳐 버렸어……. 어쩔 수 없이 에르나랑 합류하려고 한 건데……."

그때, 빈드의 품에서 버저가 울렸다. 그의 무전기가 반응했다.

이윽고 남자의 즐거운 목소리가 흘러나왔다.

《반가워요♪ 여기는 『상파』. 지금 기밀문서를 손에 넣었습니다. 임무 완료예요♪》

““““““…………””””””

새삼 회고할 것도 없이 이번 배틀은 기밀문서 쟁탈전이었다.

스파이 간의 싸움은 수단이지 목적이 아니었다. 극단적으로 말하자면, 상대를 한 명도 쓰러뜨리지 않아도 문서만 얻으면 그걸로 끝이었다.

즉―.

“패배했어어어어어어어어어어어어어어어어어어?!”

에르나가 비명을 질렀다.

『등불』과 『봉황』의 싸움은 『봉황』의 승리로 막을 내렸다.

◇◇◇

양 팀은 우선 룽휜 성채에서 벗어나기로 했다.

그들 대부분이 무시했지만 일단은 지역 마피아가 근거지로 삼은 곳이었다. 필요 이상으로 부딪치는 것은 피하고 싶었다.

도중에 모니카와 지비아는 서로를 매도했다.

“너희 말이야! 좀 더 물고 늘어지라고!”

“시끄러워! 다른 녀석들도 빈드 한 명에게 죄다 털렸잖아!”

책임 전가였다. 패자의 말은 언제나 추했다.

실제로 『등불』의 패인은 저력 부족이기에 누구 한 명의 책임은 아니었다. 빈드와 빅스라는 『봉황』의 양대 산맥에 저항할 전력이 없었기 때문이었다. 누구에게 어떻게 역할을 분배했든 간에 이 차이는 뒤집히지 않았으리라.

"청은발 여자."

그 설전에 빈드가 끼어들었다.

"그러는 너는 어땠지? 이 짧은 시간에 란, 팔마, 크노를 격퇴한 건가? 그 녀석들에게는 오로지 발을 묶는 데 전념하라고 했을 텐데."

모니카에게 하는 질문이었다.

그녀는 세 엘리트에게 둘러싸여 있었을 터다. 어떻게 돌파할 수 있었는가.

모니카는 태연하게 대답했다.

"응? 아아, 내가 쓰러뜨린 건 두 사람뿐이야. 『하오』 말투를 쓰는 녀석은 도중에 사라졌어. 진형이 무너져서 여유롭게 돌파할 수 있었지."

"음, 란이 사라졌다고?"

"아네트가 붙잡아서 어딘가로 끌고 갔어."

모니카 이외의 『등불』 멤버가 고개를 갸웃했다.

""""아네트가?""""

그녀는 무전기를 증설하는 역할을 맡았었는데, 비교적 빠른 단계에 티아가 탈락한 후 어디서 뭘 하고 있는지 판명되지 않은 상태였다.

에르나가 「그러고 보니」 하고 말했다.

"그 녀석은 란이라는 언니한테 『꼬마』라고 불려서 화냈었어."

빈드가 「그랬지」 하고 맞장구쳤다.

"그럼 지금도 란과 싸우고 있을지도 모르겠군. 누가 부르러 가서—."

그의 말은 부자연스럽게 끊겼다.

캄캄한 밤에 절규가 울렸다. 자연스럽게 전원이 귀를 기울였다.

마침 롱휜 성채의 북단에 도착했을 때, 그 절규의 발생원이 있었다.

"미안하오오오오오오오오오오오오!!"

란이 반라로 사죄하고 있었다.

무릎을 꿇고 머리를 땅에 박고 있었다. 극동의 섬에 전해 내려오는 「도게자」라는 작법이었다. 눈물을 줄줄 흘리며 필사적으로 「미안하오오!」 하고 외쳤다. 입고 있는 옷이 까맣게 타서 살이 드러나 있는 모습은 너무 꼴사나웠다.

"나님!"

란 앞에는 아네트가 활짝 웃으며 서 있었다.

"—살려 달란 말은 듣고 싶지 않아요!"

"취소하겠소. 『꼬마』는 소생이었소! 그러니. 그만둬 주시오! 미안하오오오! 아, 아니, 이제 『하오』 따위 됐어……. 장난치는 것처럼 들렸나요? 아뇨, 그런 게 아니에요. 이미지 메이킹 같은 거예요. 나는 무슨 말을 했던 걸까. 눈이 번쩍 뜨였어요. 정말로 죄송합니다. 아네트 씨가 더 키 커요! 오히려! 점점 키가 자라겠죠, 에헤헤."

란은 매우 빠르게 말하며 굽신거렸다.

잘은 모르겠지만 아네트가 압승한 듯했다. 철저히.

란은 그제야 에르나 일행을 알아차린 것 같았다. 빠르게 달려와 에르나의 허리에 매달렸다.

“사, 살려 주시오! 저 애, 정말로 소생을 죽이려…… 죽이려…… 죽는 것보다 끔찍해…… 악마예요. 악마가 있었어요……. 전동 드릴로 소생의, 소생의—.”

“나님!”

아네트가 외쳤다.

란의 몸이 움찔 떨렸다.

“왠지 목이 말라요!”

“차를 사 오겠소오오!”

란이 전력으로 달려가 에르나의 시야에서 사라졌다.

소녀들은 멍하니 그것을 바라보았다.

「……아네트. 너 뭐 한 거야?」 하고 에르나는 물었다.

아네트는 후련한 얼굴로 「비밀이에요!」 하고 검지를 입가에 댔다.

어쨌든 롱휜 성채 내에서 벌어진 배틀의 전모가 판명되었다.

『등불』 그레테, 큐르를 격파.

『봉황』 빅스, 티아를 격파.

『봉황』 빈드, 그레테를 격파.

『등불』 지비아, 빅스와 부딪쳐서 빅스를 일시 퇴각시킴.

『봉황』 빈드, 릴리를 격파.
『등불』 아네트, 란에게 완승. 응징함.
『등불』 모니카, 크노와 팔마를 격파.
『등불』 에르나 외 3인, 빈드를 격파.
『봉황』 빅스, 기밀문서 획득. 결판.

싸움을 벌였던 『등불』과 『봉황』의 멤버가 모여 다시금 결과가 전달되었다.

『등불』 멤버 전원이 몹시 분하게 여겼다.

릴리가 아쉬워하며 어깨를 떨궜고, 지비아가 괴로워하며 주먹을 움켜쥐었다. 그레테가 괴롭게 눈을 감았고, 사라가 위로하는 말을 꺼냈다. 모니카와 티아는 표정을 죽였다. 에르나와 아네트는 가만히 있었다.

『봉황』은 큐르를 제외하고 서로 하이파이브했다. 그들이 평소에 보이지 않는 동작이었다. 제일 먼저 탈락한 큐르는 뾰쭘하게 있었다.

"……."

그리고 빈드는 혼자 생각에 잠긴 표정을 짓고 있었다.

◇◇◇

룽휜 성채에서 배틀을 펼친 밤이 지나고 아침, 클라우스는 보고서를 쓰고 있었다.

빅스가 찾아낸 기밀문서에는 딘 공화국의 대사관에서 일어난 정보 유출의 관계자 리스트가 첨부되어 있었다. 이것을 토대로 본국 외무부가 처분을 내릴 것이다. 범죄에 손을 댄 자는 룽청 경찰이 체포할 터다.

솔직히 놀랍지 않은 내용이었지만, 이런 착실한 방첩과 첩보가 조국의 번영으로 이어졌다.

룽청에서의 임무는 이걸로 완수였다.

악랄한 지역 마피아에게 대미지를 줬으니 룽청의 치안에도 공헌했을 터다.

이제 본국으로 귀환하면 된다.

방에 비쳐 드는 아침 햇살을 바라보며 클라우스는 한숨을 쉬었다.

"……우리는 졌나."

저도 모르게 말이 나왔다.

부하의 패배는 그에게도 생각할 거리를 줬다.

소녀들은 진력했다. 이 결과는 자신의 지도력이 부족한 탓이리라.

'역시 분하군. 다른 방법이 없었을까 생각하게 돼.'

신기한 심정이었다.

지금까지 느낀 적이 없었던 아픔이었다. 이번에는 자신이 직접 참가하지 않았고 누군가에게 당한 것도 아니었다. 하지만 둔탁한 감정이 가슴에 일었다.

—세계 최강의 스파이가 오랜만에 통감하는 패배였다.

클라우스는 조용히 주먹을 쥐었다.

약속을 따른다면 이제부터 클라우스는 『등불』을 떠나 『봉황』의 보스가 된다.

이제 소녀들의 보스일 수는 없었다.

"……."

평생 헤어지는 것은 아니지만, 말로 표현할 수 없는 쓸쓸함이 북받쳤다.

일단 아침을 먹자고 판단하여 서재에서 나갔다.

복도에는 여덟 소녀가 서 있었다.

"선생님……."

격전 끝에 잠들었을 텐데 일어난 모양이다.

릴리를 선두로 소녀들이 슬픈 시선을 보냈다. 그 눈에서 미안해하는 감정이 얼핏 보였다. 그녀들이 그런 감정을 품을 필요는 없는데도.

"다들 잘 잤나?"

클라우스는 최대한 상냥한 목소리를 내려고 했다.

"어젯밤에는 고생했어. 어쨌든 앞으로 어떻게 할지는 천천히—."

"선생님, 여기 짐이요."

릴리가 커다란 가방을 내밀었다.

안에는 클라우스의 물건들이 들어 있었다.

"음?"

"자, 도망치는 거예요! 『봉황』이 오기 전에!"

릴리가 주먹을 치켜들자 나머지 소녀들이 「「「오오~!」」」 하고 환

호성을 질렀다.

"좋았어! 도망쳐 버리면 자기들이 어쩌겠어!" "……귀국 편은 준비해 뒀습니다, 보스." "『봉황』에는 선생님이 실종됐다고 말해 둘게." "나는 기막혀하고 있지만 말이지." "나님, 형님을 넘길 마음은 조금도 없어요!" "에르나도 마찬가지야." "저, 저도 그게…… 똑같은 마음임다."

저마다 도주를 부추겼다.

"너희에게 수치심은 없는 건가."

클라우스가 냉정하게 지적했다.

「하지만 도망칠 수 있다면 도망치고 싶으니까요」 하고 릴리가 말했다.

역시 억셌다.

아무튼 『봉황』과 한 약속을 깰 작정인 듯했다. 그녀들다웠다.

"……재미있는 얘기를 하고 있네. 너희."

직후, 뒤에서 냉담한 목소리가 들렸다.

「—윽!」 하고 소녀들이 어깨를 흠칫했다.

현관에 빈드를 선두로 『봉황』 멤버 여섯 명이 모여 있었다.

"어어."

릴리가 식은땀을 흘렸다.

"여, 역시 약속은 지켜야 할까요?"

"스파이 이전에 사람으로서 문제 아닌가?"
빈드가 어이없다는 표정을 지었다.
그의 말에 소녀들은 어깨를 떨궜다. 역시 진심으로 도망칠 수 있으리라고 생각하지는 않은 듯했다. 스파이라고는 해도 지켜야 할 의리는 있었다.
"선생님."
릴리가 분한 듯 입술을 한 번 깨문 후 클라우스를 보았다.
"기다리고 계세요. 저희가 더 강해져서 언젠가 선생님을 되찾으러—."
"아니."
빈드가 이야기를 차단했다.
"그 얘기는 없던 걸로 하지 않을래?"
"흐에?!"
"우리가 가장 우선하는 건 조국의 이익이야. 그걸 위해 무엇이 옳은지 멤버들과 다시 얘기를 나눴고, 역시 화톳불은 『등불』의 보스인 채로 있는 게 좋겠다는 결론이 나왔어."
갑작스러운 전개를 따라오지 못하고 소녀들은 당황했다.
빈드는 강한 어조로 고했다.
"인정해 주지. —너희는 강해."
그의 뒤에 있는 『봉황』의 다른 멤버도 고개를 끄덕였다.
"이긴 건 우리지만, 탈락자는 우리가 더 많아. 일대일로 싸워서 진 사람도 있어. 이런데 『봉황』이 『등불』보다 뛰어나다고 주장해 봤자 치부를 드러내는 꼴이야."

"아, 아니. 하지만."

지비아가 반론했다.

"너희는 어쩌려고? 보스가 없잖아? 후임이 될 만한 사람이라도 있어?"

"뭐야, 우리를 걱정하는 건가?"

"시끄러워. 분하지만, 그래. 너희는 이겼어. 우리의 보스를 손에 넣을 권리가 있어. 왜 포기해?"

지비아가 추궁하자 빈드는 입가를 일그러뜨렸다. 자조하듯이.

그는 클라우스에게 시선을 옮겼다.

"화톳불. 네 입으로 말해."

"괜찮겠나?"

"네가 유도한 결론이잖아?"

"그렇지."

클라우스는 고개를 끄덕였다.

"너는 우리를 이겼어. 세계 최강의 스파이인 나의 부하를 농락하고 임무를 성공시켰어. 그 실력은 이미 국내 최고봉에 달했어."

빈드를 향해 손을 들었다.

"코드 네임 『비금』— 네가 『봉황』의 보스가 되어라."

"알겠어. 그 책무, 내가 맡아 주겠어."

소녀들은 입을 벌리고서 얼떨떨해했다.

빈드는 양손을 주머니에 넣고 거들먹거리며 소녀들을 보았다.

"이게 자국에 있어 최선의 선택이야. 『등불』과 『봉황』이 나라를 지킨다."

이 결말은 클라우스가 빈드의 기량을 본 이후로 생각했던 것이었다.

그는 한 팀의 보스가 되어야 할 남자였다.

언젠가 세계적인 스파이가 될 재능을 간직하고 있었다. 클라우스의 부하라는 선택은 그의 성장을 저해할 가능성조차 있었다.

빈드가 언급했듯, 이것이 딘 공화국에 있어 최선의 선택이었다.

"—우리가 세계를 휘젓는 거야. 뒤처지지 말고 쫓아와, 『등불』의 여자들."

그의 말에 다른 『봉황』 사람들도 말을 부딪쳤다.

"기대되네요♪ 우리가 새로운 시대의 양대 팀이에요♪" "소생들이 제국을 속이는 것이오." "응, 사이좋게 지내자." "『등불』도 강하네~ 팔마 감동했어~." "……옳다."

빈드는 소녀들에게 걸어와 에르나에게 속삭였다.

"금발."

「응?」 하고 에르나가 눈을 동그랗게 떴다.

"롱휜 성채에서 내가 했던 말은 신경 쓰지 않아도 돼. 너의 성장을 기대하마."

"……!"

에르나의 입에서 떨린 목소리가 나왔다.

그걸로 용건은 끝이라는 것처럼 「……귀국하면 훈련 정도는 어울려 주겠어. 열심히 실력을 연마해 둬」라는 말을 남기고서 빈드는 등을 돌렸다.

""""""""""…………""""""""""

소녀들은 아직도 멍해 있었다.

결국 마지막 순간까지 격이 다르다는 것을 보여 줬다.

한없이 시원시원하고, 강하고, 무엇보다 멋있는— 선망하던 엘리트들.

하지만 한편으로 그녀들은 생각했다. 자신들이 동경하는 대상은 이렇지 않으면 곤란하다고.

"『봉황』 여러분!"

떠나는 그들을 향해 릴리가 외쳤다.

다른 소녀들도 눈치챘는지 엄지를 들었다. 자연스럽게 목소리가 겹쳤다.

""""""""""—극상이에요.""""""""""

「당연한 소리 하지 마」 하고 빈드가 웃었다.

◇◇◇

임무가 끝났으니 소녀들이 룽청에 머무를 이유는 없었다.

귀국할 때 이용할 배를 다시 예약하고, 남은 나날을 즐기기 시작했다.

소녀들은 거점을 떠날 준비를 진행했다. 짐을 정리하면서 겸사겸사 임무 중에는 하지 못했던 관광도 했다. 릴리는 월병이나 장 등 식료품을 샀고, 티아는 극동에서만 자라는 꽃의 오일로 만든 화장품을 샀고, 모니카는 사진을 찍으러 각지를 돌았다. 지비아는 그레테를 데리고 현지에서 친해진 아이들에게 과자를 나눠 주러 갔다.

임무를 마무리할 때는 항상 떠들썩했다.

에르나도 사라, 아네트와 함께 시장을 돌았다.

아네트가 곧바로 「나님, 재미있어 보이는 물건을 사 올게요!」 하며 혼잡 속으로 사라졌기에 금세 사라와 단둘이 되었다.

"사라 언니는."

에르나는 몰래 물었다.

"에르나의 불행에 자작극도 섞여 있다는 걸 알고 있었어……?"

"음? 네, 알고 있었습다."

"……에르나가, 싫어지지 않았어?"

"엇, 그다지? 진짜로 불행한 일을 당할 때도 있잖슴까? 확실하게 구별이 안 되니 그대로 받아들이고 있달까……."

대수롭지 않다는 듯 사라가 대답했다.

그녀의 지적은 옳았다.

에르나에게 닥치는 불행이 전부 자작극은 아니었다.

—무의식적으로 이끌리는 불행. 그것을 눈치채고 의식적으로 피할 수 있는 불행. 정말로 우발적으로 일어나는 불행. 에르나가 의식적으로 일으키는 불행.

그것들의 구별이 애매해질 만큼 에르나의 마음은 어지러웠다.

사라는 생글생글 계속 웃었다.

"가끔 아네트 선배의 함정에 스스로 돌격하고서 저한테 하소연할 때도 그렇고, 귀엽다고 생각합다. 나한테 어리광 부리고 싶은 거구나 해서요."

"그, 그걸 지적당하는 건 부끄러워……."

"분명 다른 선배들도 어렴풋이 알아차리고 있을 검다. 하지만 괜찮습다. 저희가 에르나 선배를 싫어하는 일은 있을 수 없으니까요."

사라는 자상하게 말하고 허둥지둥 덧붙였다.

"아! 하지만 너무 위험한 일은 안 됨다. 약속해 주세요."

그리고 에르나의 손을 잡아 줬다.

마치 어린아이를 어르는 듯한 태도에 에르나는 「고마워」 하고 중얼거렸다.

멀리서 아네트가 에르나와 사라를 크게 부르는 소리가 났다. 뭔가 희한한 물건을 찾은 듯했다. 에르나는 「시끄러워」 하고 대답하고서 아네트 쪽으로 걸어갔다.

클라우스가 같이 나가지 않겠느냐고 제안한 것은 룽청에 머무는 마지막 날 밤이었다.

거절할 이유도 없어서 에르나는 그와 함께 나갔다.

그가 안내한 곳은 룽청 본토에 있는 야시장이었다. 100개 이상의 가게가 늘어서서 왁자지껄했다. 생선을 사용한 향신료 냄새가 풍겨서 어묵이 진열된 노점 앞에서는 자연스럽게 꼬르륵 소리가 났다.

클라우스는 임무와는 관계없이 에르나를 데리고 나온 듯했다.

그의 제안으로 튀긴 사오마이를 먹고, 그 후에는 금색으로 빛나는 에그타르트를 디저트로 사 줬다. 롱청의 밤을 만끽했다.

시장에서 조금 벗어나니 바다가 보였다.

야경을 보기 위해 설치된 벤치에 앉아 그 불빛을 바라보았다.

"방적 공장에서 일어난 사고. 그리고 롱청섬에서 있었던 추락 사고."

"응?"

"이 두 가지는 너의 자작극이지?"

클라우스가 온화한 목소리로 물었다. 섬세하게 흔들리는 그 목소리를 듣고 에르나는 「이걸 물어보고 싶어서 데리고 나왔구나」 하고 납득했다.

"맞아."

순순히 인정했다.

"에르나는 일부러 화상을 입고 임무가 실패하도록 만들었어."

"이유를 묻기 전에 내 얘기를 해도 될까?"

"……응."

"예전에 게르데라는 사람에게 배운 것이 있어. 『어떻게든 돌아가고 있는』 상태가 가장 위험하다고 했지. 그 말이 옳다는 걸 뼈저리게 느꼈어. 『등불』은 계속 임무에 실패했지만 나나 모니카가 커버해서 강제로 성공시키는 상태였어. 좋다고는 할 수 없지만 최악이라고도 할 수 없었어. 나는 계속 상황만 보면서 너희가 계속 실패를 반복하게 했어."

"……."

"그리고 이건 그레테가 가르쳐 준 건데, 『등불』은 좋게도 나쁘게도 동료 의식이 강해. 누군가가 결여되려고 하면 초조함에 사로잡혀서 비약적인 성장을 보여 줘. 실제로 『봉황』과의 싸움을 준비하며 더할 나위 없는 긴장감 속에서 단련할 수 있었어."

그 두 가지를 정리하듯 클라우스는 말했다.

"너는 **동료의 위기감을 부추기기 위해** 사고를 조작했어. ―아닌가?"

"……정답이야."

에르나는 작게 고개를 끄덕였다.

그녀가 방적 공장에서 품었던 것은 이대로 임무 실패가 계속되면 『등불』 중 누군가가 죽을지도 모른다는 공포였다.

그 뒤로는 무의식적으로 움직였다.

어항을 이동시켜 수렴 화재를 일으켰다. 비상벨이 울리자 당황한 것처럼 연기한 에르나는 백 드래프트 현상이 일어난 방에 뛰어들어 화상을 입었다.

"에르나가 다치면 다들 진지해져……."

그녀는 생각했다.

―이대로 가다간 언젠가 엄청난 비극이 일어난다.

―『등불』의 누군가가 죽을 바에야 제일 먼저 자신이 다치면 된다.

"에르나가 다치면 언니들은 진심으로 화내 줘……."

매우 꼴사나운 언동이었다. 하지만 사라에게 『사기술이란 자기 자신을 비추는 거울』이라고 들었을 때, 받아들일 수밖에 없었다. 이것이 자신의 싸움법이라고.

—『등불』을 지키기 위해서라면 뭐든 한다.

스스로 불에 뛰어들어도 좋다.

스스로 벼랑에서 떨어져도 좋다.

—그 따뜻한 장소를 지킬 수 있다면 어떤 불행에든 몸을 던지겠다.

추락 사고도 동료의 화를 부추겨 사기를 올리기 위해 일으킨 것이었다.

"즉, 이번 트러블 전체가 너의 자작극인가."

클라우스는 담담히 말했다.

"방적 공장에서의 실패로 『봉황』에게 꼬투리를 잡힌 『등불』은 레벨업을 꾀했어. 승부 직전에 너는 다시 자작극으로 다쳐서 『봉황』에 대한 적의를 한층 부추겼지. 그리고 격전 끝에 『등불』은 성장하여 『봉황』에게 인정받았어. 훌륭해."

"……결과론이야. 『봉황』과의 만남은 예상하지 못했어. 진짜 불행이야."

"아니, 내가 하고 싶은 말은, 즉, 내가 가장 나쁘다는 거야."

클라우스는 뜻밖의 발언을 했다.

에르나가 바로 「그, 그렇지 않아」 하고 말했지만 그의 태도는 변함없었다.

"본래 내가 해야 할 책무였어. 내가 적극적으로 움직여서 너희의 성장을 촉구했다면 이런 트러블 자체가 발생하지 않았을 거야. 교사로서 나는 반편이군."

클라우스가 에르나의 머리를 살며시 쓰다듬었다.

"너희뿐만 아니라 나도 교사로서 또 성장해야 해. 그렇게 생각할 수 있었어. 에르나, 미안했다. 다시는 이런 일을 하게 만들지 않겠어. 약속하지."

쓰다듬는 것은 머리카락이지만 그래도 온기가 전해졌다.

그것이 무엇보다도 기분 좋아서 에르나는 가만히 눈을 감았다.

"……맞아."

"음."

"에르나는, 못난 아이야. 스스로 불행에 뛰어드는 어리석고 이상한 아이야."

"그래."

"그러니까 에르나를 더 확실하게 보고 있어 줘."

클라우스는 물론이라며 짧게 대답했다.

"문제아 한 명 상대하지 못해서야 교사라고 할 수 없지."

에르나는 천천히 미소 짓고 그의 몸에 머리를 맡겼다.

문제아라고 자상하게 부르는 말이 기분 좋았다.

—에르나는 이상적인 스파이는 되지 못했다.

너무 어리석었다. 아무리 애써도 빈드처럼 멋있는 스파이는 될 수 없을 것이다. 에르나는 아주 꼴사나운 일밖에 못 한다. 사람들의 동정을 사고, 적을 아연하게 만들고, 자기 자신을 희생하는 방법으로.

성공보다도 실패를, 희극보다도 비극을, 행복보다도 불행을 사랑하는 것.

그것이 에르나가 찾아낸 사기술(스타일)— 낙오자인 자신의 싸움법이었다.

'엄마, 아빠, 오빠, 언니…… 이런 나를 용서해 줄래요?'

홀로 남은 자신이, 살길 원했던 가족을 생각했다.

—결코 당당해질 순 없지만, 저는 열심히 살고 있어요.

◇◇◇

이상을 포기한 날, 소녀는 생각했다.

—내 코드 네임은『우인(愚人)』으로 하자.

자신의 어리석음은 분명 바뀌지 않는다. 망가져서 일그러진 마음은 고쳐지지 않는다. 그렇다면 처음부터 타인이 피할 이름을 쓰는 것이 더 편하다. 상처 받지 않아도 된다.

그리고 만약 받아들여 주는 사람이 나타나면 아끼고 사랑하면 된다.

그곳은 분명 소중한 장소— 다른 어느 곳보다도 빛으로 가득한 행복한 장소일 테니까.

NEXT MISSION

그 보고서는 롱청에서의 임무를 끝내고 두 달 후에 도착했다.

【펜드 연방 2974지점 무전. 코드 네임『달구경』의 보고.

『비금』 빈드 : 사망

『상파』 빅스 : 사망

『뜬구름』 란 : 행방불명

『고익』 큐르 : 사망

『우금』 팔마 : 사망

『개풍』 크노 : 사망

팀『봉황』, 임무 계속이 불가능하다고 판단.】

◇◇◇

그 여성은 펜드 연방의 댄스홀에서 룸바를 추고 있었다.

느린 박자에 맞춰 우아하게 흔들리는 드레스가 보는 이를 매료했다. 댄스 플로어에서는 스무 명이 넘는 페어가 뒤섞여 춤을 추고 있었지만 가장 주목받은 것은 그녀였다. 손발이 길쭉길쭉한 댄서에 적합한 몸을 곡선적으로 아름답게 움직였다. 그것은 기묘한 매력이 있었다. 얼핏 보면 전부 파트너 남성에게 맡기고서 춤추는 것 같았다. 하지만 자세히 보면 실제로는 반대였다. 그녀가 자신의 매력으로 파트너를 조종하고 있는 것 같다는 생각이 들었다.

"오늘은 기분이 좋으시군요."

파트너 남성이 말했다.

"뭐, 그렇지."

그녀는 웃었다.

"아주 좋은 일이 있었거든."

"좋은 일?"

"응. 미에게 들러붙는 벌레를 쫓아냈어."

표정을 허무니 그 얼굴은 마치 10대 소녀처럼 보였다.

아니, 실제로 그녀는 아직 어린 소녀일지도 몰랐다.

—세계는 간혹 괴물을 세상에 낳는다.

클라우스라는 희대의 스파이를 만든 것처럼 또 한 명 이 땅에—.

그녀는 요요하게 미소 지었다.

"조직을 파괴하는 가장 간단한 방법이 뭔지 알아?"

"……파괴?"

남자는 질문으로 대답했다.

"뒤숭숭한 얘기네."

"힌트. 세상에서 가장 우수한 스파이팀도 이로 인해 괴멸했어."

"너는 때때로 알 수 없는 소리를 해."

"신경 쓰지 마. 여자의 이면은 들여다보지 않아도 돼."

곡이 멈췄다.

여성은 남성에게서 몸을 떼고 명랑하게 웃었다.

"답은 동료의 배신. 전설의 팀도 신진기예의 팀도 이걸로 괴멸해."

남자는 의아해하며 눈을 깜빡였다.

그는 모른다. 우연히 사교댄스를 추게 된 여성의 정체를.

그녀는 가르가드 제국의 스파이였다.

코드 네임은 『초록나비』— 첩보 기관 『뱀』의 일원이었다.

이리하여 다음 스파이 게임이 막을 올린다.

『봉황』의 부보는 이윽고 딘 공화국에 전달된다. 움직이기 시작하는 것은 실패한 동포의 임무를 이어받는 불가능 임무 전문 첩보 기관 『등불』.

무대는 홍차와 왕실과 안개의 나라. 펜드 연방.

기다리고 있는 것은 『뱀』의 이재(異才)— 초록나비.

그녀는 함정을 깐다. 『뱀』을 계속 방해하는 남자를 죽이기 위해 책모를 꾸민다. 『화염』이 내부의 배신으로 괴멸한 것처럼 『등불』도

배신으로 괴멸시키려 한다. 그녀는 곧 『등불』의 한 소녀를 타깃으로 정한다.

한번 움직이기 시작한 세계의 톱니바퀴는 누구도 멈출 수 없다.

『등불』이 도전하는 것은 최악의 난제.

여덟 소녀 중 『초록나비』의 독니에 걸리는 한 명— **『등불』을 배신하는 소녀를 찾아내라.**

■작가 후기

5권 후기에서 할 말은 아니지만, 4권을 집필할 때 있었던 일을 이야기하고 싶습니다.

편집자 O 님이라는 분이 계셨습니다. 『스파이 교실』 시동에 관여한 편집자님으로, 수상작의 대폭 개고나 소녀 7인의 PV 제작 등 열정 넘치는 행동력을 무기로 본작에 크게 공헌하신 분입니다. 그 분이 안 계셨다면 지금의 『스파이 교실』은 없었을 겁니다.

하지만 그분은 어떤 허물을 짊어지고 계셨습니다.

"홈페이지에서 공개하는 소녀는 에르나를 제외한 일곱 명으로 하죠……(피눈물)." ←1권 발매 전

그렇습니다. 에르나를 언제 공개하는가 하는 문제를 한 몸에 떠안고 계셨습니다.

판타지아대상 〈대상〉을 받은 본작은 많은 선전이 이루어졌습니다. 다만 1권 내용을 어디까지 이야기할지 판단하기 어려워서 선전에 상당히 고심하신 듯합니다. 그 결과, PV, 1권 권두 삽화, 홈페이지상의 소개 등은 에르나 비공개. 그녀를 제외한 일곱 명으로 만들어졌습니다.

당시에는 에르나는 3권쯤에 공개하자고 중얼거렸던 것도 같지만—.

"아직 1권이 계속 팔리고 있으니 공개하지 않는 편이 좋을 것 같

네요…….” ←3권 발매 시

또 괴로운 결단을 내려야 했습니다. 공개는 더 뒤로 밀렸습니다.

참고로 그동안 아크릴 스탠드 굿즈도 일곱 소녀로 만들어졌습니다.

어쨌든 4권 특별판 소책자는 에르나를 주인공으로 하기로 정해졌는데—.

“저, 다른 곳으로 가게 됐습니다.” ←4권 집필 시

“……?!”

O 님이 『스파이 교실』 담당에서 빠지는 해프닝이 발생했습니다.

그 아이의 원념이라고 생각할 수밖에 없어요! 무서워!

(실제로는 관례적인 인사이동인 모양이라 좌천 같은 나쁜 이야기는 아닙니다. 덧붙여 에르나의 처우에 관해 저는 「에르나니까 어쩔 수 없죠~」 하고 웃었습니다.)

그런고로 신체제로 만들어진 스파이 교실 5권입니다. 안녕히, O 님.

일러스트레이터 토마리 선생님, 계속해서 멋진 일러스트를 그려주셔서 감사합니다. 표지 러프를 봤을 때, 「마침내 이 아이가!」 하고 감동했습니다. 그리고 관여해 주신 담당 편집자님, 구매해 주신 독자님에게도 다대한 감사를 올립니다.

마지막으로 차회 예고. 「NEXT MISSION」의 내용대로 난제에 부딪힙니다. 가혹한 운명을 겪는 『그녀』— 그 마음을 아주 소중히 그리고 싶습니다. 그럼 이만.

타케마치

스파이 교실 5
《우인》의 에르나

초판 1쇄 발행 2022년 5월 20일

지은이_ Takemachi
일러스트_ Tomari
옮긴이_ 송재희

발행인_ 신현호
편집장_ 김승신
편집진행_ 권세라 · 최혁수 · 김경민 · 최정민
편집디자인_ 양우연
관리 · 영업_ 김민원

펴낸곳_ (주)디앤씨미디어
등록_ 2002년 4월 25일 제20-260호
주소_ 서울시 구로구 디지털로 26길 111 JnK디지털타워 503호
전화_ 02-333-2513(대표)
팩시밀리_ 02-333-2514
이메일_ lnovellove@naver.com
L노벨 공식 카페_ http://cafe.naver.com/lnovel11

SPY KYOSHITSU Vol.5 《GUJIN》 NO ERUNA

ISBN 979-11-278-6448-4 04830
ISBN 979-11-278-5816-2 (세트)

값 10,000원